〔美〕海明威 著
马晓娟 译

伊甸园
The Garden of Eden

海明威全集

四川大学出版社

责任编辑:蒋姗姗
责任校对:马　佳
封面设计:天恒仁文化传播
责任印制:王　炜

图书在版编目(CIP)数据

伊甸园/(美)海明威著;马晓娟译. —成都:四川大学出版社,2018.10
(海明威全集)
ISBN 978-7-5690-2510-1

Ⅰ.①伊… Ⅱ.①海… ②马… Ⅲ.①长篇小说-美国-现代 Ⅳ.①I712.45

中国版本图书馆CIP数据核字(2018)第238999号

书　名	伊甸园
	YI DIAN YUAN
著　者	海明威
译　者	马晓娟
出　版	四川大学出版社
地　址	成都市一环路南一段24号(610065)
发　行	四川大学出版社
书　号	ISBN 978-7-5690-2510-1
印　刷	成都市兴雅致印务有限责任公司
成品尺寸	145 mm×210 mm
印　张	12
字　数	203千字
版　次	2018年11月第1版
印　次	2018年11月第1次印刷
定　价	42.00元

◆读者邮购本书,请与本社发行科联系。
　电话:(028)85408408/(028)85401670/
　(028)85408023　邮政编码:610065
◆本社图书如有印装质量问题,请
　寄回出版社调换。
◆网址:http://press.scu.edu.cn

版权所有◆侵权必究

目录

第1部
- 002　第一章
- 027　第二章
- 042　第三章

第2部
- 048　第四章
- 059　第五章
- 073　第六章
- 084　第七章
- 101　第八章

第3部
- 108　第九章
- 121　第十章

136	第十一章
158	第十二章
173	第十三章
184	第十四章
192	第十五章
209	第十六章
221	第十七章
233	第十八章
246	第十九章
251	第二十章
262	第二十一章
274	第二十二章
286	第二十三章
303	第二十四章

第4部

318	第二十五章
332	第二十六章
349	第二十七章
355	第二十八章
365	第二十九章
376	第三十章

第1部

第一章

那时候,他们在一个叫做王家水道港[1]的镇上住着。所住的那家旅馆坐落在一条运河边上,运河沿着死水城的城墙向南注入海洋。隔着一片低洼的卡马尔格平原,他们可以望见死水城里的那些塔楼。每天,几乎是在同一个时间,他们会骑着自行车在运河边的那条白色大道上逛一圈。每天傍晚和早上的时候,都会涨潮,那时会有海鲈从海洋游入运河,就能看到运河里的鲻鱼拼命地蹦跳着,躲避鲈鱼的偷袭,甚至还能看到鲈鱼捕食的时候在水面溅起的波浪。

有一道防波堤向外伸展,进入令人悦目的蓝海。他们有时在这道防波堤上垂钓,有时在海滩边游泳。

---

[1] 王家水道港是法国南部大海港马赛的一个小镇,接近地中海的狮子湾。

他们每天都帮助渔夫们把网着鱼儿的那些长长的渔网拽上海滩，那是一片斜斜的、长长的海滩。他们还会在街角的那家临海的咖啡馆里休息，一边喝着开胃酒，一边观望远处狮子湾里那些捕鲭鱼的渔船上扬起的风帆。正是暮春时节，鲭鱼正在洄游，海港的渔民们十分忙碌。这个镇子的人都非常友善，在镇上的生活真是令人惬意。这一对年轻的夫妇也很喜欢那家旅馆，旅馆的楼上有四个房间，楼下有一个餐厅，餐厅里还有两张对着运河和灯塔的台球桌。他们住的那个房间看起来就像是凡·高在《樊尚在阿尔的寝室》[1]那幅画里所画的一样，不同的是这个房间里是一张双人床，还有两扇大窗户。推开窗户，你可以看到河水，看到沼泽地，看到海滨草场，甚至还能看到白色的巴拉伐斯镇[2]，还有镇上那亮丽的海滩。

　　他们的晚餐很丰盛，但半夜总是觉得饿，饿得想立刻吃早饭。于是他们在咖啡馆里吃早餐，要了奶油

---

[1] 荷兰画家樊尚·凡·高（1853—1890），曾经在法国南部罗纳河畔的阿尔城里居住了一段时间，他画了不少那一带的风景画。在那幅叫《樊尚在阿尔的寝室》（1889）的油画中，他画了一张单人的木床、一张木桌子和两把木椅子，还有一扇门和两扇窗户，窗户是合在一起的，但没有关严。

[2] 巴拉伐斯镇在王家水道港的西面，两个镇隔着死水湾遥遥相对。

鸡蛋卷，蜜饯，一杯牛奶咖啡，还有鸡蛋。他们所要的那种蜜饯，以及那种煮到一定程度的鸡蛋都让他们食欲大振。他们几乎每天清晨都会饿得想赶紧吃早饭，所以那姑娘常常会觉得头痛，直到咖啡端上来为止。咖啡总是能够驱散她的疼痛。她喝咖啡是不加糖的，小伙子应该牢牢记住这一点。

他们吃完奶油鸡蛋卷，还有红莓蜜饯。他们要的鸡蛋是白煮的。他们通常会在蛋盅中先把蛋拌一下，撒一点细盐，再磨一点胡椒面，撒在上面，鸡蛋上的那一小块黄油现在也融化了。那是个又大又新鲜的鸡蛋，姑娘的鸡蛋没有小伙子的鸡蛋煮的时间长，小伙子记住这一点是很容易的。他用小匙把鸡蛋划成小方块，黄油在往下流，让鸡蛋更加滋润。在这个空气清新的早晨，吃着这嫩嫩的鸡蛋，体会着粗磨胡椒面辣嘴的感觉，还有热咖啡和加了牛奶的菊苣咖啡[1]的气味，这样的感觉让他很愉悦。

渔船全出海到很远的地方。它们随着早晨的第一阵微风就在黑暗的夜色中驶出，小伙子和姑娘醒来的

---

[1] 菊苣咖啡是一种以菊苣根烘烤后磨制的代用咖啡，不含咖啡因，1769年在意大利的西西里岛开始被饮用。

时候，听到了渔船航行的声响，他们又一起蜷在被单下面睡着了。当天已经很亮，可房间里还很暗的时候，他们在半梦半醒中做爱，然后肩并肩躺在一起，感到愉快而疲乏。后来，他们又做了一次爱。然后，他们都感觉饥肠辘辘，甚至认为不会活到吃早餐的时候。可是现在，他们正坐在一家咖啡馆里一边吃着早餐，一边观望大海和船上的风帆，新的一天开启了。

"你在想什么呢？"姑娘问。

"没想什么。"

"你应该想些什么啊。"

"我只是在感受。"

"感受什么？"

"快乐。"

"我感觉饿极了，"她说道，"你说这正常吗？你在做爱以后总会觉得这么饿吗？"

"只有你很爱对方的时候才会这样。"

"哦，关于这方面的事你懂得真多，"她说，"我什么都不想。我喜欢现在这样，我们也不必为任何事操心，是吗？"

"没有任何事。"

"你认为我们该做些什么？"

"我不知道，"他说，"你想做什么呢？"

"我无所谓。如果你想去钓鱼的话,我就可以写一封信,可能会写两封,然后我们能够在午餐前去游泳。"

"为了让肚子感到饥饿?"

"别说这个,我已经感觉到饿了,可是我们还没有吃完早餐呢。"

"不过我们也可以想一想午餐。"

"那么午餐以后呢?"

"我们像好孩子一样睡个午觉。"

"这倒是个很好的主意,"她说,"为什么我们以前从来没有想到?"

"我一向都有这种突如其来的创意,"他说,"我是一个有创意的人。"

"我可只会破坏,"她说,"我要毁了你。他们将会把一块铜牌安在我们住的那个房间外的墙上嘲讽这位作家,将会在那房间里因为做爱死去后得到的纪念品。我会在夜里醒来,对你做一些你从来没有听说过,甚至也没有想过的事情,昨天夜里我就想这样干,可是我确实太困了。"

"你困得都不能害人了。"

"不要疏忽大意,自己欺骗自己。亲爱的,让我们的时间过得快一点,马上就到午餐的时间吧。"

他们坐在咖啡馆中,上身穿着带条纹的渔民衫,下身穿着从卖航海用品的那个铺子里买来的短裤。他们的皮肤都被太阳烤成了健康的古铜色,他们的头发因为阳光和海水的折腾,颜色变得深浅不一。人们刚看到他们的时候,以为他们是兄妹,后来才知道,他们已经结了婚。有好多人都不相信他们是夫妻,这很让姑娘高兴。

在第一次世界大战结束以后的二十年代,只有很少的人来到地中海边避暑,而除了少数从尼姆[1]来的人之外,谁也不会来到王家水道港。这是一个既没有赌场、也没有游艺表演的小镇。因此,这里的旅馆只有在最热的那几个月才有到这里游泳的客人租住。那时来游玩的人们并不穿渔民衫,而他见到的第一个穿着渔民衫的姑娘就是这个已经跟他结婚的姑娘。她买来两件衬衫,他们两人一人一件。然后他们又在旅馆房间里的脸盆里洗涤衬衫,洗掉了衣服上的浆。原本为了耐穿而做得很硬的衬衫,洗过以后变软了。而现在早已穿得很旧,衣料变得更软。因此,他看着她的时候,看见了衣服下面,她的乳房丰满的样子,他觉

---

[1] 尼姆是一座古城,位于死水城北面,那里有罗马时代的遗迹,还有从中世纪遗留下来的建筑。

得很美。

在小镇周边的地方，没有人穿短裤，因此他们俩一同骑自行车出来的时候，姑娘也不能穿短裤。不过在小镇上就没什么，镇上的人对他们都非常友好而宽容，只有那里的神父表示反对。不过就在星期天，姑娘穿着一条裙子，穿着一件长袖的毛衣，把头发用头巾包住，然后去教堂做弥撒。小伙子站在教堂的后面，跟那些男人们在一起。那一次，他们捐献了二十法郎，按当时的汇率，比一美元还要多。正好那次神父亲自来收取捐献，因此，神父认为他们对教会的态度还是恭敬的，而之所以在村子里穿短裤，纯粹是一种外国人的癖好，并没有冲击卡马尔格附近一带的港口道德风尚的企图。虽然神父从来不在他们穿着短裤的时候跟他们谈话，但是神父也从来都不指责他们。到了傍晚，他们穿着长裤出来了。当他们再次和神父见面的时候，三人就会相互鞠躬致意。

"我要上楼去了，去写信。"姑娘说着，站起了身，对服务员笑了笑就走出了咖啡馆。

小伙子叫做戴维·伯恩，他叫来了服务员付账。服务员问他："先生是要去钓鱼吗？"

"我是这样想的。现在潮水的情况如何？"

"这段时间的潮水可是很好的，"服务员说道，"如果你需要的话,我可以给你一些鱼饵。"

"我应该可以在去的路上弄到一些鱼饵。"

"不。用我的吧。是沙蚕,还有很多呢。"

"你能出去吗?"

"我正在工作,不过也许我可以出去看你钓鱼。你有没有带钓鱼竿?"

"放在旅馆里了。"

"你拿来鱼竿以后,再来我这里拿鱼饵吧。"

戴维回到旅馆,本来打算上楼去房间里找那位姑娘,可是他在挂着房间钥匙的桌子后面找到了用竹子做成的长长的钓鱼竿和钓鱼所用的篮子。他回到满是太阳光的路上,一直走进了咖啡馆,又从咖啡馆出来走上那道被太阳照得刺眼的防波堤。太阳火辣辣的,幸好有一阵微风,潮水也正好开始退去。他真希望自己带的是一根玻璃钢的钓竿和匙状的假饵,那么他就可以把钓钩远远地抛过运河的激流,从岩石上落到运河另一边的水里。可是现在他只能把软木和羽毛管做成的浮子安在长长的竹钓竿上面,让一条沙蚕缓缓地浮动在一个他认为可能有鱼出没的水域。

他钓了一会儿,一条鱼都没有上钩。他抬起头来看蓝色的海面上那些来回穿梭不停的捕鲭船,又看了看水面上云朵投下的阴影。突然,他的浮标猛地往下一沉,钓鱼线紧紧地绷了起来,往水面下斜斜地拉过去,他努力地控制着钓鱼竿,慢慢地把钓鱼竿往水面上提。他感觉钓到了一条大鱼。它乱蹦乱跳,弄得钓鱼线在水中嘶嘶作响。他尽量让鱼线放松,那鱼不断地往大海的方向游去。长长的竹竿已经被拉弯了,钓鱼线和钓钩上的引线都快绷断了。那条鱼不停地往大海游去,试图挣脱钓钩。为了尽量放松紧绷着的钓鱼线,戴维不得不在防波堤上不断地跟着走。但那条鱼毫不泄气,仍然拖着钓竿往前游,戴维也随着它朝前冲,而钓鱼竿已经有四分之一被那条鱼拉入了水中。

这时,咖啡馆里的那位服务员赶来了,看到这样的情景,显得十分兴奋。他一个劲地对戴维说:"拉住,把它拉住,尽量放松,拖住它,很快它就会累得没有力气的,可千万别让它挣脱。再放松点,对,放松,放松。"

但是戴维知道,已经不能再放松了,否则就只有跟着鱼跳进水里,显然这是不可能的,因为这条运河很深很深。但愿我只要跟着它在防波堤上走就可以了,他想。可是很快他就走到了这堤坝的尽头,而钓竿已经有一半以上都浸在了水里。

"拉住它,只要把它拉住就行,"服务员几乎是恳求地说道,"这根钓鱼线非常牢固。"

那条鱼拼命地往深水里钻，拖着钓鱼线向前猛冲，那根长长的钓鱼竿已经弯成了一张弓。鱼儿突然拍着水蹦出水面，很快又重重地跌下去。戴维发现这条鱼虽然还是那么猛烈地试图挣脱，但可悲的是那狠劲却在一次次地减弱。现在，他可以拖着它绕过防波堤的尽头，再把它拖进运河。

"对，对，只要放松就行了，"服务员又说，"啊，继续放松，就是这样，我们都得放松。"

那条鱼突然又奋力地朝大海游去，戴维把它拖了回来。当戴维破灭了它最后一次对于自由的冲击以后，他拖着那条鱼沿着堤坝向咖啡馆的方向走去。

"它怎么了？"服务员问我。

"它没事，只不过被我们制服了。"

"别说，"服务员小心翼翼地说，"别说出来。我们必须得拖垮它，拖垮它，拖垮它。"

"我的胳膊可是被它拖垮了。"戴维说道。

"需要我来帮忙吗？"服务员满怀希望地问。

"不用，天啊。"

"别急，别急，千万别着急。放松，对，放松，放松。"服务员不断地提醒小伙子。

现在，戴维已经把那条鱼牵引着经过了咖啡馆的露台前面，又进入运河。这条鱼仍然强劲有力地在贴近水面的地方游。戴维的脑海里突然闪现出一个念头，他也许可以把这条鱼一直拖着沿运河绕全城一圈。有不少的人已经围了过来，姑娘也从窗口看见人群拥向戴维的身旁。她往那里一看，不禁叫了起来："啊，多么了不起的一条鱼啊！等等我！等等我！"

她清清楚楚地看到了那条鱼，那么长，在水里闪着亮光，她的丈夫正拿着那根弯得快要折断的钓鱼竿，带着一群人慢慢地走。等她来到运河边上的时候，人群已经停了下来。那个服务员站在运河边的水中，盯着那条鱼，她的丈夫正试图牵着那条鱼慢慢地游到长着一丛杂草的河岸。那条鱼被牵引到杂草丛生的水面上，服务员弯下腰，把两只手的大拇指插进鱼两边的鳃，顺势提起这条鱼，走到河岸。这是一条很长的鱼，服务员高高地举起它，让鱼头顶着自己的下巴，而鱼尾则起劲地拍打着服务员的大腿。

人群中有几个人乐呵呵地拍拍戴维的脊背，又伸出胳臂拥抱他，一个刚从鱼市场回来的妇女还吻了他。姑娘走上前，紧紧地搂住他，亲他。他兴奋地问："你刚才看见那条鱼了？"

人群又涌向那条鱼。那是一条像鲑鱼般呈银色的鱼，鱼背上闪着钢枪枪身一样的深蓝色。虽然它被摊在了路边，正缓慢而断断续续地喘着气，但它仍然不愧为一条漂亮的、形态优美的鱼。

"这是一条什么鱼?"

"狼鱼,"他说道,"也就是海鲈,还有一个名字,叫狼鲈,这一条是我所见过的狼鱼里最大的一条。狼鱼是一种了不起的鱼。"

那个叫做安德烈的咖啡馆服务员也跑了过来。他激动地伸出双臂搂住了戴维,吻他,然后又吻了那姑娘。

"太太,我必须这么做,我必须吻你们,"他激动地说,"的确是的,必须这么做,因为从来没有人能用手钓竿钓上这种鱼。"

"还是称一称吧。"戴维说。

他们来到咖啡馆。戴维称过鱼,足足有十五磅还多一点。那条鱼就放在一块很大的冰上面,那块冰是从尼姆用卡车运来的,是用来冰冻鲭鱼的。鱼的皮肤仍是银色的,还是那么美,不过此时背部已经变成了黯淡的灰色,只有那双大眼睛看上去还有一丝生气。戴维收拾起渔具,把手和脸洗干净了。这时,那些出海捕鲭鱼的渔船也陆续回到港口。妇女们把闪着蓝色、绿色和银色亮光的鲭鱼卸下了船,装进篮子里,又顶上这些沉甸甸的篮子往鱼库走去。今天的渔船收获很多,镇上的人们既忙碌又兴奋。

"这条大鱼可怎么办呢？"姑娘问。

"他们会要去，然后卖掉它。"戴维说。"这条鱼实在太大了，根本没办法在这里煮，他们也不愿意把它切断。也许他们会把这条鱼送到巴黎，最后送到一家很大的餐馆，也可能某个大富翁会买了它。"

"它在水里游的时候可真好看，"她说，"安德烈高高地举起它的时候，它全身都闪着银色光芒。我从窗户那里看见你拖着这条鱼，身后跟着一群人的时候，简直不敢相信自己的眼睛。"

"这种鱼实在太令人惊叹了。我们弄条小点的鱼来吃吧。一条小的鲈鱼再加上黄油和香草烤上，就像美国的条纹鲈鱼一样。"

"这鱼让我很有兴致，"她说，"我们不是得到了最特别的乐趣吗？"

他们饿极了，立刻点了午餐。要了一瓶冰镇的白葡萄酒，还要了芹菜和小红萝卜拌在一起的凉菜，以及腌制在大玻璃瓶里的蘑菇，边喝边吃。面包房给他们送来新鲜的面包，烤好的鲈鱼也端上来了，银色的鱼皮上还清晰地印着烤架的条纹，融化在热盘子上的黄油，还有要把汁挤在鲈鱼身上的切成片的柠檬。刚刚被油炸土豆烫得发热的舌头，被葡萄酒冷却下来。虽然不知道这种干白葡萄酒是什么牌子，但是甘甜醇美、香味浓郁、口感清爽,是这家餐馆的骄傲。

"我们吃饭的时候都不爱说话,"姑娘说,"我这样是不是让你感到很沉闷,亲爱的?"

小伙子哈哈笑了。

"别笑我,戴维。"

"我没有笑你。不,我并不感到沉闷。即使你一声不吭,我也不会闷,只要看着你,我就感觉很愉快。"

他倒了一小杯葡萄酒给姑娘,又把自己的酒杯斟满了。

"我会让你大吃一惊。我还没有告诉你,是吗?"姑娘问道。

"什么事?"

"啊,这事说起来挺简单的,可实际上也挺复杂。"

"告诉我吧。"

"不告诉你。也许你会很喜欢,不过也许你会感到无法接受。"

"听上去好像是件挺危险的事呢。"

"是很危险的,"她说,"不过我不想说了,我想上楼去房间。"

小伙子付了饭钱,喝光了瓶里剩下的酒,然后才上楼来到房间。他看到姑娘的衣服已经叠好了,整齐地放在一把椅子上，就是凡·高画里的那种椅子[1]，姑娘正躺在床上，盖着一床被单在等他。姑娘美丽的长头发披散下来，散落在枕头上，笑眯眯地看着他。他掀起了被单，她就说："你好啊，亲爱的，你是否享用了一顿丰盛的午餐？"

事后他们肩并肩地躺着，他让她的头枕着自己的一条胳臂，他觉得懒洋洋的，但是心情很愉快。他感觉到她的头在动，不停地在自己的脸颊上磨蹭；他还感觉到她的皮肤如丝绸一般光滑柔软，阳光和海水并没有把她的皮肤变得粗糙。她的头发全部披散在脸颊，头一动，头发就擦着他的胳膊和脸。她轻柔地、试探着抚弄他，又仰起脸来，乐滋滋地问："你是爱我的，不是吗？"

他点了点头，又亲亲她的额头，然后捧着她的头，转过来，吻她的嘴唇。

"哦，"她说，"哦。"

良久，他们才又彼此紧紧地搂着躺在一起，她问他："你就爱我现在的这个样子吧？你肯定吗？"

"是的，"他说，"我肯定。"

---

[1] 这里指的是凡·高在1888年的作品《放着烟斗的椅子》，在这幅作品里，有一种用麦秆编成坐垫的木椅，那是巴黎的画室里普遍用到的一种椅子。

"我就要改变模样了。"

"不,"他说,"不要改变。"

"我就是要改变,"她说,"那都是为了你,当然也是为了我。我不想说谎,告诉你说不是这样的,虽然你也许喜欢听这样的话。我肯定会发生变化的,不过我不应该说出来。"

"虽然我喜欢惊喜,但是更希望什么都不要变,还像现在这样。"

"那么也许我不该那么做了,"她说,"唉,我现在可不太高兴了。这件令人惊喜的事儿可真是很危险的,不过也是一件妙不可言的事啊。这件事我想了好几天,直到今天早上我才下定决心。"

"那一定是你非常想做的事吧。"

"是的,"她说,"而且我一定要去做。到现在我们所做的事情,你都是喜欢的,不是吗?"

"是的。"

"那好吧。"

姑娘从床上溜了下来站在床边。因为他们常常在那个偏僻的海滩不穿泳装游泳,所以她那美丽的身体被晒成了均匀的褐色。她向后扭动着双肩,抬起了下巴,把头摇晃起来,让那一头浓密的黄褐色头发不停地拍打她的双颊。她又向前弯下腰,让头发全部都垂在前面，遮住了她的脸。姑娘脱下那件条纹衬衫，一甩头，把头发甩回脑后，坐在了梳妆台前。她把头发梳成一个马尾，长长的头发垂到了她的肩上。姑娘从镜子里细细地打量了半天，又晃了晃脑袋，然后套上一条宽松的长裤，系好腰带，把那双已经褪色的蓝色绳底鞋穿上了。

"我得骑车到死水城去。"她说道。

"好吧，"他说，"我也去。"

"不，不，我一个人去，我会让你感到惊奇的。"

她吻了他，走出了房间，下楼去了。他看着她跨上那辆自行车，平稳而轻松地在路上行驶，美丽的长头发像欢快的蝴蝶在风中飞舞。

下午的阳光从窗户照了进来，屋里暖和极了。戴维洗了澡，换了衣服，到海滩边去散步。他想这应该是游泳的时间，可是他感到有些疲劳，打算就沿着海滩走走。在那条通往陆地的小路上，他走过了盐草地，然后又走了一段路，就返回来，从海滩走到埠头，上了斜坡，走进那家咖啡馆。他坐在咖啡馆里，找了份报纸，又要了一杯上等的兑水白兰地。做爱以后，他感到整个身子空落落的，仿佛被掏空了似的。

他们已经结婚三个星期了，是出来度蜜月的。他们背了一只帆布背包和一只小挎包，带着自行车，还有一箱进城穿的衣服,搭火车从巴黎来到了阿维尼翁[1],就住在阿维尼翁的一家上等旅馆里。他们在旅馆留下了衣箱,准备骑自行车到加尔桥[2]去,可是那时,法国南部沿地中海的诸省都会刮起密史脱拉风,这种风是一种干寒强劲的北风。风正呼呼地刮着,因此他们就顺着密史脱拉风向东南骑车前进,于是到了尼姆。在那里的大将军旅馆住了几天,又顺着那大风,继续骑车南行来到死水城,又来到王家水道港,然后一直待到现在。

在这里的日子非常幸福,他们打心眼里感到快乐。他从来不知道爱一个人能爱得这么深,让你不再关心任何其他的事儿,好像这个世界就只有相爱的两人了。在结婚的时候,他们也遇到不少问题,但是现在他根本不去想,也不会想写作,甚至没有想过任何一件别的事,他只想着要跟这个他所深爱的,已经结婚的姑娘永远在一起。不过他已经没有那种在做爱以后莫名的豁然开朗的感觉了,这种感觉已经完全消失了。现在他们做爱以后,就想大吃一顿,然后再做爱。世界

---

[1] 阿维尼翁也是一座古城,位于法国南部,其旧城筑在一进山崖之上,整个城由壁垒围绕。
[2] 加尔桥在尼姆东北方十四英里处,是古罗马高架渡槽的残留部分。

已经变得非常单纯，而且有一种从来没有感受到的真正的快乐。他想，她肯定也是这样的，她的行动就证明了这一点，但是不知道为什么今天她提到什么要改变，还有要让他吃惊的事儿。不过，改变也许会让人更加愉快，而那个令人吃惊的事儿也许是一件好事。他一边呷着兑水白兰地，一边看着报纸，心里却在盼望着即将会发生的事，不管结果是什么。

自从蜜月旅行以来，像这样独自一人坐在咖啡馆里，喝白兰地或者是威士忌，他还是第一次。不过现在他仍然不想写作，在写作前或者写作的时候，他是决不喝酒的。重新开始写作当然是件好事，他也非常清楚很快他就会重新开始写作，所以他告诉自己必须用一种无私的态度对待这件事，要尽可能委婉而清楚地告诉她，让她不得不一个人待着是件令人遗憾的事，他也不愿意这样。他相信她一定会好好对待这件事情，而且相信她会找到消遣的方式，但他还是不愿意想到工作很快就会在他们目前这样美好的生活中开始了。因为心情不好，是绝对不可能开始写作的，他心想不知道她是否明白。不知道是否因为这个原因，她才要做那件令人惊奇的事，追求一种无法阻挡的新鲜玩意儿。到底是什么事呢？如今他们是如此亲密，彼此紧紧地搂住对方，也没有什么不好的，除了从心底涌起的幸福快乐和相亲相爱的感觉，然后就是觉得饿，得吃东西填饱了肚子继续亲热。

他发现兑水白兰地已经喝光了，而时间也接近黄昏了。他又要了一杯白兰地，静下心来看报。不过报纸并没有他想象中的那样有趣，于是他眺望着窗外那夕阳照耀下的大海。这时，他听见她在身边用沙哑的声音说："你好，亲爱的。"

她很快走到桌子边坐下，仰起小脸，眼睛里流露出盈盈的笑意，金色的脸庞上长着一些小小的雀斑。她的长头发不见了，完全被剪掉了，剪得像男孩的头发一样短。她头顶上那些头发还向后梳着，还是那么浓密，两边的头发都很短，露出了耳朵，额上的头发紧贴着脸颊掠到耳后，很光滑。她转过头，挺直了腰，说："吻我。"

他轻轻地吻了她，看了看她的脸和剪短的头发，又吻了她一下。

"我这样你喜欢吗？你摸摸看，头发多么光滑，你摸摸后边。"她说。

他摸了摸后边。

"再摸摸我的脸颊，这里，摸摸我耳朵的前面，再把你的手指从耳朵两边向上摸。"

"你看，"她又说，"这就是我说的那件让你惊喜的事情。我是个姑娘，可现在我也可以是个男孩，我可以做任何事，想干什么就干什么。"

"来，坐我身边，"他说，"你想要什么，弟弟。"

"哦，谢谢你，"她说，"我就要现在你喝的这个吧。你明白为什么这也是件危险的事了，对吗？"

"是的，我明白了。"

"不过我做了这事，不是也挺好吗？"

"也许吧。"

"不是也许，不是的。我早就想过了，想得很多。我们为什么一定要按照其他人的准则来做事？我们为什么不能做我们想做的事？"

"我们一直生活得很快乐，我倒并没有觉得有什么准则约束我们。"

"请你再摸一下我的头吧。"

他摸了她的头发，还吻了她。

"啊，你真是个可爱的人，"她说道，"而且你确实喜欢这发型，我能感觉到的，我说得没错。你不一定要爱上它，现在你只要喜欢它就行了。"

"我喜欢，"他说，"而且你有完美的头形，再配上如此可爱的颧骨，真是美人啊。"

"难道你不喜欢耳朵两边的头发？"她问，"这可不是假发，也不是长头发梳成的发型，这是地地道道的男孩的发型，可不是在那些美容院弄的。"

"谁弄的？"

"死水城的发型师，就是那个一星期以前给你理发的发型师。你当时跟他说过你的头发要剪成什么样子，我让他把我的头发也剪成那样。他真是个好人，一点儿都没有吃惊的样子，他也没有犹豫，只是问跟你的完全一样吗？我就说完全一样。这件事难道对你没有什么影响吗，戴维？"

"有啊。"他说。

"只有蠢汉才会觉得奇怪呢！我们一定会感到自豪的，我喜欢自豪的感觉。"

"我也是，"他说，"那么我们现在就开始自豪吧。"

他们一直坐在那家咖啡馆里，喝着兑水白兰地，欣赏水面上落日的反光，欣赏暮色降临的小镇。小镇上的老百姓走过咖啡馆的时候，看到这姑娘，并没有冒失地露出惊奇之色，因为他们在小镇上已经待了快三个星期了，她又是个美丽的外国人，所以人们都喜欢她。而且他们今天还钓到一条那么大的鱼，这件事通常会成为人们谈话的内容，可是其余的新鲜事在镇上也会不胫而走。在这一带，没有哪个正派的姑娘会把头发剪得这样短，这是一件罕见的怪事，即使在巴黎也是如此。也许这样会显得很美，也许这样会是一件极其糟糕的事。这样做可能会被认为太过分，也可能会被认为只是为了显示美丽的头形而已，因为历来没有什么办法能够如此出色地把漂亮的头形显示出来。

晚饭他们要了半熟的牛排，配上土豆泥和菜豆，还要了一客色拉，姑娘问可不可以喝一点塔韦尔酒[1]。"这种酒最适合恋爱中的人，是一种好酒。"她说。

他想，她看上去始终和她二十一岁的年龄完全相称。他为此感到非常得意。不过，这个夜晚她看上去并非如此。她的颧骨显示出他从没有见到过的清晰的线条，她的脸上带着微笑，那是一张美得让人心碎的脸蛋。

房间里很暗，窗外透进一点微弱的亮光。一阵微风吹来，房间里很凉快，他们身上的被单都掉到了床下。

"戴夫[2]，你不会在意我们做出不顾死活的事情，是吗？"

"是的，姑娘。"他说。

---

[1]这种酒是一种干红葡萄酒，原产地是位于阿维尼翁西北部的塔韦尔小镇，并以此为名。
[2]戴维的爱称。

"你别叫我姑娘。"

"我搂着你的地方,分明证明你是个姑娘。"他说道。他紧紧地搂住她的乳房,手指轻轻地抚弄她,他感觉到手指间那个突起的坚挺嫩滑的东西。

"这只不过是我天生的资本,"她说,"那新花样才是我带给你的惊喜呢。你摸摸看,不用了,随它们去吧,反正已经是事实了。你摸过我的脸和脖子吧,摸上去是不是感觉很妙啊,又光滑又柔软。请你爱我现在这样子吧,戴维。请你理解我,爱我吧。"

他把眼睛闭上了,感觉到她那颀长的身子在移动着,轻轻地移到了自己的身上,她的乳房顶着他的身体,她的嘴唇紧紧地贴在他的嘴上。他躺着,感受着,一动不动。她的手又握住了他,慢慢地向下摸索,他也用双手帮助她,然后就在黑暗中仰面躺着,什么也不想,只是感觉她的身体,心里涌起一种异样的感觉。这时候她说:"现在你说不清楚到底谁是谁了,是吗?"

"是的。"

"你在改变,"她说,"啊,你在变,你正在变。是的,你正在改变,现在你是我的姑娘凯瑟琳了。你愿意改变吗,做我的姑娘,让我来吗?"

"你才是姑娘凯瑟琳嘛。"

"不,我不是,我是彼得,你才是我的凯瑟琳,妙不可言的凯瑟琳，永远美丽、可爱无比的凯瑟琳。你真好，愿意改变。啊，谢谢你，凯瑟琳。请你理解我，请你明白，你要理解我，我会永远这么主动地跟你做爱。"

后来，他们两人都像死去那样，感到整个身子空落落的，但是还没完呢。他们肩并肩地躺在黑暗中，彼此的腿相互挨着，他用一条胳臂给她当枕头。月亮升起来了，屋里稍微亮了一点。她又伸出手顺着他的肚子向下摸索，可眼睛并不看，她说："你不会认为我是坏女人吧？"

"当然不会。不过这样的想法你有多久了？"

"并没有一直在想，不过也想了很长一段时间。你真是好人，愿意让我这么做。"

小伙子的双臂搂着姑娘，让她紧紧地贴在自己的身上，感觉到她那可爱的双乳正好顶在自己的胸膛上，他吻着她那可爱的嘴唇。他使劲地搂着她，在心里说再见吧，然后又说了一次，再见吧，再见吧。

"我们就这么彼此搂在一起静静地躺着，一动不动地躺着，什么也不想，好吧。"他说，心里却在不停地说，再见吧，凯瑟琳，再见吧，我可爱的姑娘，再见吧，祝你好运，再见吧。

第二章

他站了起来，向海滩的两头看了一看，然后把打开的防晒油塞上瓶塞，放进帆布背包侧面的袋子里。他往海边走去，感觉沙子在脚下越来越凉。他转过头望了望姑娘，她正仰面躺在那片倾斜的海滩上，姑娘闭着眼睛，手臂贴在身体旁边。姑娘的身后支着一个斜顶的帆布帐篷，挨着海滩边新生的簇簇绿草。阳光笔直地照耀在姑娘的身上，他想，她不应该保持这样的姿势躺那么久。但他转过头，朝海滩走去，"扑通"一声跳进冰冷的海水里。他在水里翻了个身，仰泳着游向大海的远处，他的两腿和双脚不停地拍击着海水，目光却始终没有离开那片海滩。过了一会儿，他转过身，潜入水底，摸到了海底那些粗糙的沙子，感觉到海底一道道的粗棱。然后他冒出水面，平稳地向海岸游回来，他发现自由式游泳能够让他更省力。他上了岸，走到姑娘的身边，发现她已经睡着了。他把帆布背包里的手表掏出来，看了看时间，盘算着应该在什么时候把她叫醒。他拿出一瓶冰镇白葡萄酒，这瓶酒是用报纸包着的，外面还裹着他们的毛巾。他直接拔掉了瓶塞，让那报纸和毛巾继续裹着，就举起这个累赘的酒瓶喝了一口酒，酒很清凉。他又坐下来，看着姑娘，也看着大海。

他想，这片海水实际上比看上去要冷多了。现在，只有浅浅的海滩是温暖的，而只有到了仲夏时节，中间的海水才会变得暖和。这是一片陡峭的海滩，倾斜着深入海水的中间，而那里的海水冷得厉害，只有不停地游，身子才会感到暖和。他眺望着大海，眺望着蓝天上的云彩。这时，他才留意到有一队渔船正向西方驶去，驶到遥远的天边。他又转过头看了看还在沙滩上熟睡的姑娘，这时的沙滩已经非常干燥，只要他脚动一动，海滩上的沙子就会轻巧地飞扬起来，而海风也越来越大。

夜里，他感觉到她的双手在他的身体上摸索。他醒了，看见美丽的月亮，看见他们被月光笼罩着，而她又用神秘的魔法，把自己变成了男孩。她跟他说话，不时问些问题，他应着，并没说不，他已经感觉到这种变化，而且感到难受极了。等到他们俩都筋疲力尽以后，她的身子颤抖着，在他耳边小声说，"现在我们做成这件事了,真的做成了。"

是啊,他想,我们现在确实做成这件事了。她很快睡着了,那样子又像个累乏的、可爱的小姑娘,静静地侧躺在他的身边,明朗的月光照着她的脑袋,美丽而新奇的头型,非常可爱。他探过身子,看着她,轻轻地说:"我会支持你的,无论你还有什么新奇的想法,我都会支持你的,我爱你。"

清晨,他醒了,虽然肚子饿得咕咕直叫,虽然脑子里不停地想立刻去吃早餐,但他还是耐心地等待着,等待她醒来。终于他弯下腰,吻了她。她睁开眼睛,微微一笑,睡眼惺忪地起了床,用大脸盆洗了脸,又懒洋洋地坐在衣橱的镜子前梳头,一脸疲惫的样子。她望着镜子里的自己看了一会儿,然后微笑了,她的指尖摸了摸腮帮,再套上一件条纹衬衫,然后站起来,走到他身边吻他。她紧紧地贴着他的身体,乳房顶在他的胸膛上,喃喃地说:"别担心,戴维,我还是你的好姑娘,我又回来了。"

可是这时他正在担心着,他想,如果突然变得这么狂放、发展得这么快,将会是一件危险的事,以后会怎样呢?在来势汹汹的烈火中,有什么不会被烧掉呢?现在我们很快活,而且我也相信她一定是快活的。可是这是我们所需要的吗?不过你又有什么资格来评判她,难道你不是也参与了,难道你不是也接受了她的变化,并且亲身体验了她的变化?如果她真的喜欢这样的话,你又有什么理由不要她这样做呢?你是一个有福气的人,娶了像她这样的妻子,如果事后你觉得不快那才算是罪过,可你并没有不快的感觉。喝过葡萄酒以后,你是不会感觉到不快的,他在心里对自己说,但是,葡萄酒不能再掩饰你的时候,你又喝什么呢?

他打开帆布背包,拿出那瓶防晒油,涂抹在姑娘的下巴上、腮帮上和鼻子上,他还找到一块已经褪色的蓝色碎花手绢,他拿出手绢,把它摊在她的胸口。

"我一定要醒来吗?"姑娘问道,"我正做着一个非常美妙的梦。"

"把你的梦做完吧。"他说。

"谢谢你。"

没隔几分钟,她躺着深深地吸了口气,然后把头一摇,坐起来了。

"我们去游泳吧。"她说。

他们一起走进海水,向远处游去,随后又钻到水面下像海豚般嬉戏。不久,他们游了回来,彼此用毛巾为对方擦干身子,他拿出那瓶仍旧卷在报纸里、仍旧很凉的葡萄酒递给她,她喝了一口,他也喝了一口。

姑娘看着他，哈哈地笑了。

"因为口渴而喝酒真是一件挺好的事，"她说，"你真的不介意我们像现在这样做兄弟吗？"

"是的。"他又在她的前额和鼻子上涂抹了一些防晒油，然后抹她的脸颊和下巴，接着小心地把防晒油抹在她两耳的上面和后面。

"我要把耳朵后面的皮肤和脖子上的皮肤都晒黑，还有我的颧骨，把所有没晒黑的地方都晒黑。"

"你已经很黑了，弟弟，"他说，"你都不知道自己有多黑。"

"我就喜欢这样，"姑娘说，"而且我想要再黑一点。"

他们俩都躺在沙滩上，这块沙滩现在已经干燥而且结实了，但是仍然很凉。小伙子在手心抹了点防晒油，然后用指头均匀地涂在姑娘的大腿上，涂得薄薄的。防晒油被皮肤吸收了，腿感觉到暖烘烘的，皮肤发着亮光。他又继续在姑娘的肚子和乳房上涂上防晒油，姑娘带着几分睡意说："现在我们看上去就不大像是两兄弟了，是吗？"

"是的。"

"我正在努力做一个好姑娘啊，"她说道，"真的，在夜色来临以前，你根本用不着担心，亲爱的。我们绝不让夜里干的事儿发生在白天。"

旅馆里，邮差正在喝酒。他在等姑娘回来，要她签收一只沉甸甸的大信封，信封里是几封银行转来的信，那是她在巴黎存款的银行。还有三封从那家存款的银行寄来，改写过通讯地址的信。这是他们把这家旅馆当做通讯处以来的第一批信件。小伙子拿了五法郎给邮差，又请他一起到镀锌的白铁吧台前再喝一杯。这时，姑娘从挂钥匙的地方取下了房间的钥匙，说："我到楼上的房间里梳洗一下，然后去咖啡馆找你。"

他喝光了酒，跟邮差告别，然后沿着运河走进了咖啡馆。他喜欢光着头从阳光明媚的遥远海滩走回来，再到阴凉的地方休息一下，那真是惬意，而咖啡馆就是休息的最好地方，又舒适又凉快。他要了一杯兑了苏打水的味美思酒，接着掏出怀刀，裁开了信封。厚厚的三叠信全是出版商寄给他的，有两封塞满了剪报，以及出书广告的校样，把信封塞得鼓鼓的。他很快地扫了一眼剪报，打开了那封信。信写得很长，写信的语气谨慎而乐观，内容让人感到很愉快。虽然现在还不能预言那本书的销量怎么样，但目前的反应是很好的。大多数的书评都写得很出色，当然也有一些反面的书评，但这正是意料中的事。在书评中，有的句子下面画了线，这些句子可能会用在书的宣传广告中。

看得出，他的出版商很希望能多说一些有关这本书的销路的事情，不过他却从来不会对此作出预言，他认为这样做并不好。而且这本书的受欢迎程度已经达到极限，读者的反应也实在让人惊喜。他仔细地看了看那些剪报，这本书初版印了五千册，因为书评的带动，又安排了第二次印刷。而即将刊出的宣传广告上也会有这样的语言："正在第二次印刷中。"在信中，出版商说希望他感到愉快，还说这是他应有的回报，还说希望他好好地休息，这也是他应有的回报，他还说向他的夫人致以衷心的敬意。

小伙子向服务员借了一支铅笔，在纸上算了算二点五元和一千相乘等于多少。他很快算了出来，并且算出这笔数目的百分之十，然后用五跟二百五十元相乘就是一千二百五十元。这就是他应得的钱。出版商已经预支了七百五十元，还有五百元没付，也就是说他第一次印刷的收入有五百元。

马上就会进行第二次印刷了，最少也得印两千册吧。两千册卖出五千元，那么他又可以拿到百分之十二点五，因为他们的合同上是这样规定的。这样，他又可以得到六百二十五元。不过如果第二次印刷没有一万册，他也可能得不到百分之十二点五。即使那样，他也还有五百元，再加上马上会得到的五百元，他将会有一千元的稿酬。

　　他开始慢慢地看那些书评，不知不觉把那杯味美思喝光了。他又要了一杯，把铅笔还给了服务员。当姑娘拿着那只塞得沉甸甸的大信封走进来的时候，他还在看书评。

　　"这些已经寄来了吗，我还不知道呢。"她说，"我看看吧，让我看看。"

　　服务员端来一杯味美思，把它放在桌上，当姑娘摊开一页剪报的时候，服务员看到了一张铜版印刷的图片。

　　"这是先生吗？"服务员用法语问。

　　"正是呢。"姑娘说着，把那页剪报拿起来给服务员看。

　　"不过跟现在的装扮可不一样，"服务员说，"他们有没有写结婚的事儿？可以让我看看太太的照片吗？"

　　"这里没有提到结婚，只写了一些对于先生写的那本书的评论。"

　　"那真是太棒了，"服务员崇拜地说道，"太太也是作家吗？"

　　"不，我不是。"姑娘说。她一直看着剪报，并没有抬起头来，"太太是全职家庭妇女。"

服务员有些不相信地笑了,"没准儿太太是拍电影的演员吧。"

他们俩继续看剪报,谁都没有回答。后来,姑娘把她看的那张放下,说:"他们这些人哪,就像他们所写的一切,真要把我吓死了。我们怎么会是这样的人,我们拥有我们想拥有的一切,干着我们想干的事,而你怎么会像这些剪报上写的那样?"

"我早就挨过这样的批评了,"戴维说,"这些评论对你不好,不过很快就会过去的。"

"这些评论真是太可怕了,"她说道,"如果你看了这些东西想不开,或者相信这些东西上面所说的那样,那么你就可能被毁了。你不会以为我嫁给你是因为你正好像这些剪报里他们所描写的那样,是吗?"

"是的。我会看完这些剪报,然后我们就把这些剪报封在信封里。"

"我知道这些剪报你是非看不可的。不过,我不想被这些东西弄得不知所措,即使把它们封在信封里,这仍然是糟糕的东西,就像是一只存放别人骨灰的盒子。"

"好多女人在她们那该死的丈夫收到这些赞美的书评时,都会感到高兴的。"

"我不是那其中的一个,你也不是我该死的丈夫。

虽然我知道自己脾气暴躁,你的脾气也很暴躁,求求你,我们别抬杠了。你看你的剪报吧,看到赞美的话就请告诉我,看到有关那本书的明智的话,我们没有听到过的,也请你告诉我。"

"我们的那本书已经有钱赚了。"他对她说。

"那好极了,我真是高兴极了。不过我很明白那是本好书,即使书评说得那本书一无是处,而且也没有给你挣到一个子儿,我仍然会感到骄傲,仍然会很高兴的。"

我可不会,戴维心想,可是没有说出口。他埋头看书评。这些书评被一张张地摊开,又重新一张张地折好,放进那个信封。姑娘坐在那里拆她的信,兴味索然地看完,把目光投向咖啡馆外面的大海。她的神情木然,她的脸呈现出深金褐色,头发从前额向后梳,就像刚从水里出来时的模样。在头发剪得很短的地方,阳光已经把头发晒淡,衬托着褐色的皮肤,呈现出白金色。她的眼神忧郁,眺望着大海。过了一会儿,她又开始拆信,一封封地看,有一封用打字机打得很长的信,她看得特别认真。戴维看着她,心想她拆信的样子看上去有点儿像是在剥豆子。

"信上都说了些什么?"戴维问道。

"有几封信附有支票。"

"支票的数目大吗?"

"有两张。"

"那很好啊。"他说。

"别傻了,你一向都说这些无所谓的。"

"刚才我说过什么吗?"

"你没有,刚才你只不过有点傻。"

"对不起,"他说道,"那两张支票有多少钱?"

"没有多少,不过对我们来说,仍然是件好事。这笔钱已经存进我的账户了,因为我结婚了[1]。我早就跟你说过,我们结婚是一件大好事。我知道,这笔钱其实不算什么,但是这毕竟是可以用的,我们现在就可以花掉。对于任何人来说,钱都没有坏处,钱本来就是用来消费的。跟固定收入没有一点关系,至于我在二十五岁的时候,或者三十岁的时候能拿到多少钱,也没有关系。现在这些钱是我们的,我们喜欢怎么花就怎么花。我们俩有好一阵都不用担心没钱用了,事情就是这么简单。"

"我的那本书除了已经付了的预支的数目,还会

---

[1] 有的人会在遗嘱上写明继承人必须在成年的时候,或者结了婚以后才能动用遗产。

赚到大约一千块钱。"他说。

"而且那本书只是刚刚出版，这一切只是开始，是一个很好的开始，不是吗？"

"是的，很不错。再来一杯味美思，好吗？"他问。

"我们还是要点别的吧。"

"你喝了几杯味美思了？"

"我只喝了一杯，我不得不说这酒喝起来很乏味。"

"我已经喝了两杯了，也不知道是什么味道。"

"有什么好酒吗？"她问。

"你有没有喝过兑苏打水的阿马涅克酒？那可是好酒，货真价实的酒。"

"好吧，就要这种酒吧。"

服务员端来了一瓶阿马涅克酒。戴维并没有吩咐他拿苏打水，而要了一瓶冰镇的毕雷矿泉水。服务员把阿马涅克酒倒进两只大玻璃酒杯里，酒杯能装不少酒，小伙子就在玻璃杯里放上冰块，再倒进矿泉水。

"这样的酒喝着才过瘾呢。"他说，"不过，还没有吃午饭就喝这个可真够受的。"

姑娘慢慢地呷着，一口口地品尝。"好，"她说，"这种酒喝上去又清又纯，对健康是有益的，不过很冲。"她又慢慢地呷着，一口口地，"我确实感觉到这种酒了，你呢？"

"是啊，"他说着，深深地吸了口气，"我也感觉到了。"

她又拿起酒杯，喝了一口酒，笑了。她的眼角上出现了笑纹。这瓶烈性白兰地被冰镇的矿泉水一冲，更有劲儿了。

"这是英雄们喝的酒。"他说。

"我不在乎是不是英雄，"她说，"我们跟别人是不一样的，我们不会用甜言蜜语来说服对方。我觉得什么亲爱的，以及我最最亲爱的这些词儿都很庸俗、下流，我们彼此称呼教名吧。你明白我想说什么，我们为什么一定要像别人那样，做他们所做的那些事儿呢？"

"你真是个聪明的姑娘，绝顶聪明。"

"别这么说，戴维。"她说，"我们为什么一定要正儿八经的呢？现在这里不会有趣了，我们为什么不继续往前走，到其他地方去旅游呢？你想做什么，我们就做什么。如果你是欧洲人的话，请一名律师来吧。我的钱还不就是你的，就是你的钱嘛。"

"让它见鬼去吧。"

"好啊，都见鬼去吧。不过这些钱我们还是要花掉的，我认为这样处理这些钱是最好的办法。将来你可以继续写作，至少我们在生孩子以前，可以先痛痛快快地玩一番。可是我们怎么知道什么时候生孩子呢，现在谈这个问题可是越来越乏味，越来越无聊啦。不谈这些好吗？"

"如果我还想写作怎么办？当你不再干一件事以后，说不定很快就会想念它的。"

"那你就写呗，小笨蛋。你从来都没有说你不想写作，也没有谁透露出对于你写不写作的担心啊，是这样吗？"

可是他的确记得在什么地方说过这样的话，不过在哪里说的，说过什么样的话已经忘记了，因为他的脑子里一直都在想未来的事情。

"如果你想写就继续写吧，我会自己去找事情干的。你在写作的时候，我是不用离开你的，是吗？"

"可是现在人们已经开始向这里涌来，你说我们能去哪里呀？"

"你想去哪里都行。戴维，你愿意走吗？"

"要走多久？"

"喜欢去多久就多久。六个月可以，九个月也可以，甚至一年。"

"那好吧。"他说道。

"你答应了吗，真的答应吗？"

"当然。"

"你真是太好了。你的果断让我非常爱你,已经不再需要别的理由了。"

"如果你根本不知道那些决断的后果是怎么样,那么下决断是很容易的。"

他喝完那杯英雄酒,可是感觉味儿已经不太好了。于是,他又要了一瓶冰镇的矿泉水,再次调了一小杯酒,不过这一次他没有搁冰块。

"请你也给我调一杯吧,就一小杯,跟你调的一样。然后我们就去吃中饭,任酒性发作。"

第三章

那天夜里,他们俩躺在床上,还没有睡着。在黑暗中她说:"你明白吗?我们不用总是那样做。"

"我明白的。"

"我喜欢我们还像从前那样,不管怎么说,我还是你的姑娘啊。请你永远都不要感到孤单,你知道,我正是你需要的那种姑娘,我也很喜欢我自己,对我们双方来说,这都是一件好事。你不用说什么,我只不过讲一个故事让我那可爱的好丈夫美美地睡一觉,你也是我的好哥哥。我爱你,非常爱。等我们到非洲以后,我还要做你的非洲姑娘。"

"我们真的要去非洲吗?"

"难道不去吗?你不记得了吗?我们今天商量过这件事的啊。我们可以去非洲,或者任何一个其他的地方。难道你不想去非洲吗?"

"为什么那时候你没有直接说去非洲呢?"

"我不想影响你的决定,我说过只要是你喜欢去的地方,我就跟你去,什么地方都可以。不过那时我以为你正打算去非洲。"

"现在去非洲并不是好主意。现在是雨季,雨后草会疯长起来,长得很高,天气也会变得非常冷。"

"我们可以躺在床上,捂着暖暖的被子,听雨点嘀嘀嗒嗒地落在白铁屋顶上。"

"不好,过一段时间去才好,现在还太早。现在去,会发现道路一片泥泞,根本没法走,那里会像一片沼泽地,有很多又高又密的草,遮住了你的视线,让你什么也看不清。"

"那我们去哪儿最好?"

"我们可以到西班牙去,不过塞维利亚的节日[1]也过了,而马德里的圣伊西德罗[2]的节日庆典也结束了,不过去那儿现在也不是时候。去巴斯克海岸[3]也嫌太早,那里仍然是又冷又多雨的天气。现在去哪里都不好,无论哪里都在下雨。"

---

[1] 这是指位于西班牙西南部的塞维利亚古城举行的复活节活动,从1847年开始,每年举行一次,也叫"四月节"。
[2] 1651年修建的圣伊西德罗大教堂,是马德里一座著名的古迹,每年的五月中旬,这里都会举行守护圣徒的庆典活动。
[3] 巴斯克海岸位于西班牙北部,沿着比斯开湾的东段是巴斯克族的聚居之地。

"难道那边就没有一个天气好的地点,可以像我们在这里一样游泳的地方吗?"

"在西班牙你可不能像我们在这里一样地游泳[1],否则你会被警察抓去的。"

"那多没意思啊。干脆过一段时间再去非洲吧,我想把我们俩的皮肤都晒得更黑些。"

"为什么你希望晒得更黑呢?"

"不知道。为什么一个人总会有要求呢?现在我最最想做到的事情就是把皮肤晒得更黑。我们的皮肤还不算黑,你觉得快乐吗,如果我晒得特别黑的话?"

"嗯,嗯,我喜欢你晒得特别黑。"

"你可曾想过有朝一日我会晒得特别黑?"

"从未想过,你是白皮肤的姑娘。"

"我倒没事,因为我的肤色就像狮子的皮肤,这样的皮肤是能够被晒黑的。我还想让我身上的每一寸皮肤都变得很黑,现在我的计划正在实现,而你也会变得更黑,比印度人还要黑。这样我们就跟别人更加不一样了,你知道为什么我会很在乎这件事了吧。"

"那么我们会变成什么样呢?"

---

[1] 这里的意思是不穿泳装,在隐蔽的海滩裸泳。

"我不知道,也许最后还是变成我们自己吧,只不过是变了样的自己。也许这是件很好的事,我们还会到其他地方去的,对吗?"

"当然了。我们可以穿过埃斯特雷尔[1]山区,到那里去看看,就像当初我们找到这里一样,再找一个好地方。"

"我们一定会再次找到这样的地方。有很多地方很荒僻,整个夏天都没有人到那里去。我们想办法搞一辆汽车,去哪里都会很方便,想去西班牙也行。如果我们的皮肤被晒黑了,就很容易保持那种肤色,除非我们必须要待在城里。等到了夏天,我们宁可出城,找一个凉爽的地方避暑。"

"你想晒得多黑?"

"我想尽可能地晒,能晒多黑就晒多黑,不过现在可不知道最后的结果。但愿我有几分印度血统,我会把自己晒得让你吃惊的。明天还能到海滩去,现在我就等不及了。"

说着,她睡着了,下巴微微地扬起来,头往后倾,就像在海滩上晒太阳那样。她轻柔地呼吸着,过了一会儿,她又侧身对着他,并且曲起了身子。这时,小

---

[1] 埃斯特雷尔是法国地中海海岸东部的一片山区,有茂密的森林,濒临旅游胜地戛纳和弗瑞杰斯。

伙子还没有睡着，正想着白天的情景。他想，我可能根本没办法采取行动，也许我应该什么都不想，只享受我们现在的快乐就可以了。到了我应该写作的时候，没有什么能够妨碍我去做这件事的。我的上一本书销量很好，而且我一定会写出更好的书来。我们现在做的这件荒唐事也是一件很让人快乐的事，虽然我分不清这到底是瞎闹，还是必需的转变。该死的，中午喝的白兰地真不好，而那些普通的开胃酒早就令人乏味了，这可不是个好兆头。她能够轻易而快乐地变成男孩，又能轻松地变回姑娘的样子。她睡得很沉，模样也很俏。你呢，也会睡去，因为你正在感受的这一切让你非常高兴。他又想，其实你卖掉作品并不是为了得到稿酬。关于那笔钱她说得很对，而且完全正确，这会儿买什么东西都不用担心花钱了。

　　有关破坏一类的话，她是怎么说的？他已经想不起来了。只记得她的确说过，可是说了什么他一点也不晓得了。

　　他不愿再去想这些，就盯着姑娘看，又轻巧地在她的腮帮上亲吻，她并没有醒来。他知道自己特别爱她，而且爱她的一切，他睡着的时候正在想她的腮帮还贴在他的嘴唇上。而明天他们俩会被晒得更黑，她的皮肤究竟能变成什么样的黑色呢，她会变得多黑呢？

第2部

第四章

　　黄昏时分,一辆小汽车在山丘之间翻越。这辆小汽车的车身很低,行驶在黑色的道路上,道路的右边是那片深蓝色的海洋。一条两英里长的平坦的黄色沙滩沿着昂代[1]伸展开来,汽车就在这条林荫大道上穿行,路上的行人和车辆都很稀少。不远的地方,临海有一家大旅馆,还有一片高大的建筑,是赌场。道路的左边刚栽了些树木,掩映着一座座白墙褐顶的巴斯克式别墅,它们被各自的树丛和花圃包围着。小汽车里有两位年轻人,他们开着车一边慢慢地向林荫大道的南面行驶,一边遥望着那片美丽的海滩,还有海滩那边的西班牙山冈。在阳光的照耀下,那片山冈呈现出瑰丽的蓝色。汽车驶过了赌场,又驶过了大旅馆,

---

[1] 昂代是一座边境城市,位于法国西南部,是濒临大西洋的比斯开湾一处著名的旅游胜地。

奔向林荫大道的尽头,那里恰好是一条河流的入海口。

他们的目光穿过已经退潮的沙滩,看见了那座西班牙古城[1],还看到了海湾对面那青翠的山峰,以及遥远的地平线上的灯塔。小汽车停了下来。

"真是个亮丽的地方。"姑娘说。

"那里有家咖啡馆,大树底下还有些桌子。"小伙子说道,"都是些老树。"

"这些树可真有点古怪,"姑娘说,"明明都是刚栽上的,真不知道他们为什么会栽这种含羞草属的树木。"

"还不是想跟我们来的那地方攀比呗。"

"我看也是,一眼就能看出是刚栽上的。不过这片海滩真是令人惊讶,在法国从来没有看到过这么大的海滩,也没有这么平坦而亮丽的。比亚里茨[2]已经令人厌恶了。我们还是到咖啡馆的前面去吧。"

于是,他们便沿着道路的右侧往回开。小伙子在路边把车熄了火,然后两人一起下了车,穿过马路走入那家露天咖啡馆。他们很快乐,因为终于可以单独在一起了,而且咖啡馆里别的桌子旁坐着吃东西的人全都不认识他们。

---

[1] 这里指南恩特拉比亚,一座位于西班牙东北部的边境城市,隔着国境线跟法国的昂代遥遥相对。
[2] 比亚里茨是位于比斯开湾旁边的另一处旅游胜地,在昂代的东北部。

这天夜里起风了,他们住进了那家大旅馆,选择了一个楼层比较高的、转角上的房间。他们侧耳倾听海浪拍击海滩的声音,沉重得令人惶恐。他们的身上只盖着一床被单,黑暗中,戴维又拉过一条薄毯子盖在被单上,姑娘说:"我们已经决定在这里住一晚,难道你不高兴吗?"

"我喜欢波涛拍打沙滩的声音。"

"我也是。"

他们躺在床上,挤在一起,倾听那海浪的声音。她枕着他的胸膛躺着,稍后便缓缓地把头移向他的下巴颏,顶住了,又缓缓地往上挪动身子,把她的腮帮贴在了他的腮帮上,紧紧地贴住不放。她开始吻他,他还感到她的一只手正在抚摸他。

"真是太好了!"黑暗中她悄悄地说,"我喜欢这样,你难道不需要我转变吗?"

"现在不需要,我有些冷,请你抱住我,我会感到温暖的。"

"抱住你的身体我也会觉得冷,我就喜欢这样。"

"这地方夜里居然这么冷,我们不得不把睡衣穿上了。那样,明天早上,我们可以在床上吃早餐,一定会更有情致。"

"听,那是大西洋的声音,"她说,"认真听。"

"我们会在这儿度过一段愉快的日子。"他对她说,"如果你喜欢,我们就在这里逗留一段日子。不过你要是想走,我们就去别的地方,还有很多好玩的地方。"

"我们先在这里待几天吧。"

"好吧。但是,如果这样的话,我想开始写作了。"

"那真是太好了。明天我就到处走走,我出去玩,你就可以在这间屋里写作了,对吗?还是等我们租下一间房子再工作?"

"我当然可以在这屋里写作。"

"你知道的,你根本不用为我担心,因为我爱你,我们是一伙的,我们两个人要应对世界上所有的人。亲我吧。"她说。

他亲了她。

"你明白,我未曾做过什么不好的事情,即使改变也是不得已的,你应该明白。"

他沉默着,听着那海浪拍打在结实的湿漉漉的沙滩上发出的沉重声响,在夜色里特别清晰。

第二天早晨,海浪一点都没有减弱,还下起了雨。大海波涛汹涌,更有一道道雨帘遮在眼前,根本望不见西班牙海岸。在狂风暴雨之间,天空露出了一丝笑意,隔着海湾中的波涛,他们看见整座山都被厚厚的云层围住了。吃过早餐,凯瑟琳披上雨衣,出去了,把他一个人留在屋里工作。这一次,他写得很简单,因而感觉轻松极了,以至于他开始怀疑自己作品的质量。一定要注意,他不断地提醒自己,写得简单固然好,并且越简单越好,不过千万不要以为故事真的那么简单。一定要清楚情节是非常复杂的,只不过是用简单的语言把它写出来。如果以为只是简单地写了一点在王家水道港度过的光景,在那里的生活真的非常简单,那就完全错了。

他的铅笔不停地在那本叫Cahier[1]的廉价笔记本上写着,这是一种学生用的印有横线的笔记本,封面上标着一个罗马数字的"Ⅰ"。写了良久,他才停下来,打开一个装衣服的皮箱,把笔记本和一盒铅笔,以及圆锥形的卷笔刀全都放了进去,只留出五支已经用过的、钝了的铅笔,这是留着削尖了第二天再用的。他从衣架上取下雨衣,带着雨衣走下楼,来到旅馆的休息室里。他向旅馆的酒吧间里张望。因为下雨,酒吧间里的光线很暗淡,不过气氛却很祥和,已经有一些顾客在那里喝酒。他把房间的钥匙交给柜台上的管理员助手,那位助手挂好钥匙以后,从信格里取出一张纸条,"太太留下这张纸条给先生。"

---

[1]法语,"练习簿"的意思。

他打开纸条，看到上面写着：戴维，不愿打扰你，我去咖啡馆了。爱你的凯瑟琳。他把那件旧的军用雨衣穿上，又从口袋里掏出贝雷帽戴上，然后跨出旅馆大门，走入雨中。

咖啡馆的一角放着一张桌子，桌子上有一杯浑浊的颜色淡黄的酒，还有一盘菜。盘子里还剩下一只颜色深红的淡水小龙虾，以及几只虾的虾壳。她就坐在小咖啡馆的这张桌子旁，看上去她的进度可比他要快得多。"你刚才去哪儿了？"

"就在路上，我跑了一路。"他注意到她的脸还带着雨水的痕迹，心里就老想着雨水会对晒得很黑很黑的皮肤起什么样的作用。尽管如此，她依旧十分美丽，看着她的模样，他很兴奋。

"你开始了吗？"姑娘问。

"相当好的开始。"

"这么说你已经写了，这是件好事。"

服务员接待完坐在门边那张桌子旁的三个西班牙人以后，端着托盘里的一只玻璃杯、一瓶平常的佩诺[1]酒，还有一只小水壶走了过来。水壶的水里放了

---

[1] 佩诺（Perond），商标名，是一种法国产的黄绿色苦艾酒，苦艾有毒，所以有时用茴香代替，有苦艾味道。

些冰块。"Pour Monsieur aussi？[1]"他问道。

"好吧，"戴维说，"请。"

服务员倒了半杯透着黄色的酒在他们的高脚玻璃杯里，又准备向姑娘的杯子里兑水。可他说："我来吧。"于是，服务员拿走了酒瓶，看起来好像松了一口气似的[2]。小伙子拿起水壶，让一道细细的水流流入姑娘的杯子里，姑娘静静地注视着，淡黄的苦艾酒慢慢变成了浑浊的乳白色。她伸手握住了酒杯，感觉暖暖的。酒的黄色渐渐消失了，乳白色越来越浓，看上去有点像牛奶。酒也变冷了，于是小伙子开始向杯子里滴水，一滴一滴地滴进杯子里。

"为什么一定要滴这么慢呢？"姑娘问道。

"如果水很快地进入杯子里，就会把酒分解掉，那么这杯酒就完了。"他解释道，"它会变得淡而无味，那很扫兴呀。最好在酒杯顶上放上一只搁了冰块的玻璃杯，在杯底留一个小洞，玻璃杯里的水就会滴下来。不过这样的话，别人都会知道是什么东西了。"

"我刚才喝得很快，因为有两名GN.进来了。"姑娘说。

---

[1] 法语，意思是："先生也照样来一杯吗？"
[2] 苦艾酒的浓度高，可以达到七八十度，当时西方一些国家曾禁止出售，所以那个招待不希望他们多喝。

"GN.?"

"就是你把他们叫什么来着的警察。他们穿着卡其色的制服,骑着自行车,身上还挎着带黑皮套的手枪。我只得一口吞下了物证。"

"一口吞下?"

"对不住。我一口把它吞下,然后就口齿不清[1]。"

"你要少喝一点苦艾酒。"

"但是它能令我心情舒畅。"

"不能用别的东西代替吗?"

他把苦艾酒调好给她,调得恰到好处,不浓不淡。"喝吧,"他说道,"不用等我。"姑娘慢慢地抿着酒,一口一口地。过了片刻,他从她的手里拿过酒杯,喝了一口,笑着说:"谢谢您,太太。这东西对男人来说,可真带劲。"

"那你也给自己调一杯吧,你这个只会看剪报的。"她说。

"你刚才说什么?"小伙子问她。

"我没说什么啊。"

可是她的确说了,他大声地说道:"你就不能绝

---

[1] 前一句中的"吞下"在原文的意思是"engulp",实际应为"engulf",所以小伙子不解,她只得说是因为一口吞下才口齿不清了。

口不提那些剪报吗?"

"你想干吗?"她也大声地说,并且转过身去冲着他。"为什么我不能说?就因为今天早上你写作了吗?你以为我跟你结婚就因为我喜欢你是个作家?去你的吧,去你的剪报。"

"行了,"小伙子说道,"现在这里只有我们俩,你把想说的话都说出来吧。"

"不要以为我说不出来,我会说的,什么时候都能。"她说。

"我猜也是。"他说。

"并且,"她说,"你完全不用疑惑这一点。"

戴维·伯恩站了起来,直接走到衣架的前面,取下雨衣,头也不回地走出咖啡馆。

凯瑟琳还坐在那张桌子旁边,她端起酒杯,又小心翼翼地品尝了一口苦艾酒,接着一小口一小口地呷了起来。

过了一会儿,咖啡馆的门开了,戴维又走了进来。他穿着那件军用雨衣,头上的贝雷帽压得低低的,几乎盖住了前额。他径直走到桌子前面,问:"汽车钥匙是不是在你身上?"

"是的。"她说。

"可以把钥匙给我吗?"

她拿出钥匙给他,说:"别犯傻了,戴维。因为一直下着雨,我们都烦闷,而你刚才工作过,我却一直无聊地闲坐着。坐下吧。"

"你要我坐下吗?"

"请坐吧。"她说。

他再次坐下。这算什么呢,真没意思,他心想。原本决定就这么走出去,把那辆该死的汽车开走,然后就待在外面不回来了,让她去见鬼吧。可没过多久又回来了,不得不向她开口要钥匙,接着像个傻瓜似的坐下。他拿起自己那杯酒,喝了一口,觉得这酒真不错。

"你想到哪里吃午餐?"他问。

"你想去哪里,我就陪你去哪里。你还是爱我的,是吗?"

"别傻了,总说傻话。"

"我们完全没必要争吵。"凯瑟琳说。

"这还是第一次。"

"都怪我不好,是我提起剪报的。"

"别说这些了。"

"原来只是这个原因啊。"

"你喝酒的时候总是想着剪报,所以才提起来。"

"听你这么说,我好像是反胃,把喝下去的东西又吐出来。"她说,"真可怕。其实是我说漏嘴了,开玩笑呢。"

"你的脑子里肯定有这样的想法,所以才会说漏嘴的。"

"得了吧,"她说,"我认为那件事已经过去了。"

"那件事确实过去了。"

"哦,可你为什么还提那件事?"

"我们其实不应该喝这种酒。"

"是的,当然不应该喝,尤其是我。但是你却需要这种酒,看看这种酒对你有什么样的好处吧。"

"现在我们还要喝酒吗?"他问。

"当然不会再喝了,我厌恶这种酒。"

"在英语中唯一一个我受不了的词儿就是它了,真是个该死的词儿。"

"那么你算幸运的,因为在英语中,只有一个这样的词儿。"

"放屁!"他几乎吼了起来,"你自己去吃午餐吧。"

"不,我不想一个人去,我们俩要一块去,那才像样。"

"那好吧。"

"很抱歉,我只是开个玩笑,只是这个玩笑你并不喜欢。真的,戴维,其实就只是个玩笑而已。"

第五章

　　戴维·伯恩醒来时，潮水已经退去，退到了遥远的地方。沙滩在明亮的阳光照耀下有些刺眼，而海水泛着深深的蓝色。远处刚被雨水冲洗过的山峦青翠异常，云彩也从山头跑开了。凯瑟琳还在熟睡，他看着她的脸在阳光的照耀下光彩焕发。她沐浴在阳光里，轻柔地呼吸着。他想，真是奇怪啊，阳光已经照在她的眼睛上了，她竟然还没醒。

　　他享受了淋浴，刷了牙，刮了胡子。走出浴室时觉得饿了，想吃早餐。不过，他没有去吃，而是穿上一条短裤，套上一件毛衣，又找出了笔记本、铅笔，和那个卷笔刀，坐到窗前的桌子边。他的目光越过窗外的河口湾，遥望远处的西班牙。他又开始写作了，他的脑子里已经没有了凯瑟琳和那些美丽的景色，只是悄无声息地进行着写作，有灵感的时候，他总是这样。他的表述非常清晰，写忧伤的事情时只稍稍从文字里显露出一些情绪，就像平静的日子里轻轻地流动着一道平滑而细微的波浪，表示那里的水面下有礁石一样。

写了一段时间后，他转过头瞧瞧凯瑟琳，她还在睡，可嘴角却洋溢着笑容。窗户开着，一束长方形的阳光射了进来，照着她棕色的皮肤，也照亮了她身上盖着的、被弄皱的白被单，枕头把她被阳光晒黑的脸蛋和一头浓密的黄褐色头发映衬得非常漂亮。现在去吃早餐实在太晚了，他想着。我给她留张条子，然后下楼去咖啡馆，随便来杯牛奶咖啡，或者其他的什么吧。他停下来，正在拿笔和纸的时候，凯瑟琳醒了。当他关上手提箱的时候，她走到了他的身边，并伸出双臂把他搂住，轻轻地吻他的颈项，喃喃地说："我是你的懒妻子，一丝不挂的懒妻子。"

"那你为什么起来呢？"

"我也不知道。告诉我你要去哪里，五分钟内我就会赶到。"

"我要去咖啡馆吃点东西。"

"去吧，我很快就来。刚才你写了，对吗？"

"当然。"

"昨天发生了那些误会，你还能继续写，真是太好了，我为你感到自豪。亲我吧，看看浴室门上的镜子里我们的模样。"

他亲了她,然后两人一起凝视着这面大穿衣镜。

"真好啊,这种感觉真好。"她说,"你乖乖地去吧,别在路上惹祸。到了咖啡馆帮我要一客火腿蛋。你先吃吧,不用等我。很抱歉,要你等了那么久,现在才去吃。"

他走进咖啡馆,坐下来,拿了一份早报和几份前一天的巴黎报纸。一边看,一边要了牛奶咖啡、一客巴荣纳[1]火腿,还有一个新鲜的、油煎的大鸡蛋。他在鸡蛋上面撒了一些手工磨制的粗胡椒面,然后又涂上一点芥末,这才把蛋黄弄碎。凯瑟琳还没有来,她要的那客煎蛋快凉了,他把那客煎蛋,也端过来吃了,还用一片新鲜的面包把扁平的盘子擦得干干净净。

"太太来了,"服务员说,"我给太太再拿一客煎蛋来。"

她穿起了裙子和毛衣,还戴上了珍珠项链。看得出来,她洗过头了,并且用毛巾擦了头发,趁头发还没有全干的时候,她把头发梳得直直的。现在的头发还有点湿,所以显出均匀的黄褐色,映衬着她那黑得

---

[1] 巴荣纳是一个大城市,位于比亚里茨的东北部,那里的火腿最为出名。

出奇的脸，形成了鲜明的对比。"真是个好天气。"她说，"我有些后悔来晚了。"

"你换好衣服准备去哪里呢？"

"比亚里茨，我想开车到那里去。你想去吗？"

"你不是想自己去吗？"

"对的，"她说，"不过你要去，我也很快乐。"

他站了起来，她又说："我将给你带回一个惊喜。"

"哦，别，别这样。"

"要的，一定要的。而且你一定会喜欢的。"

"让我和你一起去，看着你，别再干什么傻事。"

"不用了。还是我一个人去吧，那样更好。下午我就回来了，不用等我吃午餐。"

看完报纸，戴维就离开了咖啡馆，在城里寻找可以租住的小屋，或者寻找一个更好的、适合居住的地方。他发现了新修建的海湾地区。他喜欢在那里看海湾的风景，遥望对岸西班牙的港湾、富恩特拉比亚那座古老的灰色石堡[1]；他喜欢那些顺着海湾修建的闪着光的白色房子和蓝色阴影下褐色的山冈。他甚至有些疑惑：为什么这场暴风雨这么快就过去了？他怀疑这场暴风雨是从比斯开湾来的，这里只是暴风雨北部

---

[1] 富恩特拉比亚旧城里有一座古堡，而新城则是避暑胜地。

的边缘[1]。他看到了伊伦这座边境城市里的屋顶,再向南的地方有一些山脉,那儿已经属吉普斯夸省管辖了,再往南就是纳瓦拉[2]了。那么我们还等什么呢?他想,我为什么在这个避暑的海滨城市绕来绕去地看那些新栽下的木兰树,那些可恶的含羞草属树木,还要特别留心那些冒牌的巴斯克式别墅上贴的出租牌呢?你并没有因为早晨的写作而辛苦得头脑也变钝了啊。不然,就是因为你昨晚喝多了,到现在还没醒过来吧?其实你根本没有认真写作,而你最好尽快那么做,因为这一切都发展得如此之快,如果你只是跟着走的话,你就会在不经意间完蛋。也许眼下你已经完蛋了。那好吧,不要过于吃惊,至少你还能想起这一点。于是他继续在城市里转悠。因为心怀怨气,他的目光变得异常敏锐,而看到的那些灰白色的美景也正在影响他。

---

[1] 在西班牙语中比斯开就是Vizcaya,不过这个词语是指巴斯克区省,沿着海岸一直过去,距离圣塞瓦斯蒂安西面很远的地方。
[2] 吉普斯夸省,以及纳瓦拉省都位于西班牙的东北部。纳瓦拉省的省会潘符洛纳城在每年六月六日至六月十四日的圣福明节期间会举行盛大的斗牛赛,1923年海明威和他的朋友们就曾经去那里参加盛会,并且从此迷上了斗牛赛。这里的文字流露出作者个人的感情,也很好地证明了戴维的身上有着作者本人的影子。

海上吹来一阵阵微风，从窗户吹进来，穿过了房间。他正躺在床上看书，两个枕头分别垫在他的肩膀和腰背的后面，一个枕头对折后，垫在他的脑后，他就这么躺着。吃过午饭以后，他觉得昏昏欲睡。她没有回来，他的心里感觉空落落的，就一边看书一边等她。终于，他听到了开门的声音，她走了进来，可他看到她的时候几乎认不出来了。她就站在那里，她的双手按住毛衣上乳房下面的地方，仿佛刚刚狂跑过似的，气喘吁吁。

"啊，不，"她说，"不。"

她坐到了床上，用头顶着他，不住地说："别，别，求求你了，戴维，别这样。难道你一点儿都不感到惊喜吗？"

他把她的头紧紧地按在胸前，发现这头已经变得光溜溜的，头发剪得非常短，摸上去就像一匹粗糙的绸子。而她呢，依然持续用头使劲地顶他。

"你都干了些什么好事，你这个魔鬼？"

她仰起头来，盯着他，把嘴唇紧紧地贴在他的嘴唇上面，左右移动，她的身子也挪过来，往他的身上贴。

"现在我可以明白地告诉你了，"她说，"我非常兴奋，这是个很好的机会。现在我变成你新的姑娘了，我们都要明白这一点。"

"让我瞧瞧。"

"我会让你瞧个够的,不过我要先走开一会儿。"

她很快就回来了,站在床边。窗户里射进来的阳光照在她的身上。她的裙子已经脱下了,鞋也脱了,光着脚,只穿着那件毛衣,脖子上戴着珍珠项链。

"你好好地瞧瞧吧,"她说,"这就是我现在的模样,新模样。"他打量着她那双被阳光晒黑的长长的腿,打量着她那站得笔直的身子,打量着她那张晒黑的脸蛋,还有那个好像雕塑似的黄褐色的脑袋。她一直凝视着他,直到他的目光跟她对视,她才说:"谢谢你。"

"你为什么会决定这么做?"

"我上床来告诉你,好吗?"

"如果你马上说清楚的话。"

"不,不是马上就能说明白的,让我慢慢告诉你。刚过了埃克斯昂普罗旺斯[1]时,我就有了这个想法;另一个地方大概是尼姆吧,我们在花园里散步,这个想法又从脑子里闪出来。可是那时候,我还不知道怎样去做,也可能是不知道怎么跟他们说明白我自己的想法吧。后来我终于想到一个办法,也就是昨天,我才决定这样做。"

---

[1] 埃克斯昂普罗旺斯是马赛北面的一座城市。

戴维伸出手摸她的头，从她光滑的脖子一直摸到天灵盖，然后又摸到前额上。

"我说得详细点吧，"她接着说，"我知道，就在比亚里茨城里，一定会有极好的发型师，因为那里居住着很多英国人。于是我就到了那里，找到最好的理发店，告诉发型师，我要把我的头发全都向前梳。他帮我这样梳了，我的头发就一直垂到了鼻子尖，浓密的头发遮住了我的视线，让我无法看到任何东西了。于是我又告诉他，我要把头发剪短，使自己就像一个刚上公学的男孩。发型师问我是哪所公学，我就说伊顿公学或温切斯特公学，因为除了拉格比公学之外，我能想到的，就只有这两家公学了，而我不喜欢拉格比公学。[1]发型师又问到底是哪所，我就随口说了伊顿公学，不过剪短以后要一直朝前梳。等他帮我剪完了，我看上去就像一个曾经上过伊顿公学的最迷人的姑娘了，但我还要求他再剪，直到短得根本不像伊顿式的发型，我仍然让他继续剪。这时，发型师一本正经地告诉我，'再剪短可就不是伊顿式的发型了，小

---

[1] 以上提到的这三所公学都是英国著名的贵族公学，从这里毕业的学生大部分都进入了牛津大学，或者是剑桥大学。伊顿公学在伦敦西面，温切斯特公学建在英格兰南部的汉科郡首府温切斯特，而拉格比公学则建在英格兰中部的拉格比城。

姐'。我就说,'我根本不想要伊顿式的发型,先生。但是我不知道怎么说清楚我的要求,只能这样告诉你我想要的发型,而且我是太太,不是小姐'。然后我要求他再剪短些,再剪短些,一直不停地要求剪短,最后的结果不是妙不可言,就是异常可怕。你不介意我的前额上留的头发这么短吧?如果是伊顿式的发型,前额上的头发会把我的眼睛挡住的。"

"真是妙不可言,这是有古典味的发型。"她说,"不过摸上去有点像小动物的皮毛。你摸摸看。"

他伸出手摸了一下。

"不要为这太保守的发型而担忧,"她说道,"我会用我的嘴告诉你我很性感的。我们现在可以做爱了吗?"

她低下头,他就把她的毛衣拉起来,顺着她的胳臂从头上脱下来,然后低下头去解开她脖子后面的项链上的搭扣。

"不用了,戴着它吧。"

她躺在了床上,褐色的两条腿紧紧地并拢着,她的头压在平整的床单上,隆起的乳房上斜挂着那串珍珠,被晒黑的皮肤衬托着珍珠的美丽光泽。她合上了眼睛,把两条胳臂轻轻地放在身体两旁。这才是全新的姑娘,他看得出来她的嘴也变了模样。她小心翼翼地喘着气,说:"你来吧,什么都由你来干。我们从头开始,从头做起。"

"这样就算是开头吗?"

"是的,别等太久啊。对了,别让我等。"

夜里,她曲着身子躺在他的身旁,把他缠住。她的头搁在他的胸膛下面,从他肋部的一边轻柔地移动到另一边,又向上移动,把嘴唇贴在了他的嘴唇上面,再用双臂搂住他说道:"你睡着的时候模样真可爱,那么专注,而你那时一点也没有醒来。我知道你那时睡得很熟,不会醒来的,那模样真是可爱。你对我可是很专注的,你那时是否正在做梦?别,别醒来,我快要睡着了,不然,我就会变成那个野姑娘了。她现在依旧保持清醒,在呵护你。你睡吧,乖乖地睡吧,你知道的,我就在这里,快睡吧。"

早晨他睁开眼的时候,感觉到那个熟悉的可爱的身体紧紧地挨着他,他低头一看,看见那黝黑的双肩和脖子,就像是一尊打蜡的木雕,那美丽的黄褐色的头发又短又光滑,就像一只小动物放在那里一样。他在床上把身子往下挪动,然后转身面向她,吻她的前额、吻她的头发上、吻她的眼睛,然后再轻轻地吻她的嘴。

"我已经睡着了。"

"刚才我也睡着了。"

"我知道,你摸摸看,多么神奇。我们整个晚上都妙不可言,多神奇啊。"

"没什么神奇的地方。"

"随你怎么说吧。啊,我们昨晚配合得多么默契呀,我们俩能睡着了吗?"

"你想睡着吗?"

"我们俩都睡着。"

"我试试看吧。"

"你睡着了吗?"

"没。"

"那就试试吧。"

"我正在试。"

"合上你的眼睛。如果你不这么做,怎么能睡着呢?"

"我喜欢睁开眼睛看到早晨时一个新的、美丽的你。"

"是我要这样做的,你感觉好吗?"

"别说话。"

"唯有说说话才能把速度控制住,不至于太快。你有没有感觉到我已经慢下来了?你一定感觉到了。

你难道没有感觉到我们的两颗心正在一起跳,而且跳得一样?这才是最重要的,独自一人可实在算不上什么。这样可真美,而且真好,非常好,很美……"

她走回那个大房间,坐在镜子前面梳头发,看着镜子里的自己,挑剔起来。

"我们就在床上吃早餐吧,"她说,"如果喝点香槟不算坏的话,我们来点香槟吧?他们有朗松香槟和上等的毕雷-儒埃香槟,我现在就打电话要香槟,好吗?"

"好啊。"说完,他走到了淋浴的龙头下面。龙头开到最大以前,他听到了她在外面打电话的声音。

他冲完澡,走出浴室,看到她靠在两个枕头上,规规矩矩地躺着,枕头很干净,并且两个叠在一起,一共叠了两叠,摆在床头,很整齐。

"我的头发都湿了,看上去如何?"

"不过有一点湿罢了,你先用毛巾把头发擦干吧。"

"我前额上那些头发还可以剪得更短。我可以自己剪,或者你来帮我剪。"

"我还是喜欢头发长得罩住眼睛的你。"

"也许是吧,"她说,"谁能说明白呢?也许我们以后会讨厌这个死板的样式。今天,我们要在海滩上一直待到中午以后。我们跑到最远的海滩上去,等所有的人都回去吃午餐时，我们就可以在海滩上好好地晒太阳，把皮肤晒黑。如果肚子饿了，就开车到圣让[1]去吃午餐，到那里的巴斯克酒吧去吃。不过要看你是否同意和我一起去，我们需要这么做。"

"好的。"

戴维拉了把椅子到床边，把一只手按在她的手上，她看着他，说："其实两天以前，我就都知道了，但是那杯苦艾酒让我下定决心这么干。"

"我知道的，"戴维对她说，"你已经管不住自己了。"

"可是那天我提到了那些剪报，让你悲伤了。"

"没，"他说道，"你希望让我伤心，但你没能成功。"

"很对不起，戴维，请你相信我。"

"每个人都有一些自以为特别重要的、奇怪的事要干，你根本管不住自己嘛。"

"才不是呢。"姑娘摇摇头说。

"那就没什么事了，"戴维说，"你别哭，没什么的。"

"我从来都不哭，"她说道，"但我实在忍不住了。"

"我知道，你哭起来也很美丽。"

---

[1]圣让的全名是圣让德卢兹，是位于昂伐和比亚里茨之间的城市。

"别,请你别这么说。不过我从来没有哭过,对吗?"

"从来没有。"

"不过,如果我们在这里的海滩上待两天,你不会难过吧?我们至今还没有游泳的机会,到这里这么久却不去游泳,那才真叫傻呢。过段时间,我们又要去哪里呢?噢。我们现在还没有决定呢,也许我们今晚就会作出决定,或者明天早上。你想去哪里?"

"哪里都可以。"戴维说。

"知道了,也许我们会随便到一个什么地方吧。"

"那地方可大了。"

"可是只有我们俩在一起,那地方才美,我会把行李收拾得好好的。"

"也没什么可收拾的,除了装上那些盥洗用品,还要带上两个旅行包。"

"你愿意的话,我们今天早晨就可以走。说实话,我不想干什么对你不利的事,或者对你有不良影响的事。"

这时,服务员来敲门了。

"抱歉,没有毕雷-儒埃香槟了,太太,我给你们送来了朗松香槟。"

她已经不哭了,戴维的那只手依然紧紧按着她的手,并对她说:"我知道。"

第六章

他们上午参观了普拉多博物馆[1],现在正坐在一家餐馆里,那是一座围着厚厚石墙的建筑物,那里阴凉得很,也很古老。一只只装葡萄酒的桶靠着四面的墙壁整齐地排列着。餐室里的桌子古老而厚实,那里的椅子都被坐得破损了。阳光从门洞里照进来,照进餐室。服务员给他们端来了两杯曼萨尼雅酒。这种酒就是加的斯[2]附近的低洼地区出产的,被称作Marismas的酒。服务员还端来了已经切成薄片的jamónserrano[3],以及鲜红色的大香肠,已经加了香

---

[1] 普拉多博物馆于1868年在马德里正式建立,其前身是建于1819年的皇家绘画馆,那里收藏着全世界最为丰富的西班牙绘画,还收藏着欧洲其他国家级大师的名作。
[2] 加的斯是位于西班牙最南端的一个大海港,是直布罗陀海峡西北部的一座城市。
[3] 一种用橡树子来喂养的猪腌制以后形成的硬火腿,带着烟熏味。

料，还有比克小城生产的一种深色香肠，香料加得更多，还送来了鲤鱼和带蒜味的橄榄。吃完这些东西以后，他们又喝了些曼萨尼雅酒，这种酒很清淡，带着点坚果的味道。

凯瑟琳拿着一本封面是绿色的《西英教学课本》，而戴维则拿着一叠早报。那天的天气虽然很热，但这幢古老的建筑里却很凉爽，服务员问："要来一客西班牙凉菜汤吗？"服务员是个老头，已经把他们的酒杯斟满了。

"你认为小姐会喜欢喝这种汤吗？"

"试试看吧。"服务员一本正经地说，神情十分平静。

汤来了，是一大碗，汤的上面还漂浮着冰块。汤里有脆生生的黄瓜、红彤彤的西红柿、带蒜味的面包块、红色和绿色的辣椒。汤里加了磨得很粗的胡椒汁，还有一丁点油和一丁点醋。

"这是色拉汤吧？"凯瑟琳问，"味道还不错。"

"这是凉菜汤。"服务员说一口西班牙语。

他们从一只大罐子里把巴尔德佩尼亚斯酒倒出来，刚才喝的曼萨尼雅酒这时被凉菜汤稀释了，因此酒性也暂时被控制住了。现在巴尔德佩尼亚斯酒缓缓地进入胃里，引起酒性发作，的确是发作了。

"这是哪种葡萄酒？"凯瑟琳问道。

"是一种非洲产的葡萄酒[1]。"戴维说。

"为什么大家都认为非洲的边界是比利牛斯山脉[2]，"凯瑟琳又说，"我第一次听别人这么说时，就觉得很奇怪。"

"有些话说起来很容易，这样的说法就是最容易的说法之一，"戴维说，"事实比这种说法复杂得多。不管这些了，喝酒吧。"

"但是我根本没有去过非洲，怎么知道非洲的边界是哪里呢？那些人为什么总是跟你说一些难以揣测的话。"

"好啊，你应该知道的。"

"那边的巴斯克地区确实不像非洲地区，一点都不像我听说过的非洲的模样。"

---

[1] 马德里东南部的巴尔德佩尼亚斯地冈出产的，并以此为名。
[2] 这道山脉横贯于法国的西南部和西班牙的东北部，自然地形成了两国的边境线。西班牙是欧洲的国家，但是曾经被非洲来的摩尔人入侵过，也因此给西班牙带来了非洲文化，所以这里有这么一说。

"阿斯图里亚斯,还有加利西亚[1]也不像非洲,但是,如果你循着海岸线进入内地的话,很快就会觉得越来越像非洲了。"

"但是为什么人们从来都不画那些地方呢?"凯瑟琳问道,"为什么画上的背景总是位于埃斯科里亚尔[2]那边的山峦呢?"

"至于那道山脉[3],"戴维说,"如果按你的爱好画出卡斯蒂利亚[4],那么这画可就没人买了。其实从来没有专画风景的画家,那些画家都是按要求画的。"

"只有格列柯[5]画的托莱多除外。真是糟糕透了,有如此美好的国土,却从来没有优秀的画家把它画出

---

[1] 这是西班牙的两个地区的名称,这两个地区分别位于西班牙的西北部和最西北端,濒临比斯开湾和大西洋。
[2] 埃斯科里亚尔位于马德里西北部的一个庞大的建筑群,始建于十六世纪,建筑群里有官殿、教堂、修道院,还有陵墓等,这些建筑大多用大理石修建而成。
[3] 这里指的是瓜达拉马山脉,山脉在马德里西北部,形成了埃斯科里亚尔的背景。
[4] 这是一个大地区的名称,卡斯蒂利亚,包括西班牙中部和北部,这个地区的南半部分被称作新卡斯蒂利亚,而北半部分被称作旧卡斯蒂利亚。
[5] 格列柯(1541—1614),西班牙著名的画家,诞生在马德里南部的托莱多城,并在那里去世;他的作品有《暴风雨中的托莱多》,整个画面以蓝绿黑色调为主,深沉冷峻。

来。"凯瑟琳说。

"喝完凉菜汤想吃什么?"戴维问。那里的老板是个中年人,矮个子,身体很结实,他的脸呈四方形,这时已经走过来了,"他一定希望我们要点什么肉类。"

"我们这里有非常好的里脊肉。"老板用西班牙语说道。

"不用了,很抱歉,"凯瑟琳说,"我们要一客色拉就可以了。"

"好吧,那你们也得喝点儿什么葡萄酒吧?"掌柜并不放弃,把罐子放到吧台后面的酒桶的龙头下面,重新装满酒。

"我不能喝酒的,"凯瑟琳说,"对不起,我今天说得太多了,对不起!如果我说了什么傻话,你们别见怪,我常常会说傻话的。"

"在如此热的天气里,你说的话非常有趣,而且非常精彩。是不是葡萄酒让你不停地说话?"

"这跟喝了苦艾酒而唠叨不休可不一样,"凯瑟琳说道,"这不会给人带来烦恼。我已经开始转变,要追求一种美好的生活方式,我正在读书,并且筹划未来,尽力地多为别人着想,我想这样的生活会一直持续下去。可是在这样一个季节,我们可不应该待在任何一个城市,也许我们应该再往前走。我们来这里的路上,有不少能够入画的美丽景物,可惜我不会画画,一点也不会。我也知道美丽的景物可以用笔画出来,可是我连写封普通家信跟家人聊聊天也不会。在来这个国家之前,我从来没有这样的想法,从没想过要像画家一样画画,或者像作家一样写作。我现在是一无所长,而你对此也爱莫能助。"

"这个美丽的国家就在这里,这些美丽的景物也一直存在,不用画,也不用写,它们永远都存在着,所有来到这里的人都能感受到。普拉多博物馆里没有收藏了这个国家最好的东西吗?它就在这里啊。"戴维说。

"只有自己的感受最真切,除此以外,一切都会消失。"她说,"而我不想就那么死去,让关于我的一切都消失掉。"

"我们曾经走过的每一英里土地,全留下了你的足迹;我们经过的那些黄色的土地,那些白色的山冈,还有路上那飞扬的谷壳,以及长长的沿着公路栽种的一行行白杨树,都有你真切的感受。所有这些你看到的和你感到的一切,都是真实的,只属于你的感受。你现在已经感受到王家水道港,也感受过死水城,还感受过卡马尔格平原,我们骑着自行车把它们跑了个遍。在这里也将会有属于你自己的真实的、独特的感受。"

"但是我死了以后会怎么样呢?"

"死了就死了呗。"

"但是我不想就这么死去。"

"那你活着的时候就好好地活着。看看一切,听听一切,细细地体会一切。"

"如果我记不住这些感受怎么办?"

刚才他讲到死的时候,那语气很平静,仿佛一件极为平常的事。她慢慢地品着葡萄酒,呆呆地望着餐馆里厚厚的石墙,墙上有一些安着铁栅的小窗子,都很高,窗外是一条阴暗的、狭窄的小巷,阳光也照不进来。餐馆的门外是一道拱廊,再外面是广场,阳光照在广场磨损的石板地上,石板地显得特别明亮。

"如果你想要改变已经习惯的生活方式,"凯瑟琳说道,"那就很危险了。也许我应该回到以前我们自己构筑的天地里,那可能更好,那是你跟我的天地,那里没有别的人,那是只属于我们俩的天地。在那里我们都很幸福。这些事就发生在四个星期以前[1],也许我们现在也很幸福。"

---

[1] 这里指的是在王家水道港他们度蜜月的日子。

服务员送来了色拉，深色桌面上摆着的这盘绿色的东西，在阳光的映衬下令人非常舒服。

"觉得好点儿了吗？"戴维问。

"对的，"她说道，"我想是自己想得太多，有点神经质了，就像一个画家的画，画里始终都有自己的影子。真糟糕，既然我已经知道是怎么回事了，但还是希望能一直这样。"

下了一场大雨，热气被雨水带走了。他们住进了王宫饭店，这是一个阴凉的饭店，横条子的百叶窗都被关上了，大大的房间显得很暗。他们走进浴室，浴缸又长又深。他们一起泡在浴缸的水里洗了澡，然后把淋浴的水龙头开到最大，让水哗啦啦地冲在他们身上，又流下去，打着旋儿流进排水口。冲舒服以后，他们用大毛巾互相擦干了身子，然后躺到床上。一阵凉风从百叶窗的横条之间钻进屋来，柔柔地从他们身子上面拂过。凯瑟琳脸朝下趴在床上，用手肘撑起自己的上半身，下巴就压在合拢的双手上。"如果我又像变魔术一样变成一个男孩，你觉得有趣吗？这样做很简单的。"

"我就喜欢你现在的样子。"

"可我有点冲动，蠢蠢欲动。不过我想不应该在西班牙做这样的事。这可是个正经的国家。"

"就像现在这样吧。"

"为什么？你说这话的时候声音都变了。我就想那么做。"

"别，别那样，现在别做。"

"谢谢你告诉我'现在别做'，这一次我应该像个姑娘般地做爱，以后我再那样做，是吗？"

"你是个姑娘，你原本是个姑娘嘛，你是我最最可爱的姑娘凯瑟琳啊！"

"是的，我是你的姑娘，而且我特别爱你，特别特别地爱你。"

"别说了。"

"不，我要说。我是你的姑娘，你可爱的姑娘凯瑟琳，而且我特别爱你，我特别特别地爱你，永远永远永远爱你……"

"那也不用说个不停，我知道的。"

"我就喜欢这么一直说，而且我必须这么说，我一直都是个好姑娘，是个很好的、很乖的姑娘，而且我会一直做一个好姑娘。我发誓，我永远都会做一个好姑娘。"

"那也不用说出来嘛。"

"啊，不，我要说出来。我现在就要说，而且我已经这样说过，你也这样说过的。请你现在再说一次吧，求你。"

"嘘。"他用嘴唇堵住了她的嘴，双手抚摸起她的身体。

他们默默地在床上躺了很长时间后,她说:"我非常爱你,真的非常爱你!你真是个好丈夫,你总会让人感到快乐。我刚才的表现你喜欢吗?"

"你认为呢?"

"期盼你喜欢。"

"我十分喜欢。"

"我真诚地发过誓,我一定会那么做的,并且会遵守我的誓言。现在我可以做一个男孩了吗?"

"为什么?"

"只做那么一会儿嘛。"

"为什么?"

"以前我喜欢这么做,虽然我并不是为了追忆什么,可是如果这样做对你没什么影响的话,我倒很喜欢夜里在床上的时候再这么做。我可以再这么做吗?如果对你没什么影响的话?"

"如果我感觉不好,那就让它去见鬼。"

"那么我可以做了吗?"

"你真的想那么做吗?"

他故意不说"你非要那么做吗",所以她回答,"我也不是一定要那么做,可是求你了。如果你认为没问题的话,请问我可以那么做吗?"

"没问题。"他吻着她,把她紧紧地抱住,贴在自己的身体上。"除了我们以外,谁也分不清我是谁。我只会在夜里做一个男孩,不会让你在别人面前难堪的。你不用为这个担忧。"

"没问题,男孩。"

"刚才我说不是非要做,其实是撒谎。今天我突然就有了这个想法。"

他合上了眼睛,什么也不想。她就吻他,他感觉到她比以前更疯狂,有一股不顾死活的劲儿。

"请你现在就变吧,变吧,不要让我来使你转变。你一定要我来转变你吗?那好吧,我很乐意这么做。现在你已经变了,你转变了,你也这么做过的。我对你这么做过,不过现在可是你自己做到的。对,是你做到的。你是我最最亲爱的亲密的爱人凯瑟琳,你是我可爱的亲密的凯瑟琳,是我的姑娘,我唯一的最最亲爱的姑娘凯瑟琳。啊,谢谢你,非常感谢你,我的好姑娘……"

她在床上躺了很长一段时间,他甚至以为她睡着了。但是她又小心翼翼地挪开身子,用手肘轻巧地支起上半身,说:"明天,我要给自己一个妙不可言的惊喜。早晨我就去普拉多博物馆,然后我要像个男孩那样参观,欣赏那里的油画。"

"那么我就不去了。"戴维说。

第七章

清晨,他趁她还在熟睡的时候起来了,走进屋外明媚的晨光里,走进这片高原[1]地区清新的空气里。顺着街道,他往山上走,一直走到圣安娜广场,又走入一家咖啡馆,在那里一边吃早餐,一边看当地的报纸。他想起临走的时候,他把闹钟调到了九点。到时候,闹钟就会响起来,把她叫醒。那么凯瑟琳就会如计划的那样,正好在十点钟普拉多博物馆刚刚开门的时候抵达那里。刚才在街上走的时候,他不住地想到她熟睡时的模样,那美丽的被弄乱的头发,她的头就像一枚古钱似的压在白色的床单上,枕头被推开了,她盖在身上的被单明显地勾勒出身体的轮廓,真美。他接着想,这种情况维持了将近一个月的时间,也就是说,几乎有一个月。而另一段如此美妙的时期是在王家水道港和昂代的两个月。不,还不到两个月呢,因为在

---

[1] 马德里是高原地区,地处海拔两千多英尺的高原上。

尼姆的时候，她就开始有那样的想法了。不，不是两个月。我们已经结婚三个月零两周了，我期盼能让她永远过上快乐幸福的日子。可看看现在的情形，也许谁都顾不了谁了，只要大家能够平静地过日子就行了。不同的是，这次是她先开口说的，他挠了挠头，对自己说，的确是她先开的口。

看完报纸，他付了早餐钱，走出咖啡馆。天气变热了，因为风向变了，又从平地回到了高原。他直接朝那阴凉的、拘束的、维持着可悲的彬彬有礼的银行走去，在银行里拿到了他的信件，是从巴黎转来的。他想把一张银行的汇票兑现，是从存款的巴黎银行汇到马德里这家代理银行的，在等着通过一道又一道窗口办理手续的时候，他打开了信。

最后，他拿到一叠沉甸甸的钞票。他把这些钞票放进夹克衫的口袋里，又扣上口袋的纽扣，走入银行外面炫目的阳光中。他走到一个报摊前面，停下来，买了第一班南方快车带来的英美报纸，又买了几份斗牛周刊，用斗牛周刊把那些英文报纸裹在里面，然后顺着圣赫罗尼莫大街走，一直走进了阴凉的、友善的、在清晨还很暗的意大利人经营的快餐店。店里并没有顾客。这时，他想到没有告诉凯瑟琳在这里等她。

"你喝点什么？"服务员问他。

"啤酒。"他说。

"这里可不是啤酒屋。"

"难道你们这里没有啤酒吗?"

"有的,不过这里并不是啤酒屋。"

"去你的吧。"说完,他重新卷好报纸,走了出去。他穿过那条街道,从快餐店的对过往回走,然后左转,拐到了维多利亚路,就这样一直走到一家叫阿尔瓦雷斯的啤酒屋。他坐在了过道的布篷下的一张桌子旁,要了一大杯冰镇生啤。

刚才那个服务员也许只是想跟他搭讪,他想,并且他那么说也没什么错。那里的确不是啤酒店。他不过说了一句大实话而已,并非有意出言不逊。不过服务员那么说很不好,让他根本无法继续交谈下去,这样做其实得不偿失。他又要了一杯啤酒,然后把服务员叫来收钱。

"太太呢?"服务员问他。

"她在普拉多博物馆,我这就去接她。"

"那等你回来再付钱吧。"服务员建议。

于是,他走了出来,选一条下山更近的路回到旅馆。他到饭店的前台拿了房门钥匙,乘电梯上了楼,走进了他们的房间。他把报纸和信件全都放在房间里的一张桌子上,又掀开皮箱,拿出大部分的钞票放进去,锁好。他发现房间已经收拾过了,拉下了百叶窗,以便挡住屋外的热气,但房间里也因此变得很暗。他洗了手，又洗了脸，把信件全都翻了一遍，从中挑出四封，放进裤子后面的口袋里。临走，他拿了《纽约先驱报》《伦敦每日邮报》和《芝加哥论坛报》这几份巴黎版的报纸，下楼来到饭店的前台留下钥匙，并告诉服务员，等太太回来时让她到酒吧间找他。然后就进入了旅馆的酒吧间。

他坐在酒吧吧台前的一张圆凳上，要了一杯曼萨尼雅酒，接着打开信封，一边看信，一边吃蒜味橄榄。这些橄榄放在一个碟子里，和酒杯一起放在他的面前。有一封信里面夹着两张从月刊上剪下的有关他那本小说的书评。他仔细地看着，看到上面写他的文字，有的提到了他曾经写过的作品的名称。他看的时候竟无动于衷。

他折好那些剪报，把它们搁回信封里。这些书评写得很好，看得出来有深刻的理解力和敏锐的洞察力，但对他来说，毫无意义。他淡然地继续看出版商的来信。出版商在信中说，他的那本书销量很好，他们都认为会一直畅销到秋天，虽然这只是猜测。不过，这本书总是受到评论界出奇的良好评价，这也为他的下一本书打开了一扇门。这本书是他写的第二部小说而不是第一部，这对他来说是个十分有利的条件。可悲的是，美国作家往往只能写出一部优秀小说。出版商继续写到他的这本书，是他写的第二部小说，充分显露了他在第一部小说中展示出来的全部才华。这是纽约的一个非同寻常的夏季,雨水多,天气又冷。主啊,戴维心想,纽约是什么样的情景呀?让它去见鬼吧。那个嘴唇薄薄的杂种柯立芝[1],让他见鬼去吧。在我们从夏延族和苏族[2]手里偷来的黑山地区[3],只能看到这个人竖着高硬领,在一处鱼儿聚集产卵的地方钓鳟鱼。让那些灌饱了金酒的作家们,也见鬼去吧,他们总是在想自己的妞儿是否会跳查尔斯顿舞。让那已经被证明的才华,也一同见鬼去吧。什么才华呀,要向谁证明呀?向《日晷》、向《书人》、向《新共和》[4]证明吗?不,不,他早就显示出自己的才华了。让我向你们显示出我的才华,让我以此来证明,简直是放屁。

"你好,小伙子,"一个声音在耳畔响起,"你的表情为什么如此激愤?"

"你好啊,上校!"戴维说着,一下子高兴起来,

---

[1] 卡尔文·柯立芝(1872—1933),是美国的第三十任总统(1923—1929)。

[2] 这两个都是印第安民族,居住在美国的西北部。

[3] 黑山地区包括南达科他州的西南部,以及怀俄明州的东北部,有丰富的黄金矿藏。

[4] 《日晷》和《书人》是当时美国上流社会的文艺评论月刊,而《新共和》则是自由主义政治性周刊。

"见鬼,你怎么会到这里来?来做什么?"

上校有一双深蓝色的眼睛、一头黄色的头发和一张晒得很黑的脸,看上去就像是疲惫的雕刻家在雕刻一块燧石的时候,弄断了凿子,雕成了这个样子似的。上校端起戴维的酒杯,放在嘴边抿了抿这杯曼萨尼雅酒。

"给我也来一瓶这个年轻人喝的那种东西,把它拿到那张桌子上去。"他吩咐酒吧的服务员,"就拿一整瓶来,无须冰镇的。现在就去,立刻拿来。"

"是的,先生,"酒吧服务员说,"遵命,先生。"

"跟我来吧,"上校对戴维说,然后领着他走到屋角的那张桌子旁坐下,"你看起来气色很好。"

"你也是。"

约翰·博伊尔上校穿着一套看上去很硬的布料做成的西装和衬衫,两件衣服全是蓝色的,而且做衣服的面料给人的感觉非常凉爽。上校系着一条黑色的领带。"我一向都很好,"他说,"需要找份工作吗?"

"不用。"戴维说。

"这么肯定,甚至不问问是什么工作?"上校的声音听起来很哑,像是从他那干巴巴的嗓子里咳出来似的。

服务员端来了酒,并且斟满了两个杯子,又放了几碟蒜味橄榄和榛子在桌子上。

"没有鳗鱼吗?"上校问道,"这算是什么小饭店啊?"

服务员微微一笑,并没有说什么,跑着拿鳗鱼。

"好酒,"上校说道,"一等的好酒。我一直希望你的口味能高一点。说吧,为什么不找份工作?你不是刚刚写了一本好书吗?"

"我现在正在度蜜月呢。"

"这是一个多么愚蠢的词儿,"上校说道,"我从来都不喜欢这个词儿,这个词儿听起来就觉得不理智。你为什么不说最近结婚了?这样说也是那个意思。我想以后你会变得一无是处的。"

"什么工作?"

"现在无须谈这个了。你娶了哪个姑娘?我认识吗?"

"凯瑟琳·希尔。"

"我认识她的父亲。他可是一个特别古怪的人,因为车祸死去了,他的妻子也在那次车祸中死了。"

"我从来都没有见过他们。"

"你从来都没有见过他?"

"对呀。"

"怪了,不过这也完全可以理解。他只是你的岳父,岳父死了,对你没有什么影响。大家都说那位母亲一向都十分孤独。大人们就这样死了,真是太惨了。你从哪儿认识这位姑娘的？"

"在巴黎。"

"她有个叔叔，傻傻的，就住在巴黎。他是个毫无用处的人。你认识他吗？"

"我在跑马场见过他。"

"在朗香和奥特伊巴黎的两个著名的跑马场，都能见到他。"

"我娶的只是这位姑娘，而不是她的全家。"

"那当然。不过事实就是事实，无论是死去的人还是活着的人。"

"可不包括叔伯和姑妈。"

"得了吧，说点快乐的事吧。你知道的，我很喜欢你的那本书。销量怎么样？"

"相当好。"

"这本书很令我感动，"上校说，"你可是一个很容易就能把人蛊惑住的骗子。"

"你也是，约翰。"

"但愿如此。"上校说道。

这时戴维看见了门口的凯瑟琳，便站起身来。凯瑟琳走到他们跟前，戴维向她介绍，"这位是博伊尔上校。"

"您好，亲爱的太太！"

凯瑟琳瞅了瞅他，笑了笑，就坐到了桌子旁边。

戴维瞅着她,看上去她好像在努力地屏住气息。

"你一定累了吧?"戴维问她。

"我觉得也是。"

"喝一杯酒吧,这种酒。"上校说。

"我想要一杯苦艾酒,可以吗?"

"当然可以,"戴维说道,"我也想要一杯苦艾酒。"

"我可不要这种酒,"上校对服务员说,"这瓶酒已经没那么清凉了,拿回去用冰冰上,给我倒一杯冰镇的来。"

"你喜欢佩诺酒吗,正宗的佩诺酒?"他问凯瑟琳。

"是的,"她说,"我看到陌生人总会手足失措,喝了这酒倒可以让我不再那么局促。"

"这是好酒,非常好。"他说,"我倒很想陪你喝,可是午饭以后我还有工作。"

"真抱歉,我忘了先跟你定好时间。"戴维说。

"这也很好,我喜欢这样的偶遇。"

"我刚才去了银行,在那里取信件。你的信可不少,我把它们都留在房间里了。"

"这我可不感兴趣。"她淡淡地说。

"在普拉多博物馆,我看见你在看那些画,格列柯的画。"上校说。

"我也在那里看见你了。"她说,"你看画的时候,是不是总在揣测,如果它们是你自己的,该怎样重新好好地把它们挂起来？"

"可能是吧。"上校说,"你看画的时候,是不是总像个年轻的部落酋长那样好战,甩掉那些顾问官,单独欣赏那座勒达和天鹅的大理石像[1]？"

凯瑟琳涨红了被太阳晒黑的脸。她瞧了瞧戴维,然后又瞧了瞧上校。

"我喜欢你,上校,"她说,"我们再谈点什么吧。"

"我也喜欢你,"上校说,"而且我很羡慕戴维,他真是一个完美的人吗？你对他特别满意吗？"

"你难道看不出来？"

"对我来说,只有实际存在的事物,我才看得见。"上校说,"别停下来,接着喝,再喝一口这带苦艾味的琼浆吧,它能让你毫无顾忌地讲真话。"

"现在我不用了。"

"现在难道你不认生了吗？别再说了,喝吧,总之对你有好处。你是我所见过的白皮肤的姑娘中最黑的一个,不过我知道你的父亲也很黑。"

"他一定把他的肤色遗传给我了,我母亲的皮肤可是白皙的。"

---

[1] 希腊神话中,大神宙斯变成天鹅和斯巴达的王后勒达交合,王后生下了两个巨蛋,其中的一个蛋里诞生了海伦,也就是后来的斯巴达王后,但是被特洛伊的帕里斯王子拐走,从而引起一场长达十年的特洛伊战争。

"我从来没有见过她。"

"你对我父亲很了解吗?"

"相当了解。"

"他是个什么样的人?"

"他是个非常难处的男人,但却很让人着迷。你真的害怕陌生人?"

"真的,不信的话,你就问戴维。"

"可是你转变得真快啊。"

"是你把我的恐惧压下去了。我父亲是一个怎么样的人?"

"他是我所认识的人中最怕生的一个,可是他也能变得非常迷人。"

"他也必须喝这种佩诺酒吗?"

"他什么酒都喝。"

"看到我,你想起他了?"

"绝对不是。"

"那很好,戴维会让你想起他吗?"

"向来不会。"

"这就更好了。你怎么会知道在普拉多的时候,我的模样像个男孩呢?"

"为什么你不能是那样呢?"

"昨天傍晚我才重新决定这样做的。我快做了一个月的好姑娘了,你问戴维就知道了。"

"不用总是说问戴维就知道了。现在你是什么?"

"如果你不在意的话,我是个男孩。"

"我觉得很好呀,不过你并不是。"

"我只不过随口说说罢了,"她说道,"既然已经说了,就不必再那么做了。可是刚才在普拉多博物馆的时候,我感觉太妙了,所以刚才我才想跟戴维说说。"

"什么时候跟戴维说都行。"

"是的,"她说,"我们总在一起,有很多的时间。"

"告诉我,你在哪里把皮肤晒得这样黑?"上校说,"你知不知道自己到底有多黑?"

"在王家水道港的时候就开始晒了,后来我们在距离纳波尔[1]不远的地方发现了一个小海湾,那里有一条小路沿着山坡穿过松林,但是在路上却看不到这个小小的海湾。"

"你把皮肤晒得这么黑用了多长时间?"

"三个月左右吧。"

"那么你想一直都这样黑吗?"

"是啊,让它一直这样,"她说,"这样的皮肤非常适合在床上躺着。"

"我想你不打算就这么待在城里而让皮肤的黑色

---

[1]纳波尔是濒临地中海的一个小镇,就在戛纳以西的不远处。

褪去吧。"

"在普拉多这个地方可褪不了。其实并不是我想要这样,这就是我,我就是这么黑。只不过在阳光下,它更加明显罢了。我希望我再黑一些。"

"总有一天你会变得更黑的,"上校说,"你还盼望什么别的事儿发生吗?"

"每一天我都盼望着,"凯瑟琳说道,"我盼望着每一天的到来。"

"今天是个好日子吗?"

"是的,你说得对,因为你在这里嘛。"

"你和戴维陪我吃午餐好吗?"

"好啊,"凯瑟琳爽快地答应了,"我现在就上楼去换件衣服,你能等一下吗?"

"你不想把这杯酒喝光再去吗?"戴维问。

"我不想再喝了,"她说,"不用为我担忧,我不会再怕生了。"

她起身走向门口,他们俩都看着她的背影,目送她走出酒吧间。

"我刚才是不是太粗鲁了?"上校问道,"我希望我不是,她是个可爱的姑娘,特别可爱。"

"我只希望我能让她幸福。"

"你正是这么做的。你自己感觉怎么样?"

"我想还可以吧。"

"你快乐吗?"

"非常快乐。"

"你要记住,在出问题以前,所有的事都没有问题。等到出现问题的时候,你就明白这句话的意思了。"

"你的观点?"

"毋庸置疑的事实。不过你不赞同也没什么关系。"

"情况会很快变化吗?"

"我根本没有提到过速度,你为什么这样问?"

"抱歉。"

"只有现在所拥有的东西才是最重要的,所以好好珍惜吧。"

"我们会珍惜的。"

"我也看出来了,只不过有一点。"

"有一点什么?"

"好好地照顾她吧。"

"就这一句话?"

"还有一件小事:不能要孩子。"

"我们还没有孩子啊。"

"把孩子一枪毙了更好。"

"更好?"

"要好些。"

谈到熟人,他们又聊了一会儿,上校的话很粗鲁。戴维看见凯瑟琳走进了酒吧间,她穿着白色的雪克斯丁套装，大概想要以此衬托她那被晒黑的皮肤。

"你看起来真是非同寻常的美，"上校对凯瑟琳说道，"可是你还得想办法把皮肤晒得更黑一些。"

"谢谢你，我会这样做的。"她说，"不过我们不用现在就走入外面的高温空气中吧？在这个阴凉的地方再坐坐，好吗？我们可以在这里烧烤，吃东西。"

"你们陪我吃午餐吧。"上校说。

"不，十分抱歉，是你陪我们吃午餐。"

戴维有些不知所措地站了起来，看到酒吧间内的人比刚才多了。再一低头，看到桌上的两个空酒杯，才发现自己那杯酒和凯瑟琳那杯酒都被他喝光了，可是他却怎么也想不起来曾经喝过这两杯酒……

现在是中午了，该午睡了。他们躺到床上，一束亮光从床左边的窗户射进来，戴维便借着这亮光看书。在躺到床上之前，他把窗上的那扇横条子百叶窗向上拉起了三分之一。阳光照在街对面的房子上，又反射过来，从拉开百叶窗的窗户照进来。百叶窗并没有被拉得很高，所以在房间里看不到天空。

"那位上校也说喜欢我晒得这样黑的皮肤，"凯瑟琳说，"我们一定要再去海滨，在那里，我可以一直这么黑。"

"你想什么时候去，我们就什么时候去。"

"这太好了。可以告诉你一件事吗？这件事我不得不说。"

"什么事？"

"吃午餐的时候，我没有变得像一个姑娘那样，当时我的行为合适吗？"

"你没有变吗？"

"对的。你很在意这一点吗？现在我可是你的男孩，无论为你干什么我都乐意。"

戴维低下头继续看书。

"你生气了吗？"

"没有。"他想明白了。

"现在做什么事都容易了。"

"我可不这么认为。"

"那我要更加谨慎才对。我觉得今天早上做的每一件事，都是对的，而且是按我的心意做的，我感到很快乐，一切都那么纯洁，那么美好。现在我可以试着做个男孩吗？看看会发生什么样的事。"

"我倒希望你不要试。"

"我可以吻你的，试试看吧？"

"如果你是个男孩的话，我也是个男孩，两个男孩怎么行呢。"

他觉得心里好像被什么东西箍着，闷得慌，"但愿你没有把这些告诉上校。"

"可是他已经看到我了啊，戴维。是他先提起的，他已经全知道了，并且表示理解。告诉他这些没什么啊。告诉他不是更好，他可是我们的朋友啊。如果我告诉了他，打消他心中的疑惑，他就不会胡乱猜测了；如果不告诉他的话，好奇心会迫使他咬着这件事不放，以致说出去。"

"你不应该轻易地相信别人。"

"我不在乎别人，我只在乎你。我永远不会和别人搞出什么丑事来。"

"我心里很难受，好像被一根铁丝紧紧地箍住一样。"

"那可太令人难过了，不过我的心里倒是挺舒畅的。"

"啊，我最亲爱的凯瑟琳啊。"

"这样不就好了。你如果想叫我凯瑟琳，你就叫吧。我永远都是你的凯瑟琳，无论什么时候，只要你需要，我就是凯瑟琳。别说了，睡觉吧，要不，我们来做那件事，看看会有什么样的结果？"

"我们就这样在黑暗中纹丝不动地躺着，"戴维说着，把百叶窗拉了下来，屋里顿时变得黑暗了。他们肩并肩地躺在马德里的王宫饭店里一个大房间的床上。在白天，凯瑟琳曾经到马德里的普拉多博物馆参观，打扮得像一个男孩似的，而现在她竟要把所有隐蔽的事儿都在亮光里展现出来。于是他认为，她将没完没了地变来变去。

第八章

早晨,静修公园[1]里的空气很清新,和森林里的差不多。漫步其中,满眼都是青翠的树叶,深色的树干。公园的周围已经不再是原来那样了,那个湖看不到了,透过树丛,他们望着湖所在的地方,发现它确实改变了模样。

"你继续朝前走吧,"她说,"我想看你的背影。"

于是他从她的身边走到一张长椅子前,转身坐下。这时,他望见了远处的那个湖,看起来还有很远的距离,他想他们走不到那里了。他坐在长椅上想着,她也走到他身边坐下,说:"没事儿。"

不过悔恨之情好像早就在静修公园里等候着,跟他相会。现在他的心情糟透了,他对凯瑟琳说,一会

---

[1] 静修公园是位于马德里城市中部的一个公园,它的西南端就是普拉多博物馆。

儿在王宫饭店的咖啡室里等她。

"你没什么事吧？需要我陪你去吗？"

"不用了，我没事儿，不过我现在想走了。"

"那你走吧。"她说。

这个早晨她打扮得特别美。她想起了他们之间的那个秘密，微微地笑了笑。他也对着她微笑，然后带着那无以名状的悔恨之情到咖啡室去了。他以为也许走不到那里了，不过最后还是走到了。凯瑟琳来到这里的时候，他的第二杯苦艾酒也快喝光了，那种悔恨之情也早已消失。

"你好啊，魔鬼？"他说道。

"我就是你的魔鬼，"她说，"我也来一杯，可以吗？"

服务员看见她如此俏丽又如此快乐，带着满意的笑容走开了，她问："刚才你怎么了？"

"心情很糟糕，不过现在没事了，感觉很好。"

"真的很糟糕吗？"

"不，也不是很糟。"他撒谎了。

她摇了摇头，"对不起，我没想到会让你的心情那么糟糕。"

"已经过去了。"

"那就好了。我们在这里避暑，谁也不认识，不是挺好的事吗？我想到了一个好主意。"

"已经想到了，决定这么做了？"

"我们可以在这里继续住下去，不用去海边了。这地方现在就属于我们了，还有这座城市和这个地方。我们继续住在这里，以后再开车回去，直接到纳波尔。"

"除此以外也没有什么更好的安排了。"

"那就别走了，我们在这里才刚刚开始呢。"

"是的，我们总可以重新开始。"

"当然可以，随时都可以，并且我们一定会这么做的。"

"别说这些了。"他说。

那种糟糕的感觉又从他心里涌出来。他沉默了，一口一口地抿起了酒。

"这真是件怪事。"他说道，"这种酒跟心里的那种难受的感觉简直是绝配，而且每当有这种难受的感觉产生时，这种酒就能驱散它。"

"我可不愿意看到你因此而不得不喝这酒。我们不能这样，千万不能。"

"可我比较喜欢这样。"

"不，你不能这样。"她端起了酒杯，不再说话，只是一口口抿着那杯酒。过了好一会儿，她环视了一下，然后又望着他，说："我能做到的。看着我的眼睛，相信我，你会看到我的变化。在这里，在马德里王宫饭店的这家露天咖啡室，你能看见普拉多、看见那条街，还有那棵树下的洒水器。这足以说明，你现在听到的都是真实的。虽然听起来觉得有点突然，但是我能做到的。你会看到我的转变的。瞧，这嘴唇又变成可爱的姑娘的嘴唇了，我是你最爱的姑娘，是你所爱的一切。我做到了，是吗？请告诉我。"

"你不用这么做的。"

"你喜欢我做个姑娘吧。"她一本正经地说完，又咧开嘴角笑了。

"是的。"他回答。

"那就好，"她又说，"很高兴你会喜欢，可是这样做令我很难受。"

"那就不要转变。"

"你没听到我说我已经做到了吗？你不是看到我已经转变了吗？就因为你始终左右摇摆，我不得不自己生硬地改变自己，然后把自己撕成两半。这都是因为你不愿意长久地忍受任何事物的原因。"

"你愿意控制一下自己的情绪吗？"

"我为什么要控制？你要的是姑娘，难道不是吗？难道你不需要承担由此带来的一切后果吗？当众吵嘴、歇斯底里地发脾气、没来由地指责和任性，难道姑娘不是这样的吗?我确实控制着呢,我不愿意当着服务员让你难堪,我也不愿意让服务员不知所措。现在我想看看那些该死的信件。你让人去楼上给我把信件拿来好吗?"

"我上楼去拿吧。"

"不,我不想独自一人待在这里。"

"也对。"他表示赞成。

"现在你明白了?所以刚才我喊别人去拿。"

"但是他们一定不肯把房间钥匙随意交给别人,所以刚才我说我去拿。"

"我不要了。"凯瑟琳大声说,"我不想这么做了,为什么我就要这么做呢?真是可笑,而且我感到窝囊。这真是太愚蠢了,我甚至都不想请求你原谅我,我要上楼去了,我要到房间去。"

"现在吗?"

"是的,我是个该死的女人。我一直都认为,如果我做一个姑娘,一直做一个好姑娘的话,至少我会生个孩子。可是现在连这一点也做不到了。"

"这也许是我的错。"

"我们再也不要说谁是谁非了。你留在这里,我上楼去拿信件。我们看信吧,做一个高尚的、善良的、明智的美国游客,只有在不恰当的时节来到马德里,才会感到失落。"

吃午餐的时候，凯瑟琳说："我们还是回到纳波尔吧。那里没有别的游客，我们在那里可以过清静的日子，好好儿地做些事情，彼此互相照顾。我们还可以开着车到埃克斯去，看看塞尚[1]的画里画到的一些地方。以前我们在那里的时间太短了。"

"我们会过上特别快乐的日子。"

"你也该重新开始写作了，对吗？"

"对，我断定现在就是最好的时候。"

"那真是太好了，现在，我要为了我们的将来认真地学习西班牙语。我还要读很多东西，要读的可真多啊。"

"我们还有很多事要做。"

"当然，我们还会做那件事。"

---

[1] 法国画家塞尚（1839—1906）的诞生地是埃克斯昂普罗旺斯。1858年，他到巴黎学画，从此以后经常往返于埃克斯昂普罗旺斯和巴黎之间。在人生的最后七年，他回到家乡隐居。在这段时间画了不少以家乡为题材的作品。

第3部

第九章

　　他们开始执行那个新的旅行计划，回到了纳波尔。他们就住在以前那座又长又矮的普罗旺斯式的房子里。那是一栋玫瑰色的房子，坐落在纳波尔靠近埃斯特雷尔山区的一边。他们占用了这栋房子一端的三间屋子。他们或是在屋子里眺望窗外深蓝色的大海；或是坐在花园里的树下用餐，一边吃一边欣赏美丽的海滩，欣赏小河尽头的三角洲上那又高又密的纸莎草。在这个海湾的对面是白色的、弧形的戛纳。戛纳后面有一道远山和许多山丘。夏天的时候，由于没有什么游客，这幢房子总是空着，所以看到他们回来，房子的主人和他的妻子十分高兴。

　　他们的卧室很宽敞，在这幢房子的尽头。卧室的三面都有窗户，夏天的海风从窗户吹进来，房间里很凉爽。夜里，海风又吹来不远处松林的味道，夹杂着大海的气息。紧挨着卧室的一间房子成了戴维的书房，每天早晨，他就来到这里开始写作，写累了就到卧室找凯瑟琳，然后一起去岩石间的那个小小的港湾。那是一个奇妙的港湾，有可以晒太阳的沙滩，也是可以下海游泳的好地方。凯瑟琳有时候会开着汽车出去，他便在写作完成后到露台上一边喝酒一边等她。他不喜欢喝了苦艾酒以后再喝茴香酒，因此经常会再喝一杯加矿泉水的威士忌。他们能在这里生活让这幢房子的主人感到非常高兴。因为夏季来这里的人少，这位主人又选择了在这里守株待兔，生意自然清淡很多。不过自从伯恩夫妇回到这里以后，他的生意也很不错了。他的妻子帮助他做些烹调的事儿，因此，他没有雇厨子，只雇了一名女仆收拾那些房间。他的侄子在这里实习，做餐厅的服务员。

凯瑟琳很喜欢开着那辆小汽车出去。到戛纳，或者到尼斯[1]买东西、取信件，她都会开着车。在城里，有很多只在冬季营业的大商店，这时都停业了，不过她还是找到了卖昂贵食品和上等酒的地方，还找到了卖书籍和杂志的地方。

每天，戴维都起早写作，这样辛苦地过了四天以

---

[1]尼斯在戛纳的东北方，两个城市都濒临地中海，都是法国的地中海海岸上著名的避暑胜地。

后，他决定休息一下。他们找到了一个从来没有去过，也没有其他人游玩的小海湾，躺在那里的沙滩上晒太阳，扎进海水里游泳，游累了又回到沙滩上。这样消磨完整个下午的时间，他们背上和头发里的海水都被太阳晒干了，盐的颗粒在阳光的照耀下闪着亮晶晶的光芒。直到傍晚，他们才决定回去，回去喝杯酒，再冲个淋浴，换一身衣服。

做完这一切，他们感到特别轻松。海风从窗外吹进来，很惬意。他们上了床，并肩躺在黑暗中，把被单轻轻地盖在身上。凯瑟琳说："你不是说让我告诉你吗？"

"是的，我说过。"

她把身子贴在他的身上，用双手把他的头捧住，吻他，"我现在想起一件事，真想去做啊。能做吗？能吗？"

"当然能。"

"我太兴奋了，我还有很多想法。"她说，"而且这一次我不会撒野，不会把事情弄糟的。"

"你还有什么想法？"

"我可以说给你听，不过还是不说为好，你等着看吧。我们明天就可以去做这件事，陪我去，愿意吗？"

"去哪里？"

"去戛纳，上次我们到这里来的时候我去过戛纳。在那里有个出色的发型师，我还跟他成了朋友。他特别优秀，比亚里茨的那个发型师还好，他能把我的要求理解得非常透彻。"

"你都做了些什么事呀？"

"今天早上，你在书房写作的时候我出去了，我去找他，跟他说了我的要求。他仔细地看了看，然后就清楚了，他还说那可真好。我告诉他我还没有决定，不过我决定以后，会想办法让你把头发也剪成那样。"

"剪成哪样？"

"你很快就会知道的。明天我们一起去，大体就是从原来的发线向后剪，斜着剪。他的态度可好了，我想，可能是他着迷于那辆布加迪车[1]的原因。你有些担心，是吗？"

"不。"

"我急不可待了。他还说可以把头发染成浅色，可我们担心你不喜欢这样。"

"阳光和海水已经把头发弄成浅色了。"

"比现在还要浅很多。他说了可以染得很浅，像

---

[1] 这是20世纪20年代意大利的名牌车，非常昂贵，因为这辆车，发型师把他们当做贵宾。

斯堪的纳维亚人的头发那样浅。想象一下吧，浅色的头发，再配上我们晒黑的皮肤，会产生多么奇妙的效果啊。我们还能把你的头发也染浅。"

"不要。我更喜欢现在的颜色。"

"这里你一个熟人都没有，担心什么呢？反正整个夏天你都在海里游泳，也会把头发弄得很浅的。"

他沉默了，什么也没说。于是，她说："也不是非要你这么做。我先把我的头发染成浅色，你会觉得很美，那时你就会染了。走着瞧吧。"

"不要为我筹划什么，你这个魔鬼。明天一早我就会开始写作，你想睡到什么时候都行。"

"那就把我也写进去吧。"她说，"不管写到哪里，即使写到我使坏的地方，也请加上一句我是多么爱你。"

"快写到那地方了。"

"你会发表它吗？发表它会是一件坏事吗？"

"我现在只想着怎样写出来。"

"什么时候能拜读你的作品呢？"

"在我写完的那一天。"

"我现在已经因它而感到万分自豪了。我们一本都不出售，一本都不给书评家，那样就永远不会有什么剪报，你也永远不会因此而感到难为情，它将永远是我们自己的作品。"

天空露出了鱼肚白,戴维·伯恩醒过来,穿上他的短裤和衬衫,走到了屋外。海面上风平浪静,空气中弥漫着露水和松林的气味。他赤着脚踏上了露台,从露台的石板地上向书房走去。他一直走到这幢房子另一端的房间前,然后进去,在那张写作用的桌子旁坐下。房间的窗户在昨晚打开了,因而房间里很凉爽,充满了清晨的气息,带来了无数的期望。

他写了从马德里去萨拉戈萨[1]那一段路程上的经历。他们把小汽车开得飞快,驶进了有红色孤山的地区,那里的道路高低不平,小汽车开过的路上尘土漫天。他们的汽车终于追上了一列南方快车,凯瑟琳开着车慢慢地超过一节节车厢,超过了煤水车,又超过了司机和司炉所在的车厢,最后连火车头也超过了,然后沿着这条路向左拐弯。她换挡变速,而那列火车则钻进了一条隧道,看不见了。

"真过瘾,我赶上列车了。"她兴奋地说,"可是现在它钻进隧道里去了。我们会不会再遇见这列车。"

---

[1] 萨拉戈萨位于西班牙东北部。

他翻开米什兰地图[1]，认真地看了看，说："恐怕短时间内不会遇到。"

"那就饶了它吧，我们享受乡间风光好了。"汽车开始沿着一道山坡向上行驶，路边有一条河，河边的白杨树整齐地排成一行。上坡的道路愈来愈陡，但是他感觉到这辆车能很快地适应这里的地形，后来道路渐渐变得平缓，陡坡变成了坦途。这让凯瑟琳非常高兴，她又换了挡。

这时，他听到她的声音从花园里传来，于是放下了笔，收好笔记本，锁进皮箱里，走出了房间，并且随手锁上了门。打扫房间的时候，女仆可以用那把万能钥匙开门。

凯瑟琳已到了露台上，正坐在铺着红白方格桌布的早餐桌旁吃早餐。那件旧条纹衬衫，就是在王家水道港买的那件，最近洗过了，因而缩得更小，颜色也褪了不少。她还穿了一条灰色的、法兰绒的宽松长裤，看上去是一条新裤子，脚上是平底凉鞋。

"你好啊，"她说，"我没有睡懒觉的习惯。"

---

[1] 这种地图是当时来自法国的米什兰兄弟的公司印制的。他们在1888年创办了制造轮胎的工厂，专门制造适用于自行车和马车的实心轮胎，后来工厂发展成一家轮胎橡胶产品公司。为了宣传他们的轮胎，这家公司印制了多国的公路地图和导游手册。

"你今天的打扮真可爱。"

"谢谢你,我也觉得这样很可爱。"

"你什么时候买的这条长裤?"

"在尼斯的时候。是一个很好的裁缝做的,好看吗?"

"裁剪得特别好,看上去还很新。你这样穿着进城吗?"

"不是进城。现在的戛纳正逢旅游淡季,不过来年会有很多人去的。现在人们都穿着我们这样的衬衫,搭配裙子可不好。你并不在意,是吗?"

"当然,一点儿也不在意。我喜欢这条长裤,你穿着很好看。裤子的面料也很好,把你的腿衬托得更好看了。"

吃完早餐,戴维刮了脸,又冲了淋浴,然后套上那件渔民衬衫,穿上一条旧的、法兰绒的长裤,脚上穿了平底凉鞋。而凯瑟琳则换了一件蓝色的亚麻布衬衫,敞领的,搭配了一条看上去很厚实的亚麻布裙子,白色的。

"我们这样的穿着才像样。虽然那条长裤穿起来很漂亮,也很适合这样的环境,但是今天穿到美发厅去就显得有点突兀了,以后有合适的机会再穿吧。"

美发厅里充盈着亲切友好的气氛,不过那都是因为职业的原因。美发师是位男士,跟戴维的年龄相差无几,猛地一看,更像是意大利人而并不是法国人。美发师说:"我会按照太太的要求来剪,剪出她满意的发型。你同意吗,先生?"

"不必问我,你只要履行你们之间的协议就行了,"戴维说,"我不会有任何意见的。"

"也许我们可以试着给先生剪一下,"美发师又说,"这样就不会产生什么误会。"

最后,美发师开始十分小心而又极其熟练地给凯瑟琳剪头发,戴维一直注视着她,她那黝黑的脸蛋上露出了严肃的表情,围在脖子上的罩布映衬着她的脸。她盯着手镜,看着美发师的梳子把她的头发梳起来,然后用剪刀剪。美发师就像一个雕刻家那样,工作的时候聚精会神而且一本正经。"昨天夜里,以及今天早上,我一直都在琢磨这事儿。"美发师说,"如果先生有疑惑,我也十分理解。不过对我来说,这件事的重要性就好比你的工作对你的重要性。"

他退了一步,审视了一下她的头发,然后剪得更快了。最后,他把椅子转过来,让凯瑟琳能从小镜子里看到身后大镜子里的自己。

"耳朵上面的头发必须剪成这样吗?"她问道。

"都按你说的办吧。如果你喜欢的话,我还可以把这里的头发弄得更飘逸一些。可是,如果把这里染成浅颜色的话,也会很美的。"

"那我就染成浅色。"凯瑟琳说。

他又笑了笑:"太太已经跟我说过这件事了,而我也说过这件事必须征求先生的意见。"

"先生已经同意了。"凯瑟琳说。

"那先生说过希望染成什么颜色吗?"

"要最浅的,能染多浅就染多浅。"她说。

"这可不太好办,"美发师说,"你得告诉我是哪种颜色。"

"就像我那条珍珠项链那样的浅颜色,"凯瑟琳说,"你看见过我的珍珠项链的,看见好多次呢。"

这时戴维走了过来,他看见美发师正用一只木调羹在一个大杯子里搅拌洗发剂。"这种洗发剂是我用卡斯蒂利亚肥皂[1]制作的,"美发师说,"抹到头发上有点热。请太太到脸盆这边来。"凯瑟琳坐到脸盆前面,美发师又说:"请太太把这块布盖到脑门上。"

"但是我现在的发型并不是男孩的发型啊,"凯瑟琳说道,"我要我们那天商量好的那种,那个样子

---

[1] 这种肥皂很硬,是用橄榄油和纯碱制成的,原产地在西班牙的卡斯蒂利亚地区,因此而得名。

才是我想要的发型,现在全搞错了。"

"这就是标准的男孩的发型呀,相信我。"

他把那些浓浓的洗发剂抹到她的头上,在她的头发上堆满气味很冲的泡沫。

等她的头发被美发师洗过,然后又用水一遍一遍地漂过以后,戴维发现头发好像已经什么颜色都没有了,顺着头发流下来的水,只映衬出一种湿漉漉的苍白的颜色。美发师用一条毛巾覆盖在她的头发上面,轻轻地摩擦,看起来,他十分满意。

"不用感到沮丧,太太,"他说道,"我不会破坏你的美丽的,我为什么要那样做呢?"

"我确实非常沮丧,我觉得糟透了,丑死了。"

他仍旧轻轻地把她的头发擦干,然后把毛巾按在她头上,另一只手拿过一个吹风机,一边向前梳头发,一边把头发吹干。

"现在你可要看清楚了。"他说。

吹风机吹出的热风透过她的头发丝,呼呼地吹着,原本湿漉漉的黄褐色头发慢慢地变了,变成了北欧人那种亮闪闪的银白色了。他们听着吹风机的吼声,看着头发奇迹般地改变了颜色。

"你不应该感到失望,"美发师说,并没有说"太太",但很快又想起来了,"太太不是曾经吩咐我把你的头发染成浅色吗？"

"这种颜色比珍珠的颜色还好，"她说，"你真是一位技艺高超的美发师，刚才我有些莽撞了。"

美发师又从一只瓶子里倒了点什么东西出来，在手上揉搓着，"我帮你在头发上抹上这个。"说着，美发师看着凯瑟琳笑，一双手轻巧地在她的头发上捋了起来。

凯瑟琳站了起来，用她那挑剔的目光望着镜子里的自己。她的脸蛋从来没像现在这么黑过，而现在她头发的颜色跟小白桦树树皮的一样。

"我特别喜欢这种颜色，"她说，"真是太喜欢了。"

她目不转睛地盯着镜子，好像镜子里的那个姑娘是她从来没有见过的美人。

"现在先生来剪吧，"美发师说，"先生喜欢这种发型吗？这是一种经典的男孩的发型，虽然比较保守，但是看上去和运动员的一样。"

"那就这样剪吧，"戴维说，"我大概有一个月没有理发了。"

"请你把他的发型剪得跟我一模一样。"凯瑟琳说。

"但要更短一些。"戴维说。

"不，请剪得跟我的完全相同。"

美发师完成工作以后，戴维站了起来，伸出一只手在头上摸了个遍,觉得又凉快又舒服。

"你不想也搞成浅颜色吗?"

"不想,今天我已经看到了太多的奇迹。"

"只是稍稍浅一点儿?"

"不。"戴维坚定地回答。

他看了看凯瑟琳,又看着镜子里的自己,他的皮肤和她的一样黑,而他的发型也正是她那种发型。

"你真的很想让我们俩一模一样吗?"

"对,我特别想,戴维。是真的,你试看吧,只是稍稍弄浅一点儿。来吧。"

他又看了一眼镜子里的自己,然后走到椅子前面并坐了下来,美发师却下不了手了,看了看凯瑟琳。

"工作吧。"她说。

第十章

那栋房子前面的露台上放着一张桌子,旅馆的主人正坐在那张桌子旁边,桌上摆着一瓶酒、一个酒杯,还有一个空的咖啡杯,他正在浏览《尼斯尖兵报》。这时候,他们那辆蓝色的小汽车从远处疾驰而来,停在了旅馆前面。凯瑟琳和戴维从车上下来,顺着石板路走上露台。旅馆的主人没有想到他们这么早回来,一边浏览报纸,一边打瞌睡。但他仍然马上站了起来,等他们走到自己面前的时候,把脑子里最先想到的那些话随口说了出来。

"Madameet Monsieur ont fait décolorer les cheveux.Cest bien."[1]

"Merci Monsieur, On le fait todjours dans

---

[1]法语,"太太和先生都把头发染成浅颜色了,这样好啊。"

le mois d'ao t."[1]

"C'est bien. C'est très bien."[2]凯瑟琳扭过头对戴维说,"我们可是他们的好主顾,好主顾所做的事都是很好的。你好,很好,非常好。天啊,你就是好,怎么样都好。"

他们走进了房间,一阵风从海上吹进屋里,室内非常凉快。这阵风不大不小,正适合扬帆出海,非常惬意。

"我喜欢你这件蓝色的衬衫,"戴维说,"别换,就这样穿着它吧。"

"这可是那辆小汽车的颜色,"她说道,"如果不穿裙子的话,是不是更漂亮?"

"那就别穿裙子了,你穿什么衣服都漂亮,"他说,"我现在出去了,去找那个老板,那只老山羊,做个更受欢迎的主顾。"

没过多久,他回来了,还提了一个放满了冰块的桶回来,桶里冰着一瓶香槟。这是旅馆主人早就帮他们订购好的,可是他们只是偶尔才喝一次。这一次,他一只手提着装了香槟的冰桶回来了,另一只手则托

---

[1]法语,"谢谢,先生。人们在八月份通常都会这么做。"
[2]法语,"这样很好,非常好。"

着一只小托盘，托盘上放着两个酒杯。

"这就是向他们提出的警告。"他说道。

"我们从来都不喝这个的。"凯瑟琳说。

"偶尔尝尝也可以嘛，最多十五分钟就冰好了。"

"不管它了，上床吧，我要看看你，摸摸你。"

她拉起了他的衬衫，想从他的头上把衬衫脱下来。他站了起来，帮她。

等她睡着的时候，戴维轻巧地下了床，走到浴室的镜子前面打量自己。他拿起一把发刷，想刷刷自己的头发。可是只能顺着剪成的发型刷，否则头发就会被发刷弄得乱蓬蓬的。不过即使再乱，也总会自动地变回原来的样子，而头发的颜色仍跟凯瑟琳的一模一样。他又走到房间门口，瞅了瞅躺在床上熟睡的凯瑟琳，然后走回浴室，拿起她平时用的那面拿在手里的大镜子。

"原来就是这样啊，"他自言自语道，"你呀，你，把自己的头发搞成了这个样，居然剪得跟你的姑娘一模一样，你感觉怎么样呢？"他对着镜子问道，"你感觉怎么样呢？说呀。"

"你很喜欢。"他又轻轻地回答。

望着镜子里面的那个人，好像是另外一个人，只是现在已经没有陌生的感觉了。

"好吧，你喜欢这样，"他又说，"无论如何都不能再回头了，只能坚持到底，而且必须坚持到底。永远都不要说是别人引诱你去做的，也不要说别人骗了你。"

他盯着镜子里这张脸，已经不再陌生的脸，现在承认那确实是自己的脸了。他说："你很喜欢，喜欢这样，请记住这一点，永远别忘，不要再搞错了。现在你知道自己到底是什么模样了，有什么样的感受了。"

当然，他并不确定自己的感受到底怎么样。他看着镜子里的模样，尽力地寻求帮助，想把它弄明白。

那天晚上，他们坐到那房子前面的露台上吃晚餐。他们的情绪特别激动，但是两人缄默不语，只是在桌上那盏台灯的灯光中互相望着，怎么也看不厌，怎么也看不够。吃完晚餐，凯瑟琳吩咐那个端咖啡给他们的大孩子，"请你到我们的房间里取那只冰着香槟的桶来，在桶里冰上一瓶香槟。"

"再来一瓶好吗？"戴维问。

"我就是这样想的，你呢？"

"当然也是。"

"你不用勉强自己。"

"你想要一杯法国白兰地吗？"

"不，我宁愿喝那种葡萄酒。明天你要开始写作了吗？非写不可吗？"

"明天再说吧。"

"你写吧，请写吧，如果你想写的话。"

"那今天夜里呢？"

"看情况吧。今天可真够呛的。"夜里，房间里黑乎乎的，屋外起风了，传来一阵阵风吹过松林的声音。

"戴维？"

"嗯。"

"你还好吧，姑娘？"

"我很好。"

"让我来摸摸你的头发吧，姑娘。是谁给你剪的？是美发师吗？啊，剪得这么短，这么整齐，跟我的头发一样。让我来吻你吧。啊，姑娘，你的嘴唇多么可爱呀。请你合上眼睛，姑娘。"

不过他并没有合上眼睛，只不过房间里很黑，什么也看不到。而屋外的树林里，风刮得正猛。

"你知道吗，如果你也是一个姑娘的话，就会知道要做一个姑娘并不容易。只不过你不会懂的。"

"我懂。"

"谁也不懂。只有你做我的姑娘时，我才会这样对你说，不过这并不是抗议你的欲望无法满足。我是很容易满足的。我只是说有的人会有所感觉，而有的人却一直感觉不到。我认为，人们总不会为此说真话。不过是摸摸你的皮肤，搂搂你的身体，我就感到妙不可言，十分快乐了。你做我的姑娘吧，请你用我爱你的这种方式来爱我吧，深深地爱我吧。就像你现在这样。啊，是的，请你，请爱我吧。"

蓝色的小汽车顺着下坡路风驰电掣地向戛纳奔去，当小汽车到了平原上，绕过那些偏僻的、一个人影儿都没有的海滩时，风刮得特别大了，长得极高的、茂密的草都被风吹得伏在了地上。蓝色的小汽车已经驶过了河上的桥，快抵达小镇了，它正在最后的一段快车道上加速前进。这时，戴维找到了那瓶酒，拿了出来。酒瓶被包在毛巾里，还很凉。他一连喝了好几口，猛然感到汽车载着他离开了写作，并且把它远远地甩在了后面。现在他正随着小汽车在黑色的山坡上向上飞奔，然后登上了一块高地。这天早晨他没有写作，是她开着车带着他们两人穿过了小镇，又驶到了乡间田野的路上。他拔出酒瓶的瓶塞，仰起头又喝了一口酒，然后把酒瓶交给她。

"我不用喝，"凯瑟琳说道，"我现在感觉好极了。"
"那当然好。"
他们驶过了儒安湾，看到一家很好的酒店，还有露天的小酒吧，又穿过了松林，顺着一片黄色的沙滩行驶。这片沙滩是朱安莱潘镇的沙滩，还没有修整过。在这条黑色的快车道上，他们跨过了那个小小的半岛，开进了昂蒂布[1]，顺着铁路线一直向前，最后驶出了这座城市。接着经过海港，经过那个作为防御工事的古老的方塔，再一次驶上广阔的田野。"这段路真好走呀，"她说，"我们很快就开过来了。"

他们停好车，找到一堵陈旧的石墙，然后坐在石墙的背风处吃午餐。那堵石墙修建在一条小溪的旁边，好像是某个建筑废墟的一部分。而那条小溪非常清亮，从山里流出来，穿过了萧条的平原，潺潺地流入海洋。群山之间有一个漏斗状的缺口，强劲的风就从那里吹过来。他们在地上铺了一条毯子，背倚着墙，紧紧地挤在一起坐着，一边吃午餐一边欣赏风景。他们的目光越过荒芜的土地，看到了风吹着海水不间断地涌向沙滩，看到了无比宽阔而平整的海面。

"这地方真没什么意思，"凯瑟琳说，"我不知道当初怎么想的。"

他们俩全站了起来，向远处的山丘望去，看到了

---

[1] 昂蒂布在戛纳的东面，是法国地中海海岸线上的又一处著名避暑胜地。

悬挂在山坡上的一个个小村庄，山丘的后面是一道灰紫色的山脉。强劲的海风狠狠地抽打着他们的头发。凯瑟琳指着一条山路，她曾经从这条山路开车去那片高原地区。

"我们其实可以到那边的高原上去。那里有个好地方。"她说，"那里风光如画，不过太闭塞了。我一点都不喜欢这些山坡上的村庄，看起来好像悬在半空中。"

"这里就是个很好的地方，"戴维说，"这条溪流多美啊，这堵墙也算最好的风景。"

"你在哄我，你不用这么做的。"

"就在这里避避风吧，挺好的，我很喜欢这个地方。我们马上要告别那些优美的景物了。"

他们的午餐是带馅的蛋、烤得香喷喷的鸡、泡菜，还有新鲜的做成长条形的面包。他们把面包掰开，撕成小块，每一块都抹上索伏拉芥末酱。然后一边吃，一边喝玫瑰红葡萄酒。

"你现在感觉好点了吧？"凯瑟琳问。

"一直都很好啊。"

"你一直没有什么不快的感觉？"

"没有。"

"就连我说过的那些话也没有让你感到难受？"

戴维握着酒瓶，喝了一口葡萄酒，说："没有，一点都没有。"

她站了起来,向着风吹来的方向眺望,海风吹得她的毛衣紧紧地贴在她的乳房上,并且不断地抽打她的头发。她低下头望着他,那棕黑的脸上绽出开心的笑容。过了一会儿,她抬起头眺望被风吹得泛起波浪的海面。

"我们到奥纳去吧,去搞些报纸,然后到咖啡馆看。"她说。

"那会引起别人注意。"

"为什么不呢?这是我们俩结婚以来第一次外出游玩啊。我们一起去,你不会在意吧?"

"不,魔鬼,我为什么要在意呢?"

"如果你不愿跟我一起去,我就不去了。"

"你说过你想去那里。"

"我期盼你只做自己愿意做的事。我很顺从你了,不能再顺从了,是吗?"

"没人要求你顺从我啊。"

"我们不说了。我今天只想做个乖乖的好姑娘,不想把事情弄砸。"

"我们吃完这些东西就启程吧。"

"去哪里?"

"去哪里都行,那该死的咖啡馆。"

他们开着车来到戛纳,在那儿买了几份报纸,还买了一份新版的《时尚》杂志,法国版的,以及《法兰西猎人》月刊和《体育镜报》[1],然后他们来到咖啡馆。他们找了一张在咖啡馆门前的背风的桌子坐了下来,一边看报刊,一边喝酒,看起来又和好了。这时,戴维喝的是一杯兑矿泉水的黑格牌威士忌,装在三面都有凹痕的酒瓶中,而凯瑟琳喝的则是兑矿泉水的阿马涅克白兰地。

这时,有两个姑娘开着车来到咖啡馆,在咖啡馆门前的路上停了下来。她们下了车,走进了咖啡馆,坐在了一张桌子旁边。其中一位姑娘要了一杯尚贝里的黑醋栗甜酒,另一位姑娘要了一杯兑苏打水的白兰地。要白兰地的是个美人儿。

"她们是谁?"凯瑟琳说道,"你认识她们吗?"

"从没见过。"

"我见过她们,她们肯定就住在附近。在尼斯,我就见过她们了。"

"有一个姑娘长得很俏丽,"戴维说,"还有两条美腿。"

"她们是姐妹,"凯瑟琳说,"两姐妹都很好看。"

---

[1] 这两种报刊都是法国出版的,是法文报刊。

"那一个姑娘真是个美人儿,我看她们不像美国人。"

这时,那两个姑娘正在争吵。凯瑟琳对戴维说:"依我看,她们这场口角还有得争呢。"

"你怎么会知道她们是两姐妹?"

"在尼斯时,我就认识她们了,我一直认为她们是姐妹。不过,现在我却没什么把握了,因为她们那辆汽车挂着瑞士的牌照。"

"是辆旧车,是伊索塔牌[1]。"

"我们要继续看下去吗?我们已经很久都没看过这样的戏剧了。"

"我看只不过是意大利式的口角大战吧。"

"她们的口角越来越严重了。没听到吗?她们的声音越来越低了。"

"很快就会有人发作的。那一个姑娘真是俏,俏得没法形容。"

"是的,她很俏。现在她向我们这边走来了。"

戴维站了起来。

"很抱歉,请你原谅。"那姑娘用一口流利的英语说,"你请坐吧。"她又对戴维说。

"你也坐吧,好吗?"凯瑟琳问道。

---

[1] 这也是意大利当时的名牌车。

"不能。我的朋友刚才还向我发怒呢,可我告诉她你们会理解的。会吗,你们会谅解我吗?"

"你说呢?我们应该谅解她吗?"凯瑟琳扭头对戴维说。

"是的,谅解她吧。"

"我早就知道你们一定会谅解我的。"姑娘说,"我只是觉得你们的头发很特别,想向你打探一下你们在哪里做的。"她的脸有些红了,"或者,就像做衣服那样,是你自己剪的?刚才我的朋友说,我这样问更显得莽撞无礼。"

"我把地址给你。"凯瑟琳说。

"我真有点难为情,"姑娘说,"你真的不见怪?"

"不,当然不,"凯瑟琳说道,"陪我们喝一杯,怎么样?"

"抱歉,我不能喝酒。让我回去问问我的朋友好吗?"

说完,她回到了她的桌子旁,跟她的朋友商议。她们商议的时间很短,声音也很小。

"很遗憾,我的朋友也不能过来。"姑娘再次走了过来说,"希望我们还能见面。你们真是好人。"

"接下来会怎么样?"等那姑娘又回到她朋友的身边后,凯瑟琳问道,"这可是发生在刮风的天气里。"

"她还会回来,然后问你,你那条宽松长裤是在哪里做的。"

她们还在那张桌子边争执不休。过了一会儿,两个姑娘都站了起来,向他们走来。

"我向二位介绍一下我的朋友。"

"我是尼娜。"

"我们俩都姓伯恩,"戴维说,"真是太高兴了,你们愿意过来跟我们坐在一起。"

"你们太客气了,居然邀请我们过来坐。"那位长得很俏的姑娘说,"我们这样做的确太莽撞了。"她的脸红了。

"这倒令我感到受宠若惊了,"凯瑟琳说道,"那个发型师可是位出色的发型师,特别出色。"

"我想也是,"那位长得很俏的姑娘说。她说话的时候几乎有点喘不过气来,她的脸又红了。"在尼斯时,我们见过面,"她又对凯瑟琳说,"当时我就想跟你说话的,就想问问你。"

她不会再脸红了吧,戴维心想。可是她的脸又红了。

"你们哪一位想剪头发呢?"凯瑟琳问。

"是我。"那位长得很俏的姑娘说。

"我也要剪,笨蛋。"尼娜说。

"刚才你还说不剪呢。"

"我现在又想剪了。"

"我真的想剪,一直都想。"那位长得很俏的姑娘又说,"现在,我们得走了。你们是不是常来这家咖啡馆?"

"有时候我们会来。"凯瑟琳回答。

"希望我们还能再见面,"那位长得很俏的姑娘向他们告别,"再见,感谢你们如此客气。"

两个姑娘回到她们的桌子旁,尼娜叫来了服务员,付了钱以后离开了咖啡馆。

"我看她们不是意大利人,"戴维说,"很俏的那个挺好,不过她脸红的时候你很紧张。"

"我想她爱上你了。"

"当然了,在尼斯她就见过我了。"

"行了,我没办法不让她对我有好感。她也不是第一个对我有好感的姑娘了,像她那样的太多了。"

"尼娜如何?"

"她是只母狗。"凯瑟琳说。

"我看她是只狼,而且是很有趣的狼。"

"我倒不觉得有趣,"凯瑟琳说道,"我原本以为这是非常可悲的。"

"我也曾这么想。"

"我们去另一家咖啡馆吧,"她说,"反正她们都走远了。"

"她们可真怪啊。"

"是的,"她说,"我也觉得她们很怪。不过很俏的那个姑娘真不错,她那双眼睛非常美。你发现了吗?"

"可她的脸总红。"

"我有些喜欢她了。你呢,你喜欢她吗?"

"我也有些喜欢她了。"

"不会脸红的姑娘可一文不值。"

"尼娜的脸只红过一次。"戴维说道。

"我应该毫不客气地对待尼娜。"

"这对她没有任何影响。"

"是的,她会保护自己,而且把自己保护得很好。"

"你想不想再喝一杯,然后才回去?"

"不用了,你要再喝一杯吗?"

"我也不用。"

"再来一杯吧,平时你总会在傍晚的时候喝两杯。我也来一小杯,陪你喝。"

"不喝了,我们回去吧。"

夜里,他突然醒了,听到飕飕的风声,知道风刮得很大,于是翻身拉过被单盖住了肩膀,他感觉到她轻柔而均匀地喘着气。稍后,他又闭上眼睛,很快进入了梦乡。

第十一章

　　第二天早上,风势依然很大。他不再写有关他们两人这次旅行的游记了,又开始写一部四五天前才想起来的短篇小说。他想,这个小说很可能是在最后两夜的梦里酝酿出来的。他很明白放下正在干的任何工作都不合适,不过他仍很有信心。他知道自己的写作进展得十分顺利,即使暂时放下正在写的这部较长的游记,先写这部必须立刻就写的短篇小说也没事。而如果现在不写短篇小说的话,很快就不知道怎么写了。

　　写这部小说并不难,只要酝酿成熟了,随时都可以写出一个很好的开头。写完一半以后,他觉得可以先停下来,第二天再写后半篇。但是,如果休息一段时间,他的脑子里还想着它的话,他就会又提起笔来完成这篇小说。但他渴望能暂时放下它,第二天再写。他写得非常出色,竟然想起曾经计划过要写多长。是不是在过去的那几天里形成了这部短篇小说的雏形,他已经记不清了,他只是觉得应该把脑子里想到的东西写出来。而现在,他已经想好了这部小说的结尾。一直留在记忆里的那些被风沙擦净的尸骨,都在他记忆中消失了,他正尽力虚构出这所有的一切。他感到这一切都是真实的,他分明看到这一切正涌出笔端,出现在他眼前的纸上。只不过所有的尸骨都沉寂了,散落在他的身后。这部小说应该从东非农场上发生的那件糟糕的事情写起,也只能这样写了,他已经完全沉醉在写作中了。

他感到累极了,但心里却非常快乐。这时他发现了凯瑟琳留下的纸条,告诉他,她不想打扰他,所以一个人出去了,不过中午就会回来,跟他一块吃午餐。他走出房间,吩咐那个做实习生的大孩子送早餐来。在等待早餐的时候,旅馆的主人奥罗尔先生走进房间,跟他聊起了天气的情况。奥罗尔先生说风有时候会向这边吹,所以现在这风不是密史脱拉风,在这个季节不刮密史脱拉风。不过有风的天气可能会持续三天,现在的天气真玄乎。先生一定也注意到了,如果天气一直被人们关注的话,就说明天气情况自从第一次世界大战以来就没正常过。

戴维跟他说,自己无法密切关注天气的情况,因为他正在外旅行,可是他也确实感到天气变得很怪。

不光是天气,奥罗尔先生又说,所有的东西都变了,还有好些一时没变的东西,马上都会开始改变。这是一件大事,或许一切都会越变越好,所以就我自己来说,并不反对这种改变。先生,你可是个阅历丰富的人,你的看法大概也跟我一样吧。

那当然,戴维说,很有必要重新审查各种规章制度。他不过随便说了一句话,期盼尽快干脆地结束这无聊的谈话。

确实如此,奥罗尔先生附和道。

谈话结束了,戴维也把牛奶咖啡喝光了,拿起一份《体育镜报》看,并想起了凯瑟琳。他又走入那个房间,找出那本《遥远的地方与遥远的时光》[1],然后来到露台上,坐在桌子边看这本他很喜欢的书。在这里有阳光的照射,却没有大风的侵袭,坐在这里看书真是一件愉快的事。这套书是凯瑟琳通过给巴黎的加利尼亚尼书店写信购买的,由登特出版社出版,她把它当做礼物送给他。当这些书从巴黎寄来的时候,他有一种非常富有的感觉。在王家水道港住了一段时

---

[1] 作者为威·亨·赫德森(1841—1922),英国作家,诞生于阿根廷。在1918年发表了一部自传性作品,介绍自己童年时在阿根廷的生活。这是一位高产的作家,作品有二十四卷之多。他的代表作是小说《绿色寓所》和《紫色大地》,都以南美洲为背景。

间以后,他就觉得显示银行存款的那些数字,以及法郎和美元的账目,不过就是些符号罢了,根本不能给他带来实实在在的富有的感觉。而威·亨·赫德森的那些优秀作品让他觉得满足,觉得富有。当他告诉凯瑟琳他对这件礼物十分满意的时候,她高兴极了。

他看了一小时后,又开始想凯瑟琳,没心思再做其他事了。于是他去找那个在餐厅服务的大孩子,让他送一杯兑了矿泉水的威士忌来。没过多久,他又喝了一杯。当小汽车开上山坡的声响传来的时候,已经过了吃午餐的时间。

接着,他听到好几个人的脚步声,感到她们正沿着过道向这边走来,还听到她们谈话的声音。她们谈得正兴奋时那姑娘突然沉默了。门开了,凯瑟琳对他说:"你看,我带谁来了。"

"请原谅,我不该来打扰的。"那姑娘说。这就是他们昨天在咖啡馆里认识的那个皮肤黝黑、模样俊俏、容易脸红的那个姑娘。

"你好吗?"戴维说道。显然她已经去过那家店,找美发师剪过头发了。她的头发也被剪得很短,和凯瑟琳在比亚里茨时的一样。"我想你已经找到那个地方了。"

姑娘的脸又红了,她望着凯瑟琳,好像在求助。

"你看她,"凯瑟琳说道,"你想搞乱她的头发吗?"

"凯瑟琳啊,"姑娘说,然后又对戴维说,"如果你想搞乱的话。"

"不必担心,"他安慰道,"看来你遇到麻烦了?"

"我也说不清,"她说,"不过我能到这里来就很高兴。"

"刚才你们俩去哪儿了?"戴维问凯瑟琳。

"当然是去找那个美发师了。后来我们在咖啡馆停下车,进去喝了杯酒,我又请玛丽塔吃午餐。难道你不欢迎我们的到来?"

"见到你们我很高兴,需要再来一杯酒吗?"

"你愿意为我们调马蒂尼酒吗?"凯瑟琳问他,然后又扭头对姑娘说:"喝一杯没关系的。"

"不用了,谢谢你。我还得开车回去。"

"来一杯雪利酒如何?"

"不用了,谢谢。"

于是,戴维走到酒吧的吧台后面,取出两个酒杯和一些冰,娴熟地调了两杯马蒂尼酒。

"我可以品品你的酒吗?"姑娘问他。

"现在你不怕他了,是不是?"凯瑟琳问她。

"一点都不怕了,"姑娘说着,又脸红了,"这酒的味道好极了,不过也挺冲。"

"有很足的酒劲儿,"戴维说,"不过今天的风也够大的,今天的天气很适合喝这种酒。"

"噢,"姑娘说,"你们美国人都这样吗?"

"只有那些传统的家族才这么做,"凯瑟琳说道。"我们,还有伍尔沃思家族、摩根[1]家族以及朱克斯家族、杰尔克斯家族。你明白吗?"

"在暴风雪和飓风肆虐的那几个月里,恶劣的天气很容易削弱我们的意志,"戴维说,"有时候我们都怀疑是否能熬过秋分时节。"

"我不开车的时候,倒真希望来一杯。"姑娘说。

"你千万不能因为我们喝这种酒就去尝试。"凯瑟琳说,"还有,也别在意我们说的那些笑话。你看,戴维,我把她带来了,难道你不高兴?"

"我喜欢听你们讲笑话,"姑娘说,"不过我还是要请求你们原谅我的冒昧造访。不过在这里我十分开心。"

"你开心就好。"戴维说。

他们走进餐厅,找了一个背风的地方坐下。戴维问道,"尼娜怎么样了?"

---

[1] 约翰·摩根(1837—1913),是美国著名的金融家之一,他靠办银行起家,后来成为铁路业的巨头。

"她已经走了。"

"她可是位俊俏的姑娘。"戴维说。

"是啊。不过我们大吵了一架,然后她就走了。"

"她就是一只母狗,"凯瑟琳说,"不过依我看,几乎所有的人都是母狗。"

"通常她们都是这样的。"姑娘说道,"我一直期盼这不是真的,可她们确实就是这样。"

"我知道不少女人,她们并不是母狗。"戴维说。

"是的,你应该知道的。"姑娘说。

"尼娜过得快乐吗?"凯瑟琳问。

"我希望她快乐。"姑娘说,"不过我很清楚,聪明人要过快乐的生活并不容易。"

"你好像没花多久的时间就明白了这一点。"

"如果你经常犯错的话,很快就会发现。"姑娘说。

"看起来你今天上午心情很好,"凯瑟琳说,"我们玩得可高兴了。"

"我也是,"姑娘说,"现在比我记忆中的任何时候都要快乐。"在吃色拉的时候,戴维问那个姑娘:"你的住处离这海岸很远吗?"

"我不想再在那里住下去了。"

"是吗?这可太糟糕了。"他说,他感到饭桌上的气氛有些紧张,像一根绷得很紧的系船索。那个姑娘合上了眼，长长的睫毛覆盖着眼睑。他的目光从她的脸上移开了，看见凯瑟琳正直直地盯着他。她说："她就要回去了，回巴黎。我告诉她，如果奥罗尔那里还有空房间的话，你就跟我们住一起吧，中午就和我们一起吃午餐吧。去看看那里，看看你是否喜欢那个地方，看看戴维是否喜欢你。你喜欢她吗，戴维？"

"这里可不是俱乐部，"戴维说道，"这里是旅馆。"凯瑟琳把脸转向一旁，他于是马上换了一种语气附和她，就像刚才根本没有说过那句话似的。"我们俩都十分喜欢你，而且我认为奥罗尔这里肯定有空房间。如果有别的游客来这里住的话，他会很高兴的。"

姑娘默默地坐着，低着头，眼睛望着脚下："我还是别住了。"

"那就在这里待几天，总可以吧，"凯瑟琳又说，"戴维和我都很喜欢你，我们可以在一起住几天。他每天都会写作，他工作的时候，就没人和我做伴了。在这里住几天吧，我们会过得像今天早上这样开心的。你跟她说呀，戴维。"

该死的，让她见鬼去吧，戴维心里想着。

"别傻了，"他脱口而出，但立刻闭上嘴，吩咐那个餐厅里的大孩子，"请你叫奥罗尔先生来，我们想问问他还有没有空房间。"

"你当真不在意吗?"姑娘问戴维。

"如果我们在意的话,就不会邀请你到这里来了。"戴维说,"你是一个美丽的姑娘。"

"如果允许的话,我会尽可能地帮你们的。"姑娘说,"不过请先让我知道怎样才能帮你们。"

"继续快快乐乐地生活吧。"戴维对她说,"至于帮助吗,有这份心就行了,我们心领了。"

"我很愿意帮助你们,"姑娘说,"现在不用开车了,我倒挺后悔刚才没喝那杯马蒂尼酒。"

"今天晚上,你可以喝一杯的。"凯瑟琳说。

"那太好了。我们去看看我现在住的房间,把它退了,好吗?"

戴维开着车带她来到戛纳的那家咖啡馆。她取回了那辆破旧的伊索塔牌敞篷汽车,并且取回了她的行李。

当汽车往回行驶时,她说:"你的太太真是一位了不起的姑娘,我爱上她了。"

她说完这话,戴维却并没有扭过头去看她有没有脸红,虽然她就坐在身边。

"我也很爱她。"他说。

"我也爱上你了。"她说,"行吗?"

他的一只手离开了方向盘,拍了拍她的肩膀,她于是紧紧地贴在他的身上。

"我不能跟你说什么,也不能答应你什么。"他说。

"很庆幸我的个子比较小。"

"比谁小?"

"比凯瑟琳小。"她说。

"你这样比可有点嚣张啊。"他说。

"我的意思是,也许你喜欢我这样的身材。难道,你只喜欢身材高挑的姑娘?"

"凯瑟琳可不是身材高挑的姑娘。"

"她当然不是,我的意思只是说我像她那么高挑。"

"是啊,不过你的皮肤也非常黑。"

"是的,我们在一起的时候会很好看的。"

"跟谁在一起?"

"凯瑟琳跟我在一起,还有你跟我在一起。"

"这可无法避免。"

"什么意思?"

"我的意思是说,如果我们都很好看,并且又一起出去的话,我们怎么会不好看呢?"

"现在我们就在一起啊。"

"不,这不算。"他用一只手握着方向盘,身子向后倚在椅背上,目光移到了前方道路和七号公路交叉的地方。那位姑娘把一只手轻轻地搭在了他的身上。

"我们现在不过是乘坐同一辆车罢了。"他平和地说。

"可是我分明感觉到你喜欢我。"

"是的,我肯定我喜欢你,可这并不能说明什么。"

"这说明你对我有意思。"

"不过是喜欢罢了。"

"这样说真好。"说完,她闭上了嘴,却没有把她那只手从他的身上挪开。他们拐上了林荫大道,然后停在那辆伊索塔牌弗拉斯契尼型的旧车后面,那辆旧车就在咖啡馆前面的老树底下。她向他笑了笑,走下了蓝色小汽车。

那天晚上,松林中的这家旅馆内刮进了强烈的风,凯瑟琳带着那位姑娘看了订下的两间房,安排好,才走进自己的房间,跟戴维待着。

"我想她会在这里住得很惬意的。"凯瑟琳说,"不过,除了我们住的这个房间以外,你用来做书房的那间算最好的了。"

"那个房间我可不会让出来。"戴维说,"我已经习惯那里了,在那里工作得很顺利,我可不肯为了那条进口的母狗而换工作室呢!"

"为什么你这么凶?"凯瑟琳说道,"谁也没有要你换工作室啊。我只不过说那个房间是最好的罢了。

不过那个房间旁边的两间也很好。"

"这个姑娘到底是个什么样的人?"

"别那么凶嘛。她真是个好姑娘,而且我喜欢她。我知道我没有征求你意见就带着她到这里来让你生气了,很抱歉。可是现在她已经住下了,这是不可改变的事实。我一直以为你会赞成的,因为我可以找到一个我喜欢而又有吸引力的朋友,在你写作的时候,她可以陪我。"

"如果你真的需要一个伴儿的话,我并不反对。"

"我也不是一定要一个伴儿,只不过我现在遇到了一个我喜欢的朋友,而且我以为你也会喜欢她的,所以才邀请她来我们这里住几天,我想我们都会很快乐的。"

"可她究竟是什么人呀?"

"这我倒没想过,我也没有检查她的证件。如果你觉得有必要的话,你自己去问她好了。"

"算了吧,起码她很漂亮。可她是谁的妞?"

"别那么粗野,没有礼貌。她不是任何人的。"

"告诉我,说实话。"

"好吧,她说她爱上我们俩了。居然相信她这个理由,我觉得我疯了?"

"你没有疯。"

"现在可能还没有什么。"

"那么究竟是什么原因呢?"

"我不想知道究竟是什么原因。"凯瑟琳说。

"我也不想知道。"

"那可真怪了,怪得有趣。"

"我什么都不想知道,"戴维说,"去游泳吗?昨天我们已经错过一次机会了。"

"那我们去游泳吧,问问她要不要去,好吗?只是出于礼貌问问而已。"

"那我们都得穿着游泳衣了。"

"刮风的天气,穿穿游泳衣也没什么关系,不会很热的,而且这样的日子也不适合躺在沙滩上晒太阳。"

"和你一起游泳的时候,我不喜欢穿游泳衣。"

"我也是。也许明天风就停了。"

于是,他们决定去游泳。戴维驾驶着那辆陈旧的伊索塔牌大汽车出发了,开往埃斯特雷尔的大道。在路上,遇到了好几次必须急刹车的情况,他烦躁得骂出口来。后来又发现那辆汽车的发动机急需检修。他们只好下了车,在路边坐了下来。凯瑟琳说道:"这里有两三个小小的海湾,如果只有我们俩在那些小海湾游泳,我们就不穿游泳衣。因为只有这样才能把全身的皮肤都晒黑。"

"今天的日子并不适合晒皮肤,"戴维说,"风太大了。"

"如果你喜欢的话,我们仍然可以不穿游泳衣游泳,"凯瑟琳对那个姑娘说道,"如果戴维不在乎,这样做也许很有趣。"

"我讨厌穿游泳衣,"姑娘说。"不过,你在乎吗?"她向戴维问道。

晚上,戴维在酒吧的吧台调了几杯马蒂尼酒,那个姑娘呷了一口酒,说道:"如果生活总是像今天这么精彩,那就太好了!"

"今天过得真好,非常快乐。"戴维说。这时候,凯瑟琳还在房间里,并没有出来,他跟那个姑娘单独坐在酒吧的小吧台前面。那个吧台是奥罗尔先生在去年冬天的时候,专门在这个普罗旺斯式的大房间里设置的,就在房间的一角。

"喝了酒以后,我很想说话,虽然那些话绝对不该说出来。"姑娘说。

"那你最好不说。"

"那为什么喝酒呢?酒对我们有什么好处呢?"

"喝酒不是为了壮胆。更何况,你只喝了一杯。"

"我们在一起游泳的时候你觉得别扭吗？"

"不，我应该感觉别扭吗？"

"不，"她说，"我喜欢你，喜欢看你。"

"那太好了，"他说，"我调得酒怎么样？"

"还是觉得酒性很烈，不过我喜欢。你跟凯瑟琳从来都没试过和别的人一起这样游泳吧？"

"从来没有，我们应该这么做吗？"

"我想把皮肤晒成真正的棕色。"

"我相信你可以。"

"你觉得我现在的肤色好，还是晒成深棕色好？"

"你现在的肤色就挺好。你要愿意的话，把全身都晒成现在的这种颜色吧。"

"我以为你会喜欢你的一个姑娘能比你的另一个姑娘肤色浅一点儿呢。"

"你并不是我的姑娘。"

"现在我是，"她说，"这我已经跟你说了。"

"你也已经不再脸红了。"

"刚才我们去游泳的时候，我已经克服了这个缺点。而且我希望以后都不会脸红，所以我一直在说，把一切都讲出来——就是为了克服脸红的毛病。现在我全都告诉你了。"

"你穿这件毛衣很好看。"戴维说。

"凯瑟琳跟我说我们俩都要穿这种毛衣。我已经告诉你了,你并不厌烦我?"

"我忘了你曾经跟我说了什么。"

"我说过我爱你。"

"别再讲那种傻话。"

"你真的不相信会发生这样的事?实际上我对你们俩同时产生了感情。"

"你怎么会一下子爱上两个人呢?"

"你不懂的。"她说。

"这真的是傻话,"他说,"不是你真正的感觉。"

"不是傻话,是真的,我真的同时爱上了你们俩。"

"不是真的,只不过你以为爱上我们俩而已。这简直是不知从哪里听来的胡言乱语。"

"那好吧。"她说,"如果这是胡言乱语的话,现在我就在这里,你可以向我证实啊。"

"是的,你就在这里。"他说。他的目光正凝视着凯瑟琳,她已经从这幢房子的另一头走过来了,脸上洋溢着笑容,看起来心情很好。

"你们好,两位游泳爱好者。"她说,"唉,真遗憾,我居然没有看到玛丽塔第一次喝马蒂尼酒的样子。"

"这还是第一杯,正在喝呢。"姑娘说。

"这种酒起了什么作用啊,戴维?"

"让她不停地瞎说。"

"那我们再来一杯,怎么样?你来到这里可真好,你看这酒吧也由于你的存在恢复了生气。不过这个酒吧看起来像是临时安放的玩意儿,明天,我们在这里安上一面大镜子。酒吧的吧台没有一面大镜子,看上去就不够气派。"

"明天我们就去买一面安上,"姑娘说,"我想应该由我付钱。"

"别显摆了,"凯瑟琳说道,"明天我们俩一起去,那时就会知道是谁在说蠢话了,还能知道她到底有多愚蠢。你骗得了别人,可骗不了吧台后面的那面大镜子。"

"当我在镜子里看到自己显得踌躇的时候,我就知道自己失利了。"戴维说。

"你从来没有失利。尤其现在,你有了两个姑娘,你怎么会失利?"凯瑟琳说。

"刚才我就想这么跟他说。"姑娘说,这一次,她脸红了,在那天晚上第一次脸红。

"现在她也是你的姑娘了,当然我也是。"凯瑟琳说。"好了,别摆臭架子了,好好地对待你的两个姑娘吧。你难道不喜欢她们那美丽的模样?我就是你想要的又可爱又美丽的那一个。"

"你比我想要的那个还要黑,还要美丽。"

"哦,因此我带了一个黑姑娘来,把她送给你。你喜欢这份礼物[1]吗?"

"我很喜欢这礼物。"

"你是否喜欢你的未来呢?"

"我并不知道我的未来会怎么样。"

"你的未来并不是黝黑的,是不是?"那姑娘问道。

"那就好,"凯瑟琳又说,"她不但是美丽的、有钱的,而且是健康、多情的,她还很幽默,会讲笑话。你不高兴吗,看到我给你带来的这个人?"

"我情愿是一份黝黑的礼物,我可不愿看到黝黑的未来。"姑娘说。

"你看,她又来了。"凯瑟琳对戴维说,"你吻她一下吧,戴维,就当是送给她一件美好的礼物[2]。"

戴维伸出一只手臂把那姑娘抱住,吻她,而那姑娘也开始吻他,但很快又转过了头。她低下头,用双手扶住吧台,泪水流了下来。

"讲个让人笑掉牙的故事吧。"戴维向凯瑟琳说。

---

[1] 这里是双关语,原文礼物为present,也可解释为"现在",所以下文又提到"未来"。

[2] 玛丽塔也是说的双关语。前文中的"黝黑的礼物"和这里的"美好的礼物"中,两个"礼物"都可以解释为"现在"。

"我没事。"姑娘说,"别看我,我没事。"

凯瑟琳这时也伸出一只手臂抱住她,吻她,然后抚摸她的头。

"我马上就会好起来的。"姑娘说。"对不起,请你们原谅,我保证我马上就会好起来。"

"实在对不起。"凯瑟琳对她说。

"请你让我走吧,让我回去吧。"姑娘说,"我必须得走了。"

姑娘走了以后,凯瑟琳转身回到吧台前面,戴维问她:"怎么了?"

"你不用说出来。"凯瑟琳回答,"真抱歉,戴维。"

"她还会回来的。"

"你不会认为玛丽塔是装的吧,你是这样认为的吗?"

"我想那眼泪倒是真的,你指的是这个吗?"

"别说傻话,你可是一个聪明的小伙子。"

"我吻她的时候吻得非常轻。"

"轻?不也在嘴上吻啊。"

"你希望我吻她哪里?"

"不是你的问题,我没有非难你的意思。"

"值得庆幸的是,我们在海滩上游泳的时候,你没有提出要我吻她。"

"那时我也这么想过。"凯瑟琳说完,哈哈地笑了,她的笑容和那个姑娘介入他们生活以前一样。"你有没有想过我会提出那种要求?"

"我当然料到了,所以就一头扎进海水中,游到远处去了。"

"你真聪明,做得好。"

他们俩又爽朗地大笑起来。

"好了,我们现在都高兴极了。"凯瑟琳说。

"感谢上帝!"戴维说道,"我真是爱你,魔鬼,不过老实说我吻她只不过是为了敷衍你的要求。"

"你无须解释。"凯瑟琳说,"我看得非常明白,你只是敷衍了事。"

"但愿她很快就走。"

"别那么凶了,"凯瑟琳说,"我可是总在挽留她。"

"当时我也可以不这样做。"

"是我撺掇她的,是我撺掇她来接近你。我现在就去找她。"

"不,等会儿再去吧,这会伤害她的自尊心。"

"你确定吗,戴维?可是我明明看到刚才你已经把她伤害够了。"

"我没有。"

"那一定有什么事伤害她了,我现在就去找她回来。"

不过她发现用不着去了,因为那个姑娘已经站在他们的面前了,脸涨得通红。"很抱歉。"她显然已经洗过脸了,并且重新梳了头发。她一步步地走到戴维跟前,看着他,倏地吻了一下他的嘴。她说:"我十分喜欢这份礼物[1],我还想继续喝我那杯酒,好吗?"

"我已经倒掉了,"凯瑟琳说,"戴维会再给你调一杯的。"

"希望你依旧喜欢有两个姑娘同时在你身边。"她说道,"我是你的姑娘,我也要成为凯瑟琳的姑娘。"

"我不会喜欢一个姑娘的。"凯瑟琳说。不过她说得很轻,不光是她自己,就连戴维也听出了她的语气极不自然。

"一向都不吗?"

"一向都不喜欢。"

"我想做你的姑娘,如果你喜欢的话,我也想做戴维的姑娘。"

"难道你不认为这是件很困难的事情?"凯瑟琳问。

"因此我又回来了,"姑娘说,"我想你也期盼我这么做吧。"

---

[1] 也可解释为"我的现在"。

"我从来没有喜欢过一个姑娘。"凯瑟琳说。

"那我真是太愚蠢了。"姑娘说道,"我以前并不知道这件事。这是真的吗?你不会骗我吧?你不是在跟我开玩笑吧?"

"我没有开玩笑,我很认真。"

"我真愚蠢,我怎么会这么愚蠢呢?"姑娘说。戴维想,她一定是想说她搞错了,而且凯瑟琳一定也会这么想。那天晚上,他们躺在床上的时候,凯瑟琳对戴维说:"我错了,我根本不应该让你做这样的荒唐事,根本不应该。"

"我真希望我们从来没见过她。"

"也许这件事还会变得更糟。现在最好的办法就是跟她周旋到底,然后才能摆脱她。"

"你可以现在就打发她走。"

"这并不能解决根本的问题。她不会已经做了什么有负于我的事吧?"

"哦,她已经做了。"

"我早料到她会这么做的。不过你放心,我爱你,我不会在乎这些的,你知道的。"

"这我可不敢断定,魔鬼。"

"好了,别再那么严肃了。我早就明白了,如果你一直那么严肃的话,这件事就没法解决了。"

第十二章

　　风已经刮了三天了,但现在的风没有刚开始那么大了。他坐在书房的桌子前面,看那部还没写完的短篇小说,一直看到他停笔的地方,一边看一边改。然后,他继续写,完全沉醉在这个故事里,完全忘掉了周围的一切。他听到两个姑娘在书房外面说话的声音,可是并没去认真听。姑娘们经过书房窗前的时候,他向她们招了招手。她们也向他招了招手,那个皮肤黝黑的姑娘笑了笑,凯瑟琳对着她,把手指按在自己的嘴唇上。在早晨的时候,那个姑娘看上去特别漂亮,她的脸色红润可人。凯瑟琳依然像以前那样美。没过多久,他听到了汽车发动的声音,并且听出发动的是那辆布加蒂车。他的思绪又回到了那部小说的故事之中。那部小说是短篇的,而且有个很好的故事情节,他很快就写完了,这时还不到正午。

　　不过现在吃早餐太晚了,而且他写完以后感到累极了，不想再开那辆旧伊索塔车到城里去。那辆车的刹车有问题，而且巨大的发动机也失灵了。虽然凯瑟琳已经留下了那辆车的钥匙，还留下了一张条子，告诉他她们去尼斯了，并让他到咖啡馆去等她们。

他想，现在我需要的只是一公升冰啤酒，盛在一个厚重的大玻璃杯里，还有一客油炸土豆，撒着磨制的粗胡椒面。不过海岸这一带的城市都没有好的啤酒，他想起了巴黎以及另外一些自己到过的地方，心里感到很高兴。他很庆幸自己的笔记录下了一些值得回忆的东西，那真的是一些很好的东西，而且他已经记录完了。这篇小说是他们结婚以来他完成的第一部作品。他想，必须完成这部小说，如果不能完成的话，就辜负了这段美好的时光。明天，我要继续写那篇游记，从停下来的地方继续写，直到把它完成。它会有一个什么样的结尾呢？

当他想到写作以外的事情，那些被写作挤压到在头脑之外的一切思绪就纷纷涌进了他的脑海。他想起了昨天夜里的事，又想起凯瑟琳和那个姑娘正行驶在那条乏味的道路上，两天前，他开着车带着凯瑟琳在那条道路上飞奔。现在都下午了，她们的车应该在那条路上往回开，不过她们也可能正坐在咖啡馆休息。别那么郑重其事，她这么说过的，或许还有别的什么意思，或许她做这些事都是有计划的，或许她早就预料到事情发展的方向和结果。或许她的确知道，可是你却不知道。

你原本是在写作，现在却为这些事发愁。最好赶紧写下一部小说，写一部最难的小说，现在就开始吧。如果你还想对她好，跟她好好相处的话，你自己就得坚持。那样做对她有什么好处？好处多得很呢，他想。不，其实并非多得很，多得很的意思表示足够多了。好的，就这样吧，明天就动手写一部新的短篇小说。还是让明天见鬼去吧，这样工作可不成，事事都推到明天。现在就去，现在就动手。

他拿起那张字条，还有车钥匙，全放进了口袋，然后又走进书房，坐下来，开始写一部新的短篇小说。现在写的是第一段，他的心里早就有了这篇小说的雏形，而且也早就知道怎么写短篇小说，但他一直没有把这篇小说提到写作日程上来。现在，他开始写了，他用简练的语句写成了第一段，而以后的故事都得重新体验。只有亲身体验一下，才能真实地表达出来。第一段很快写完了，他想，只要继续写下去就没有问题，现在你总该明白你原本认为根本没法做到的事情原来是多么容易了吧。然后他走出屋子，到房子外面的露台上坐下，要了杯兑矿泉水的威士忌。

那个大孩子（旅馆主人那个年轻的侄子）从酒吧间给他端来了酒瓶、冰，还有一只酒杯。他说："先生还没有吃早餐呢？"

"我写了太长时间了。"

"很遗憾，"这个大孩子说，"想吃点其他的什么东西吗？一客三明治？"

"在我们的储藏室里存着一听库克船长牌的白葡萄酒渍鲂鱼。你去拿来，打开它，放两条在盘子里，给我端来。"

"那可是没有冰过的啊。"

"没事，拿来吧。"

他坐在桌子旁，一边吃白葡萄酒渍鲂鱼，一边喝兑了矿泉水的威士忌。这是没有冰过的鲂鱼，确实有损口感。他吃着饭，看着早报。

在王家水道港的时候，我们经常可以吃到鲜鱼，他想，不过这已经是很久以前的事了。他突然回忆起在王家水道港的日子，不久就听到了那辆汽车从山下开上来的声音。

"拿走这个东西。"他吩咐那个大孩子，说着起身走进了酒吧。他走到吧台前，往酒杯里面倒了些威士忌，又加入冰块，再往酒杯里兑满矿泉水。他担心嘴里那股带着酒香的鲂鱼味儿还没完全消失，就顺手拿起那瓶矿泉水，慢慢地抿。

很快，他就听见了她们的说话声，看着她们走进了酒吧，她们还是那么快乐。凯瑟琳的头发像桦树皮一样光亮，被太阳晒黑的脸上露出兴奋的表情，还有一种痴情的神色。而那个皮肤黝黑的姑娘，头发就像被大风吹乱了似的，但她的眼睛澄澈明亮。她们俩走近吧台，那个姑娘忽然又显出害羞的神色。

"我们在咖啡馆没见到你，就径直回来了。"凯瑟琳说。

"我一直写到很晚才停。你怎么样，魔鬼？"

"我很好，可别问我旁边这位姑娘好不好。"

"写作顺利吗，戴维？"那个姑娘问道。

"这句话倒像个好妻子该说的，"凯瑟琳说，"我竟忘记了。"

"你们究竟在尼斯做了些什么呢？"

"喝一杯再说，好吗？"

她们俩都紧紧地依偎在他的身旁，他也伸手抚摸她们俩。

"你的写作还顺利吗，戴维？"那个姑娘又问了一次。

"当然顺利。"凯瑟琳说道，"他的工作一向都是这么顺利的，笨蛋。"

"是这样吗，戴维？"

"是的。"他说着，伸出手把她的头发搞乱，"谢谢你的关心。"

"我们来一杯，好吗？"凯瑟琳问，"我们俩都没有工作。我们只是去购物、逛街，遭别人议论。"

"没人议论我们。"

"那可不一定。"凯瑟琳说，"不过，我也不介意。"

"有人说了什么？"戴维问道。

"没有。"那个姑娘说。

"当时我不以为然，"凯瑟琳说，"倒有些高兴。"

"在尼斯的那些人说了些有关她那条宽松长裤的闲话吗？"

"这也算不上闲话，"戴维说道，"尼斯是个大城市。你们到那里去，就应该意识到会发生这种事的。"

"我看起来是否显得很特别呀？"凯瑟琳问戴维，"他们能快点安上大镜子就好了，我就可以看到自己的样子了。你说我是不是和别人有些不同？"

"没有，一点都没有。"戴维望着她说。她头发的颜色看上去很淡，头发也很凌乱，她的肤色比以前还黑，看上去非常激动，一副桀骜不驯的样子。

"这好极了，"她说，"当时我就这么做了。"

"但你那时也没做什么特别的事啊。"那个姑娘说。

"我做了，做了一件我很喜欢的事，而且我很高兴，我想再来一杯。"

"其实她当时没做什么出格的事，戴维。"那个姑娘向戴维解释道。

"早上，我把车开到那段平坦开阔的道路上时，我停下了车，然后亲了她，而且她也亲了我。我们在从尼斯回来的路上也这样相互亲吻，刚才下车的时候也这么做了。"凯瑟琳深情地望着戴维，眼神里还流露出一丝挑衅，"真刺激，我喜欢这样。你也这么做吧，亲她吧，那个大孩子不在这里。"

戴维转向那个姑娘，没想到那个姑娘一下子扑到他的怀里，跟他亲吻起来。虽然他并没有吻她的意图，可是没想到跟那个姑娘亲吻会有这样的感觉。

"现在可够了。"凯瑟琳说道。

"你感觉怎么样？"戴维对那个姑娘说，那个姑娘显得既高兴又羞怯。

"我很兴奋，非常兴奋。"那个姑娘说。

"现在我们大家都应该快乐了，也应该感到很轻松了，"凯瑟琳又说，"因为我们一齐分担了所有的罪孽。"

他们的午餐非常丰盛，有拼盘冷菜、色拉，有小吃，有乳鸡，还有普罗旺斯杂烩，餐后还有水果和干酪。

吃完饭,他们又喝冰镇的塔韦尔酒。劳累了一上午,他们都饿了,在午餐时还互相开玩笑,谁也没有顾忌。

"我有样东西,在晚餐的时候一定会令你大吃一惊的,也许根本等不到晚餐的时候。"凯瑟琳说,"这个姑娘花钱如流水,比喝醉了酒在石油租借地居住的印第安人[1]还要厉害,戴维。"

"印第安人是好人吗?"姑娘问她,"或许更像印度的土邦人?"

"戴维对印第安人最了解了,他最了解他们的情况,因为他的家乡就在俄克拉荷马州。"

"我一直以为他住在非洲东部呢。"

"不是的,他祖籍是俄克拉荷马州。他的父亲从那里逃了出来,带着他来到东非洲,并在东非洲定居下来,那时他还是个小孩子呢。"

"这可是一个很诱人的故事。"

"是的,他有一本小说,就是写他在东非洲的童年经历。"

"我读过。"

"你读过这本书?"戴维问她。

---

[1] 美国的俄克拉荷马州在1907年发现了石油矿,成为美国当时除了加利福尼亚州以外最重要的石油产地,有些石油矿在印第安人的保留地范围内。直到1928年,开采石油的重点地区才转向了德克萨斯州。

"读过，"她说，"要我告诉你这本小说的主要内容吗？"

"不用了，"他说，"我不想再提那些经历了。"

"读这本书的时候，我落泪了。"那个姑娘说。"书里写的那个人就是你父亲吗？"

"只是以他为原型，有些故事是真实的。"

"你一定特别特别爱他。"

"是的，我特别爱他。"

"为什么你从来都没跟我说过他的事。"凯瑟琳说。

"你也从来都没问我啊。"

"即使我问，你会说吗？"

"不会说。"他回答。

"我读完这本书就放不下它了。"那个姑娘说。

"你可别太入迷了。"凯瑟琳对那个姑娘说。

"我并没有做什么呀。"

"刚才你吻他的时候……"

"不是你要我吻的吗？"

"别打断我的话。"凯瑟琳说，"我想说你刚才吻他的时候，看上去兴奋得不得了，只是因为他是那本书的作者吗？"

戴维斟了一杯塔韦尔酒，端起来喝了一口。

"我不知道，"那个姑娘说，"当时我什么都没想。"

"那就好了，"凯瑟琳说，"我还一直担心那些剪报写的是真的。"

那个姑娘似乎更疑惑了，凯瑟琳又解释道："那些关于他的第二本书的剪报。你应该知道，他已经写了两本书了。"

"不过我只看过《裂谷》[1]。"

"他的第二本书是写大战中有关飞行的故事。在所有有关飞行的小说中，这一本是最出色的。"

"胡说。"戴维说。

"你读过以后再说吧。"凯瑟琳说道，"这本书，可得冥思苦想、废寝忘食才能写成。如果你以为我没有因为他是作家而吻他，我就对他写的那些书毫不知情，那你就大错特错了。"

"该午休了。"戴维说，"你该回房间去打个盹，你这个魔鬼，你累了。"

"我说得太多了。"凯瑟琳说道，"这是一顿丰

---

[1] 书名指的是东非大峡谷。这条峡谷北起西亚的约旦，形成了约旦河、死海以及亚喀巴湾，沿着红海一直向南延伸，又进入埃塞俄比亚境内的达纳基勒洼地，再转向西南进入肯尼亚境内，在那里形成了鲁道夫湖、奈瓦沙湖，以及马加迪湖，最后大峡谷分成两支到达莫桑比克境内的印度洋沿岸地区。东非大峡谷全长四千英里，平均宽度为三十到四十英里。

盛的午餐，不过请原谅，我一直在高谈阔论，说了太多的话。"

"刚才你说到那些书的时候，真是太可爱了！我爱上你了。"那个姑娘说，"你是如此让人钦佩。"

"我一向都不认为我是令人钦佩的。我累了。"凯瑟琳说，"你还有很多书没看完吗，玛丽塔？"

"还有两本，"那个姑娘说，"等那两本看完以后，我想再借几本，可以吗？"

"那等会儿我去你的房间找你，怎么样？"

"你随意吧。"姑娘说。

戴维把脸扭向别的地方，并不看那个姑娘，那个姑娘也不看他。

"不会打扰你吧？"凯瑟琳问。

"我没什么重要的事，而且无论我干什么都没关系。"姑娘说完，走了出去……

风已经刮了好几天了，今天应该是最后一天了。这时，凯瑟琳和戴维肩并肩地躺在房间里的床上，不过这次午睡的情况跟以前有些不同。

"现在我可以说了吗？"

"请你不要说了。"

"不，还是让我说吧。今天早晨，我想开车出去，在发动的时候，我突然慌乱了。虽然我已经非常努力地让自己安静下来,好好开车,可心里始终觉得空荡荡的。后来戛纳出现在前面的小山上,而前面的道路沿着海岸线一路上坡,很平坦。路上也没有别的车,我转过头望望后面,也没有别的车,于是就从路上拐进旁边像山艾地[1]的小树丛。在那里,我亲了她,她也亲了我。那时候,我们俩都坐在车里,我有一种奇怪的感觉。后来,我们到了尼斯,我不清楚是不是被别人看出来了,不过那时我已经不在意了。我们去逛街,去购物,看到喜欢的东西就买下来。她是个购物狂。有人对我们说了句非常莽撞的话,不过现在想来也没什么。后来我们在回来的路上又停下车,她说期盼我是她的姑娘。我跟她说无所谓,无论怎样都行,不过我真心感到高兴。因为这时候我变成姑娘了,可我却不知道自己可以做什么,我从来都没有这种摇摆不定的感觉。可是她对我真的很好,我想她的确是想帮我,是真心的。不过我也不敢确定,只要她真的对我好就行了。我驾驶着汽车,她看上去又靓丽又快乐,她对我很温存,就像我们俩在一起时那么温馨,或者说就像我对你那样,也可以说就像我们其中一个对另一个

---

[1]这里指在美国西南部地区,尤其是内华达州地区,那些长着这种艾草的荒地。

那样，于是我告诉她如果再这样下去，我就没法开车了。最后我把车停了下来，我亲了她，只是亲了她而已，不过我知道这种事情确实发生在我的身上了。我们在那里只逗留了很短的时间，然后我启动了汽车，一口气开到了这里。在我们走入酒吧以前我亲了她，那时我们都感到很高兴。我真的喜欢那么做，现在想起来，还觉得很甜蜜。"

"原来你做了这件事。"戴维小心地说，"从此以后，你就不会再那么做了。"

"我可不这么想。那时我喜欢那么做，而且还想再来一次真格的。"

"不，不，你不必再那么做。"

"我要，我想要，我喜欢那么做。而且我想做到不想再做为止，那时就可以顺利地避开这件事。"

"谁也没有要求你避开这件事啊？"

"我刚才说了，不过我必须这么做，戴维，你懂吗？过去我从来都没有想过有朝一日自己会变成这样。"

他沉默着，没有说话。

"我不会一直那样做下去的。"她说，"我很明白自己一定可以避开这件事的，我保证，相信我吧。"

他仍然沉默着，没有说话。

"她还在等我啊。你没有听到我挽留她再住几天吗？我做事不喜欢只做一半，那样的感觉太坏了。"

"我想去一趟巴黎，"戴维说，"我们可以通过银行继续联系。"

"不，你不能走，"她说，"你必须留在这里，帮帮我。"

"我没法帮你。"

"你可以的，你不能就这样溜之大吉。如果就这么走掉的话，我会痛不欲生的。我不想单独跟她待在一起，只是现在我有一件不得不做的事。你理解我吗？求求你，请你理解我吧，你一直都很宽容，都能体谅我呀。"

"但我不能容忍这样的事情再发生。"

"你可以的，请你试着理解我吧。以前你那么理解我的想法，不管我做什么你都很支持，都表示理解。难道以前你不是这样的吗？"

"是的，以前确实如此。"

"我们的生活刚开始时只有我们俩，等我做完了这件事以后，依旧只有我们两个。我可并没有爱上其他人啊。"

"别那么做。"

"可我控制不住自己，我不得不那么做。我上学时，遇到过很多机会，可以做这样的事情，有很多人都要求我这么做。可我从来都没有答应过他们。可是现在我很想做,而且感到不得不做。"

他又沉默了,不再说话。

"请你理解我吧。"

他依旧没有说话。

"反正她已经爱上你了,你完全可以占有她,那么我们就可以结束这件事,而我也就可以洗手不干了。"

"你又在说什么鬼话呀,魔鬼。"

"我知道,我知道,"她说,"我应该闭嘴了。"

"现在睡一会儿吧。"他说,"只要你挨着我静静地躺着,那我们俩都会睡着的。"

"我真的特别特别爱你!"她说,"就像我对她所说的那样,你才是我真正的配偶。我已经对她讲了很多关于你的事,而且她也只对这方面的事感兴趣。现在我的心情已经平复了,我想去找她了。"

"不,别去,你别去。"

"我必须去!"她说,"你等着吧,我很快就回来。"

等她回到房间的时候,戴维已经不在了。她望着床铺,站了很久,然后才走到浴室门口,把浴室门打开。她面无表情地凝视着镜子里的自己,从头到脚地打量着,纹丝不动。等她走进浴室,并顺手把门关上的时候,天色已经完全黑了下来。

第十三章

　　暮色中，戴维开着车从戛纳回来了。风已经停了，他在老地方停了车，然后顺着小路走到屋外灯光能照到的地方。这时，玛丽塔从房间里走出来，并且向他走来。

　　"凯瑟琳的心情坏透了，"她对戴维说，"请你对她好一点吧。"

　　"去你的，你们俩都去见鬼吧。"戴维骂道。

　　"是我的错，你骂我吧，可你不该骂她。你不可以这么做，戴维。"

　　"别告诉我该做什么，不该做什么。"

　　"难道你不想好好地照顾她？"

　　"不太想。"

　　"我却很想这样做。"

　　"你确实已经这么做了。"

　　"别说傻话了，"她说，"你并不傻。可事实是，情况已经十分严重了。"

"她在哪里?"

"她在房间里等你呢。"

戴维走进那栋房子,看到凯瑟琳正坐在酒吧的吧台前面。那里只有她一个人。

"喂,"她说,"他们还没有把大镜子安上。"

"喂,魔鬼,"他说,"对不起,我来晚了。"

她表情呆滞,话音嘶哑,整个人都显得很沉闷。这让他有些震惊。

"我以为你已经走了,不会回来了。"她说。

"你没看见我的行李还在这里吗?我什么东西都没带。"

"我并没有认真看。再说如果你要走的话也用不着带什么东西。"

"是的,"戴维说,"但我只是进城去了。"

"哦。"她淡淡地回答道,把目光投向了墙壁。

"风越来越小了,"他说,"明天会是个风和日丽的好日子。"

"我才不关心明天会怎么样呢。"

"你应该关心一下。"

"不,我不想关心,一点都不想,别要求我关心什么。"

"我不会要求你关心什么,"他说,"你喝酒了吧?"

"没有,我没喝酒。"

"我来调一杯酒,怎么样?"

"就算喝了酒,也没什么用。"

"也许会发挥很好的作用,我们依旧是我们。"他调着酒,她则平静地看着,看他不停地摇动调酒器,然后把调酒器里的酒倒入两个酒杯。

"再放上蒜味橄榄。"她说。

他把一杯酒递给她,然后端起自己那杯,"为我们俩干杯吧。"

她接过酒杯,顺手把酒倒在了吧台上,看着那些酒在吧台上面流淌。然后她拾起蒜味橄榄,放进嘴内。"没有'我们'了,"她说,"再也没有'我们'了。"

戴维从自己的口袋里掏出手绢,把吧台擦干净,又重新调了一杯。

"妈的,全是鬼话!"凯瑟琳骂道。戴维又递给她一杯酒。她接过酒杯,瞅了一眼,又顺手倒在了吧台上。戴维又用手绢把吧台擦干净,然后拧干手绢。接着他端起自己那杯马蒂尼酒,一饮而尽,并又调了两杯。

"快喝了这一杯,"他说,"喝了它,别问原因。"

"不为别的,"她说完,举起了酒杯,"就为了你,为你这该死的手绢干杯吧。"

她一口把酒喝光,然后看着手里握着的酒杯,戴维想她一定会把那只酒杯向他的脸上砸过来。但是她又放下了酒杯,拾起杯中的蒜味橄榄,一点一点地吃完后把橄榄核递给戴维。

"这颗宝石[1]并不珍贵,"她说,"放进你的口袋吧。如果你愿意再调一杯的话,我想再喝一杯。"

"这一杯你可得细细地品尝。"

"哦,现在我没事了,完全没事了。"凯瑟琳说,"你根本就不会发现我跟以前有什么不同,而且这样的情况每个人都会遇到的。"

"你的心情好些了?"

"已经好多了。不就是失去了一样东西嘛,现在,它消失了,就是这么回事。现在我们失去了我们曾经拥有的一切,不过有失必有得,我们也会得到一些以前不曾拥有的东西。也不亏,对吗?"

"你饿了吧?"

"不,我不饿,我相信一切都会很快过去的。你也这么说过的,对吗?"

"是的,很快就会没事的。"

"但愿我能记住我们失去的东西。不过究竟能不

---

[1] 原文为stone,本意为"核",这里是双关语。

能记住也不重要,对吗?你说过一切都不算什么。"

"对的。"

"那我们就高兴一点吧。无论失去了什么,都无须再惋惜了。"

"一定是我们忘记了什么,"他说道,"不过我们总会想起来的。"

"我知道我曾经做过什么事,不过那些都已经过去了。"

"那可太好了。"

"不管做了什么,都不能认为自己有错。"

"别再说什么对错啦。"

"现在我知道是什么了,"她笑吟吟地说,"可是我对你也不算不忠。是的,戴维,不可能这样,绝对不可能,你明白呀。你怎么能说我对你不忠诚呢?为什么你会这么说呢?"

"你没有不忠。"

"我当然没有,不过我倒很希望你没有这么说过。"

"我从来都没有说过,魔鬼。"

"但是有人这么说过,不过这不是事实,我没有对你不忠。我只是干了一件我早就对你说过的很想做的事情而已。玛丽塔现在在哪里呢?"

"我想她应该就在她的房间里吧。"

"太好了,我现在已经没事了。只要你收回你的话,我就没事了。真希望当初是你做了这件事,那么我就可以收回我对你说过的那些话,接着我们又成为原来的我们,对吗?不是我毁了我们的关系。"

"对的。"

她又笑了,"那就太好了。我现在叫她来这里,你不会在意吧?在你回来之前,她一直在为我担忧呢。"

"是吗?"

"我跟她说了不少话,"凯瑟琳说道,"我总是说太多的话。她可是特别好的,十二万分的好,戴维。只是你不了解她,她对我特别特别好。"

"让她见鬼去吧。"

"别,别这么说,把你说过的话都收回去吧。明白吗?我不想看到你再那么对她。你想吗?那样可真令人糊涂,真是的。"

"好吧,你叫她到这里来吧。看到你心情好了,她也会很快乐的。"

"我知道,我知道她会的,而且你也必须让她的心情好起来。"

"她的心情不好吗?我会的。"

"如果我心情不好的话,她就会这样。当我发现自己对你不忠的时候,我心情坏透了。你很清楚我从来都没有背叛过你。现在你叫她来吧，戴维。这样她的心情也会好起来。啊，还是不要了，不劳你大驾了，我去吧。"

戴维一直目送着凯瑟琳走出了门。她的神情不那么呆滞了，声音也不再那么嘶哑了。她回来的时候面带微笑，声音也几乎恢复了正常。

"她很快就来，"她说，"她真可爱，戴维。当初你答应让她来真令我高兴。"

那个姑娘走了进来，戴维说："我们都在等你呢。"

那个姑娘向他看了看，目光又投向其他地方。没过一会儿，那个姑娘又看着他，把身子挺得笔直，说："对不起，我来晚了。"

"你长得真俊俏。"戴维说。他这话没错，不过她的眼神看起来却是那么忧伤，是他见过的最最忧伤的眼神。

"请你给她调一杯酒吧，戴维。我已经喝了两杯了。"凯瑟琳对那个姑娘说道。

"看到你的心情好了一点，我真高兴。"那个姑娘说。

"戴维让我的心情好起来了，"凯瑟琳说，"我什么都说了，都告诉他了，我跟他说那有多么美妙，他现在已经都明白了。真的，他真的同意了。"

那个姑娘盯着戴维，戴维看见她用牙齿咬着上嘴唇，明白了她用眼睛跟他说的话。"那时我只感到在城里待着太无聊了，所以想着去游泳。"他说。

"你根本不知道当时自己究竟在想什么，"凯瑟琳说，"你总是想着很多事情。我做了一直以来都想做的事，而且终于成功了，我十分快乐。"

那个姑娘正低着头望着酒杯。

"而最奇妙的是，现在我感觉成熟了。不过经历了这些才成熟起来，真累人呀。可这也正是我所需要的。现在终于做成了，我知道自己还没有完全成熟，不过我很快就会成熟起来的。"

"现在你得到别人的谅解了，"戴维说。然后他也不再顾忌什么了，兴高采烈地说："难道除了这件事，你就没有其他话题了吗？同性恋的行为早就过时了，乏味了。我可从来都没有想过我们这一代人竟然还对这玩意儿感兴趣。"

"我想只有第一次做这件事的时候才会真正感到有趣吧。"凯瑟琳说。

"我想只有亲身经历的那个人才感觉有趣吧，而其他人对此可就厌烦透了。"戴维说，"你说呢，女继承人？"

"你叫她女继承人？"凯瑟琳问道，"这个称呼倒挺有意思呀。"

"我还能叫她夫人或者是殿下吗?"戴维说,"你不会反对吧,女继承人?关于同性恋行为?"

"我认为那不过是人们盲目推崇的极其无聊的行为,"那个姑娘说,"那种行为不过是姑娘家乏味的时候做的游戏罢了。"

"可不管是什么游戏,第一次做的时候总是感到特别有趣呀。"凯瑟琳说。

"这倒不错,"戴维说,"不过你也没有总是提起你在障碍赛马公园里第一次骑马的情境,而且也没有提到你怎么单独驾驶一架飞机升上天空,在空中飞行。"

"我很羞愧,"凯瑟琳说,"你看我,你看看我,看看我是不是感到羞愧。"

戴维伸出手臂把她抱住。

"你千万别感到羞愧,"他说,"你只需要记住,你对这位女继承人所说的关于她怎么驾驶那架飞机升空的事是多么感兴趣就行了。女继承人会告诉你,只有她和那架飞机在一起,而她和陆地之间没有任何联系。想象一下那土地,博大的、广阔的土地,那是用大写字母写成的。而天地之间只有她的飞机,她很可能跟飞机一起掉下去摔死,飞机和她都会摔得粉身碎骨。从此,她会失去所有的金钱,以及她的健康,还有她的理智和生命,都用大写的字母表示。除此以外,她那些亲爱的伴侣，可能是我，也可能是你，甚至可能是耶稣，一律都用大写的字母表示——如果她'坠毁'的话——当然坠毁这个词儿应该加上引号。"

"你曾经独自一人驾驶着飞机飞行吗，女继承人？"

"绝对没有，"姑娘说，"而且现在我也不需要这么做了。可我还想再来一杯酒，我爱你，戴维。"

"你还像上次那样亲吻她吧。"凯瑟琳对戴维说。

"下次吧，"戴维说，"我正在调酒呢。"

"真好，我们现在又是好朋友了，一切都变好了。"凯瑟琳说。这时她显得生机盎然，声音很自然，情绪很平静。

"我差点忘了这个女继承人今天早上买了一件东西，她想给你一个惊喜。我现在就去拿。"

凯瑟琳刚走出酒吧，姑娘就握住了戴维的一只手，而且握得很紧，然后拿起来亲吻。他们面对面坐着，互相望着。她的手指也好像心不在焉地在他的手上抚摸着。她弯起自己的手指，缠住他的手指，但很快又松开了。"我们甚至都无须说话，"她说，"你根本不想让我发表演说，对吗？"

"不想，不过改天我们得好好谈谈。"

"你想不想让我走？"

"你要走的话，你会变得更聪明一些的。"

"你愿意吻我吗,让我明白我留下来其实是不碍事的?"这时,凯瑟琳和那个大孩子一起走进酒吧,那个大孩子端来了一只托盘,托盘上放着一大听鱼子酱,鱼子酱放在一碗冰块当中,还有一碟烤面包片。

"那个亲吻真可谓妙不可言。"她说。

"所有人都看见了,我们不用担忧别人的流言蜚语了。"凯瑟琳说,"他们正在切蛋白,马上就会拿过来,还有球葱。"鱼子酱是那种挺大的灰色鱼子,看起来也很坚实。凯瑟琳舀了些鱼子酱放在薄的烤面包片上。

"女继承人还买了一整箱1915年的伯林格尔香槟酒[1]给你,已经用冰镇上了几瓶。你想拿一瓶来就着这些东西吃吗?"

"那敢情好了,"戴维说,"我们可以喝个痛快。"

"女继承人和我一样有钱,这样你什么都不用愁了,不是挺幸运吗?我们俩可都要好好地照顾他,对吗,女继承人?"

"我们需要非常努力才能做到,"那个姑娘说,"我正想办法把他的各种需要都搞清楚。可是今天我们能搞到的就只有这种酒了。"

---

[1] 这是由法国伯林格尔家族从1821年开始酿制的一种香槟酒,有着悠久的历史。

第十四章

　　清晨的阳光把他照醒了,他差不多睡了两个小时。他看了看凯瑟琳,她还在熟睡,脸上洋溢着笑容。她看上去是如此年轻,如此美丽,如此纯真无邪。他起床撇下她,走进了浴室。他先洗了淋浴,然后穿上短裤,光着脚穿过了花园,走进他的书房。因为刮过风,天空中没有一丝云彩,碧空如洗,这是一个清新的早晨,昭示着夏末的新一天。

　　他又拿出纸笔,继续写那篇很难写的新短篇小说后面的段落。他不停地写着,努力应付着多年以来一直都在逃避的每一个问题,一直写到将近十一点的时候才结束。他关上门,走出房间,看见两个姑娘正坐在花园里的一张桌子旁边下棋。两个人看起来是那么神采奕奕、那么青春性感,就像这天空一样迷人。

　　"她又赢了。"凯瑟琳说,"你好吗,戴维?"

　　那个姑娘带着羞怯的笑容看着他。

戴维想,这可是我所见过的两个最可爱的姑娘,今天早上发生了什么好事啊。

"你们还好吗?"他说。

"好,非常好。"姑娘说,"你是不是遇到什么好事了?"

"干得挺费劲儿的,幸亏一切都还顺利。"他说。

"你还没吃早餐吧,一点儿都没吃呢。"

"可现在吃已经太晚了。"戴维说。

"别乱说,"凯瑟琳说道,"今天是你值班,女继承人妻子,你马上让他去吃早餐。"

"你来点咖啡和水果吗,戴维?"那个姑娘问,"你总得吃一点啊。"

"那我就来点黑咖啡。"戴维说。

"我这就去拿,马上给你拿点来。"那个姑娘一边说一边走进了旅馆。

戴维挨着凯瑟琳坐在了桌子旁边。这时,凯瑟琳已经把棋子和棋盘全放在了一张椅子上。她又伸手搞乱了他的头发,说:"你是不是忘了你也有像我一样的银色头发?"

"没有,我知道的。"他说。

"这头发的颜色会越来越淡,慢慢地褪掉,我也会变得越来越美,美到无与伦比,而我的身子也会变得越来越黑。"

"那真是太妙了。"

"是的，我想试一下，所有的事我都想试一下。"

那个漂亮的、皮肤黝黑的姑娘端来了一只托盘，托盘上面放着一小碗鱼子酱、半个柠檬，以及一把调羹和两片烤面包。那个做服务员的大孩子提着一只水桶，桶里放着一瓶伯林格尔香槟，还拿着一个盘子，盘子里有三只酒杯。

"这对戴维来说简直好极了。"姑娘说，"吃过以后，我们可以去游泳，然后回来吃午餐。"

戴维吃完以后，他们就到海里游泳，接着又躺在沙滩上晒太阳，然后吃了顿丰盛的午餐。他们吃了很久，还喝了很多的伯林格尔香槟酒。后来，凯瑟琳说："我真是又累又困，实在熬不住了。"

"你游了那么远，自然很累。"戴维说，"我们回去吧，回去睡午觉。"

"我真想好好睡一觉。"凯瑟琳说。

"你的身体好吗，凯瑟琳？"那个姑娘问道。

"还好，就是感觉困极了。"

"我们把你送到床上吧。"戴维说。"你有体温计吗？"他又问那个姑娘。

"我敢确定，我没有发烧。"凯瑟琳说道，"我只想好好地睡一觉。"

等凯瑟琳上了床后，姑娘拿来一支体温计，戴维给凯瑟琳量了体温，很正常，然后又给她把了脉，她的脉搏每分钟跳一百零五下。

"脉搏跳得稍微有点快，"他说，"不过我并不知道你正常时的脉搏是多少。"

"我也不知道是多少，也许现在跳得的确太快了。"

"既然体温正常，脉搏跳得快也没什么关系，"戴维说，"不过如果你发烧的话，我就必须到戛纳去找个医生过来看看。"

"不必了，我不用看医生，"凯瑟琳说，"我只是想睡觉而已，现在我可以睡了吗？"

"可以，我的美人儿。需要我过会儿叫醒你吗？"

"不必了。"

他们都站了起来，看到她睡着了，才静静地走出房间。戴维沿着走廊走了几步，然后向窗外望去。凯瑟琳在床上睡得很安静，呼吸也很均匀。他从屋里搬来了两把椅子，还有一张桌子，然后在靠近凯瑟琳窗前的那片阴影里坐下来，透过松林向蓝色的大海眺望。
"你觉得她怎么了？"戴维问。

"我也难说。今天早晨她还很高兴，你结束工作以后，看到她的时候她不是也很高兴吗？"

"那现在怎么了?"

"也许昨天她并没有完全释怀吧。她可是个正常的姑娘,特别特别正常,戴维,而她现在的反应不也是很正常的嘛。"

"昨天啊,昨天我就像爱着一个已经死去的人一样。"他说,"这感觉太坏了,根本不应该这样。"他站了起来,走到窗前,向房间里张望了一下。凯瑟琳依旧安静地睡着,轻柔而均匀地呼吸着。"她睡得很香,"戴维对那个姑娘说,"你想不想睡个午觉?"

"想呀。"

"我要到我的书房去了,"他说,"我的书房有扇门和你的房间相通,那门的两面都有插销。"说完,他沿着走廊的石板地面走去,打开书房的门走了进去,又拉开了跟两间房相通的那扇门上的插销,站在那里等待着,很快就听到门的那面有插销被拉开的声音,接着门开了。那个姑娘走了进来,他们肩并肩地坐在床沿上,他又伸出一只手臂把她抱住。"吻我吧。"戴维说。

"我很喜欢吻你,"她说,"特别喜欢,也特别愿意这么做,不过我不会做那种事的。"

"不做?"

"是的,不能那么做。"

接着她又说:"除此以外,我可以帮你做任何事。我对那种事感到无地自容,而且你也特别明白那么做会招麻烦的。"

"就这么静静地躺在我身边吧。"

"我很喜欢这么做。"

"那么你喜欢怎样就怎样吧。"

"我知道,"她说,"你也做你喜欢做的事吧,我们只能尽力而为。"

凯瑟琳一直到了傍晚时分才醒来,睡了一个下午。这时,戴维和那个姑娘正坐在大房间的吧台前面喝酒,那个姑娘说:"他们还是没有安上大镜子。"

"你有没有问过奥罗尔老头这件事?"

"我问过了,他答应得很爽快。"

"我最好再付一些开瓶费什么的,就是他那瓶伯林格尔香槟的开瓶费。"

"我已经送了四瓶酒给他,另外还送了两瓶上等的白兰地,早就跟他说好了。现在我担心的是女主人会给我们添乱。"

"你说得对。"

"我可不想再惹麻烦了,戴维。"

"你说得对,"他说,"我想也是。"

那个大孩子又送了些冰来,于是戴维调了两杯马蒂尼酒,递给那个姑娘一杯。大孩子在杯里放上一些蒜味橄榄,就回厨房去了。

"我现在要去看看凯瑟琳,看看她怎么样了。"那个姑娘说,"也许事情很快就会有头绪的,不过也可能不会。"

那个姑娘走了大概十分钟,他一边等着,一边摸了摸姑娘的那杯酒,心想如果酒凉了,如果那个姑娘还不回来的话,就喝掉它。于是,他端起酒杯,举到嘴边,在杯子碰到嘴唇的一刹那,他突然感到特愉快,因为这是她的酒。他很明白这一点,而且没法控制。你需要的正是这个吧?他想。也许你正等着这个,同时爱她们两个,使这件事变得完美无缺。自五月份以来,你曾经有过什么样的遭遇?你到底是个什么样的人啊?他又端起酒杯碰了碰嘴唇,刚才那种感觉又突然涌上来。好吧,他心想,不再为了其他的事而忘记写作。现在,你正在放弃你的写作呀。你最好还是赶快写出作品来。

那个姑娘走回来的时候,他一直盯着她,她的脸上喜气洋洋,他觉得自己已经对她有感情了。

"凯瑟琳正在穿衣服。"那个姑娘说,"她的心情很好,这难道不是一件很好的事情吗?"

"是的,"他说。他知道自己也同样爱着凯瑟琳,还像过去那样爱她。

"我的酒呢？"

"我喝了，"他说，"因为是你的酒，我才喝的。"

"是吗，戴维？"她的脸又红了，感觉很快乐。

"那是我能说出的最好听的话了，"他说，"这一杯是我刚刚调好的。"

她接过那杯酒，端起来，用嘴唇轻轻地碰了一下杯口，然后又把酒杯递给了他。他接过酒杯，也那么轻轻地碰了一下，并且慢慢地抿了一口。"你真美，特别地美！"他说，"而且我肯定，我爱你。"

第十五章

　　他听到了那辆布加蒂汽车启动的声音,这种声音突然传到耳际,让他吃了一惊,因为他正在一片原野上写那篇短篇小说。那是一片空旷而广阔的原野,他沉醉在那篇短篇小说中,完全脱离了现实。他一边营造着小说中的生活,一边沉醉在那种生活当中。现在他正在处理小说中不好处理的段落,那是一些他一直逃避的段落。他在写作的时候,笔下的人物、原野以及每天的生活和气候状况都活灵活现地出现在他的脑海里。他不停地写,感到累极了,就像是在横跨高低不平的荒漠,荒漠上积满了火山灰,炙热的太阳照射着他和同行的人。他们在一夜的跋涉之后口干舌燥,而前方那些能够看见的灰色湖泊都已经干涸。他感到很沉重,好像肩上挎着一支笨重的双筒步枪,他一只手按在枪口上,嘴里含着石弹,品味着它的味道。透过那些早已干涸的湖泊上闪烁的光芒,他觉察到蓝色悬崖就在远方。他走在队伍的最前面,背后跟着一长队脚夫[1]。他们十分明白,当他们赶到这个地方的时候,会比预定时间晚三个小时。

当然,这天早上可不是他站在那里,甚至也没有穿那件打着许多补丁的灯芯绒上装,那件衣服的颜色已经褪掉,差不多变成了白色,衣服的腋部也被汗水浸坏了。他在荒漠上脱下那件衣服,递给他那位坎巴族[2]仆人——也是他的兄弟,如今他们都意识到这次会迟到,并且为此而感到羞愧。他嗅了嗅衣服上那股酸味儿,像醋一样,反感地摇摇头,抓住那件衣服的袖子,呼地一下甩到黑色的肩头上,咧开嘴笑了笑。这时,他们正在横穿那片灰色地带,那是一片被阳光晒得裂口的土地。他右手握着枪,枪筒压在肩头上,那个沉甸甸的枪托向后指着身后那一队脚夫。

这个人不是他,而是他笔下的他,有一天无论是谁成为这篇小说的读者,也会成为他,而且当他们到达远处悬崖的时候就会发现那边的情况,他会让他们

---

[1] 这个短篇写的是戴维八岁的时候,跟父亲一起去东非洲长途游猎的经历,文中说到的脚夫指的是当时雇用的当地人。
[2] 坎巴族世代居住在肯尼亚的马查利斯地区和基图伊地区,以农耕为主,也饲养牛羊等家畜,由于当地水土流失严重,很多坎巴族人去首都内罗毕谋生,有的做了商人。

在这一天的中午就到达那处悬崖的脚下；于是无论是谁读到这篇小说，都会发现那里的情况，而且牢记在心，难以忘怀。

你父亲发现的一切，都是留给你的。他心想，无论是好的、妙不可言的，还是坏的、非常坏的，这一切莫不如此。不过很可惜，一个这样的人，一个拥有应对灾难的能力并且不懈追求快乐的人最终还是走上了这条不归路[1]，他心想。每次回忆起父亲，他的心里总是快乐的，他知道他的父亲一定会喜欢他现在所写的这篇短篇小说。

他一直写到将近中午才走出房间，光着脚沿着露台的石板地回到旅馆的大房间。他看见工人们正在安一面很大的镜子，就安在吧台后面的墙上。旅馆的主人奥罗尔先生和那个做服务员的大孩子也在那里看着工人干活。他走过去跟他们聊了几句就走出了那个大房间，来到厨房，他看见女主人在那里准备午餐。

"有啤酒吗，夫人？"他向女主人问道。

"当然有的，伯恩先生。"女主人用法语回答道，然后拉开冰柜，拿出了一瓶冰镇的啤酒。

---

[1] 这里指自杀。写到这里，海明威又情不自禁地想起自己当医生的父亲。

"我就用瓶子喝吧。"他说着,接过了啤酒。

"先生,你随便吧,"女主人说,"我知道女士们已经开车到尼斯去了。先生的工作进展得顺利吗?"

"十分顺利。"

"先生今天工作得太辛苦了。要注意身体呀,不吃早饭可不行啊。"

"还有鱼子酱吗?"

"当然有。"

"那么给我来两勺。"

"真奇怪啊,"女主人说,"昨天你吃鱼子酱的时候,喝的是香槟酒,今天怎么喝啤酒了?"

"今天就我自己呀。"戴维说道,"我的自行车还在车库里吗?"

"应该还在吧。"女主人回答。

戴维舀了一勺鱼子酱送进嘴里,然后把装鱼子酱的罐头盒递给女主人:"你来一点吧,夫人。这可是上好的鱼子酱。"

"不,这不行。"女主人说。

"别客气了,"他对女主人说,"来一点吧。把它抹在烤面包片上,很好吃的。最好再饮一杯香槟,冰柜里有香槟。"

女主人从罐头盒里舀了一勺鱼子酱,又拿出一片吃早餐时剩下的烤面包,把鱼子酱抹在上面,又给自己倒了一杯玫瑰红葡萄酒。

"真好吃,"女主人说,"现在可以收起罐头盒了。"

"你觉得有什么好作用吗?"戴维问道,"我还想再来一勺呢。"

"唉,先生,你真不应该开这样的玩笑[1]呀。"

"为什么不该?"戴维说,"我现在没有搭档了,她们都出去了。如果那两个漂亮的姑娘回来了,就告诉她们我去游泳了,好吗?"

"我一定会告诉她们的。那个个儿小点的姑娘可真是个美人儿,当然还是没有夫人美。"

"还行吧。"戴维说。

"她的确是个美人儿,先生,而且是个迷人的美人儿。"

"这里还没有其他的漂亮姑娘,所以目前算是吧。"戴维说道,"如果你认为她漂亮的话。"

"先生……"她的语气中带着深深的责备。

"那面镜子安得怎么样呀?"戴维问。

"酒吧大房间里安装的那面新的大镜子吗?那可

---

[1] 鱼子酱中含有丰富的性激素,所以女主人埋怨他不该开这样的笑话。

是这个旅馆得到的一份最具魅力的礼物。"

"每个人都富有魅力,"戴维说,"魅力和鲟鱼子。现在我去穿双鞋子,再找一顶鸭舌帽戴上。请你去吩咐那个做服务员的大孩子到车库里看看我的自行车的车胎还有没有气,好吗?"

"先生喜欢光着脚走来走去吗?夏天的时候,我也喜欢这样。"

"什么时候我们一块儿光着脚走走。"

"先生。"她意味深长地说道。

"怎么,担心奥罗尔吃醋?"

"请你别这样了,"她用法语说,"待会儿我会跟两位美丽的姑娘说你游泳去了。"

"还有,千万别让奥罗尔碰我的鱼子酱。"戴维说,"待会儿见吧,亲爱的夫人。"

"待会儿见,先生。"

说完,他骑车离开了旅馆,行驶在那条穿过松林的黑色道路上,道路在火辣辣的阳光下闪着白茫茫的光。他骑着车顺着道路上坡,一股股松树的清香扑鼻而来。海上的风轻轻地吹来,拂着面庞,不过双臂和双肩上却感到了风的力量,他的双脚拼命地踩着踏板,打着旋儿地带动自行车前进。他的身子伏在自行车上,双手紧紧地抵在自行车把手上。在驶过一块又一块的百米标石后,感到节奏不再时快时慢了。没过多久,自行车驶过了第一块公里里程碑,那是一块上端油成红色的里程碑,很快,又驶过了第二块。经过海岬以后,开始沿着海岸下坡,他停下车,把自行车扛在肩上,沿着一条路继续往下走,来到海滩旁边。他把自行车靠在一棵松树上,那是一棵在炎热的天气中仍然散发着芬芳的松脂香味的树。然后来到岩石边,脱光衣服,把脱下的短裤、衬衫和鸭舌帽堆成一堆,又将平底凉鞋放在衣服堆上面,从岩石上跳进了清澈、凉爽的海水里。他在水里看见了变幻的光,便冲着那光游。他的脑袋一露出水面,就赶紧甩一下,把耳朵里的水甩掉,然后接着向远处游。他仰面朝天浮在水面上,看空中随风飘来的朵朵白云,为第一次看到如此美丽的白云而惊喜。

最后,他向那个小海湾游去,爬上那块深红色的岩石,在阳光下晒太阳。他低着头盯着深蓝色的海水。他喜欢这么一个人待着,因为今天的写作已经完成,他感到既轻松又高兴。但是过了一会儿,那种写作以后常有的寂寥又涌上他的心头,慢慢地侵占了他的头脑。他想起了那两个姑娘,开始想念她们;可不是想念其中的某一个,而是想念她们俩。他想她们的时候,不是用高傲的眼光看哪个姑娘最美,不是想爱恋谁或是钟爱谁的问题，也不是想什么责任或那些已经发生的事，还有即将发生的事，更不是想现在的行为或者是将来的行为所带来的问题，他现在只是惦记着她们。他惦记着这两个姑娘，无论是独自一人，还是和其中一个姑娘在一起，他都会感到寂寞，因为他现在两个姑娘都想要。

他依旧坐在阳光下的岩石上，低着头注视着深蓝的海水，他很明白这样做是不对的，但他就想两个都要。他也很明白再这样下去，跟这两个姑娘之中的任何一个都不会有良好的关系了，其实现在的关系也不好，他对自己说。可是你不能因此非难你所爱的姑娘，也不要试图让她们分担责任。最后大家都会承担自己的责任，但如何分担责任，却不是你能决定的。

他依旧低着头，目不转睛地注视着深蓝色的海水，他想搞清楚现在的处境，可最终没有成功。他认为现在最糟的情况就是凯瑟琳已经发生了变化，其次就是他喜欢上了另外一个姑娘。他十分清楚自己至今还爱着凯瑟琳，而且可以对天发誓。他也十分清楚同时爱上两个姑娘是错误的，而且永远都不会有好结果。目前他虽然并不知道最后的结果有多么骇人听闻，但他知道这件事已经发生了。他们三个已经纠缠在一起了，就像带动一个轮子而相互咬合在一起的三个齿轮一样，相互影响，他想。他还对自己说现在其中一个齿轮已经磨坏了齿，或者说已经磨损得相当严重了。他又一头扎进深深的、清凉的海水里。只有在海水里，才不用想任何人、不用想任何事。过了很久，他才钻出水面，甩了甩头，继续向海的远处游了一程，然后才扭头游回海滩。

  他从海水中来到岸上，身体还没干就穿好了衣服，将鸭舌帽塞进了口袋。他把自行车扛在肩上，从那条斜斜的小路向上走，一直走到公路上，才跨上自行车，骑着它向那段并不长的坡路驶去。他两只脚的后跟紧紧地蹬在脚蹬上，感到有些吃力，他知道是因为他有很长一段时间没有锻炼了。在连续不断地冲刺后，自行车沿着黑色的道路飞驰而去，那种感觉就像是他自己已经和自行车合成一体，变成了一种脚上长着轮子的动物。道路出现了下坡，他不再蹬踏板了，靠着惯性在坡路上滑行。他的双手稳稳地按在刹车的把手上，让自行车飞速地驶过那些转弯的地方，又顺着黑色的道路穿过那片松林到达另一段下坡路。再转一个弯就是旅馆的后院了，在那里可以看见树丛后面的大海闪烁着夏日的蔚蓝色光芒。

  姑娘们还没有回来，于是，他走进房间冲了个淋浴，换上干净的衬衫和短裤，又走出房间，来到吧台前面，感到那面新安的大镜子特别漂亮。他吩咐那个做服务员的大孩子，拿一个柠檬和一些冰块来，当然还得带一把刀。他向那个大孩子示范调制一杯汤姆·柯林斯[1]酒的过程。调完以后他坐在酒吧的凳子上，端起这大杯酒，望着镜子中的自己。如果四个月以前我就认识你的话，我可不知道能否跟你喝上一杯，他这样想着。那个大孩子拿来一份《尼斯尖兵报》给他，他就一边看报纸一边等着姑娘们回来。刚才他发现姑娘们都还没有回来时，他感到失望了，他想念她们，并且担忧起来。好像过了很长的时间，她们的身影终于出现在门口，凯瑟琳看起来很兴奋，那个姑娘却默默无语并面带悔意。

"嗨，亲爱的，"凯瑟琳对戴维说，"啊，看看这面镜子，他们终于装上了。这是一面多么美丽的镜子啊，那么清晰，那么明亮，那么真实。你现在就到房间去梳洗一下吧，准备吃午餐。抱歉，我们回来得有点晚了。"

"我们在城里逗留了一会儿，喝了杯酒。"那个姑娘对戴维说，"对不起，让你等了这么久。"

---

[1] 这是一种鸡尾酒，用金酒、柠檬汁、糖，以及苏打水调制而成，由第一个调制这种酒的调酒师用自己的名字为它命名。

"只喝了一杯？"戴维问。

那个姑娘向他竖起了两个手指，然后扬起头，亲了他一下，转身走了。戴维继续看报。

不久，凯瑟琳出现在大房间里，她穿着戴维平日里喜欢穿的那件深蓝色亚麻布的衬衫，以及那条宽松长裤，她对戴维说："亲爱的，请你不要生气，其实我们也想早点回来。我们遇见了让，那个发型师，就请他陪我们喝一杯，他十分友好地答应了。"

"那个发型师？"

"是的，让。难道我们在戛纳还认识其他叫让的人吗？他可是好人，十分友好，还问候了你呢。来杯马蒂尼酒，怎么样，亲爱的？我在那里只喝了一杯。"

"现在应该准备好午餐了吧？"

"我只想喝一杯，亲爱的。午餐也只有我们几个人嘛，没关系的。"

戴维开始调马蒂尼酒，慢慢地调了两杯。这时，那个姑娘也走进了大房间。她穿着一条白色的雪克斯金连衣裙，显得很清爽、很纯净。"我也要一杯，可以吗，戴维？天气热得要命，你在这里怎么样？"

"你应该留在这里照顾他的。"凯瑟琳说。

"我还行，"戴维说道，"在海里游泳永远都是件令人愉快的事。"

"你可真会用形容词儿，"凯瑟琳说，"你总是把什么都形容得那么生动、那么有意思。"

"请原谅。"戴维说。

"这可又是个顶呱呱的词语，"凯瑟琳说，"告诉你'顶呱呱'是什么意思吧。这可是个地道的美国词语。"

"我想我能理解的，"姑娘说，"这个词是《扬基歌》[1]歌名中的第三个词语，对吗？你可别生气啊，凯瑟琳。"

"我不会生气的，"凯瑟琳说，"不过就在两天前，你勾引我的时候，那情景才算顶呱呱呢。可是今天，如果我有一丁点儿那种感觉，你会把我当成什么人呢？我自己都不知道。"

"对不起，凯瑟琳。"那个姑娘说。

"又是对不起，"凯瑟琳厌恶地说道，"难道我所知道的那点事儿，不是你教的吗？"

"吃午餐吧，好吗？"戴维说，"今天天气很热，你这个魔鬼，你肯定很烦了。"

"我厌恶所有的人，"凯瑟琳说，"请你谅解。"

---

[1]《扬基歌》是在美国独立战争时期流行的一首歌曲，原文是"Yankee Doodle Dandy"，意思是"顶呱呱的美国北方小子"。

"没有什么需要我谅解，"那个姑娘说，"很抱歉，刚才我太自以为是了。我决定到这里来的时候并没想到会这样。"她走到了凯瑟琳身边，悄悄地、温柔地吻她。"好了，老老实实地做个姑娘吧，"她说，"现在我们该吃午餐了。"

"我们不是已经吃过了吗？"凯瑟琳问。

"还没呢，魔鬼，"戴维说，"现在我们就要吃了。"

吃午饭时，凯瑟琳一直都表现得通情达理，只是看起来稍稍有点儿心不在焉。吃完午饭以后，她说："抱歉，我想去睡午觉了。"

"我陪你吧，那样你会睡得更好。"那个姑娘说。

"我想我喝得实在太多了。"凯瑟琳说。

"好的，我也想睡个午觉了。"戴维说。

"请你别这样，戴维。如果你要睡的话，请等我睡着以后再进来吧。"凯瑟琳说。

大约过了半个小时，那个姑娘从房间里走出来。"没事儿了。"她说，"不过我们以后要更加谨慎，对她更好一点，多为她着想。"

戴维走入房间的时候，凯瑟琳还没有睡着，于是他走过去，坐在床沿上。

"别把我当成一个该死的病号，"她说，"我只不过多喝了几杯酒而已。我心里很明白，对不起，我向你撒了谎。我怎么能骗你呢，戴维？"

"肯定是因为你当时想不起来了。"

"是的，可是我是有意那么做的。你还生我的气吗？你还会要我吗？我保证以后再也不胡乱发脾气了。"

"你从来都没有背叛过我啊。"

"我只是期盼你再接受我。我要做你最忠实的姑娘，真正忠实的姑娘，绝对的忠实。你喜欢我这么做吗？"

她刚说完，戴维便俯下身吻了她一下。

"请你仔细一点，仔细地吻我吧。"

"啊，"她又说，"请你轻一点，请慢慢儿来。"

过了一会儿，他们俩走出房间找到那个姑娘。他们三个一起来到前一天去过的那个小海湾游泳。戴维的计划是让姑娘们去游泳，他开着那辆旧伊索塔车到戛纳去，那辆车的刹车需要修理，点火开关也需要检修。可是凯瑟琳要他陪她们一起去海里游泳，第二天再修。凯瑟琳睡过午觉以后，又恢复了生气，看上去兴高采烈。而且玛丽塔也真诚地邀请他："你也跟我们一起去，好吗？"所以他开着那辆车带她们来到了通向那个小海湾的岔路口，他还在路上刹车给她们看，让她们知道这辆车的刹车是多么危险。

"再开这辆车出来会害死你的,"他向玛丽塔说道,"车子已经坏成这样了,你还不拿去修,绝对不可以。"

"那么我需要买一辆新车吗?"她问。

"天啊,那可没必要。我去修好刹车就可以了。"

"我们需要一辆像房子一样大的汽车,我们大家坐着才不会显得拥挤。"凯瑟琳说。

"这辆车是一辆很好的车,"戴维说,"不过它需要大修,需要好好地检查修理一下。否则,你可应付不了这辆车。"

"那么你去看看能不能修好这辆车,"姑娘说,"如果修不好的话,我们再去买一辆新车,你喜欢的新车。"

然后他们躺到海滩上,让太阳晒黑他们的皮肤。戴维懒洋洋地建议道:"到水里去游游吧。"

"向我的头上倒点水,"凯瑟琳说道,"我带了一只用来盛沙子的桶,就在帆布背包里。"

"啊,这种感觉太好了,"她说,"再倒一些可以吗?再倒一些在我脸上。"

她把那件白色浴袍铺到沙滩上,躺在浴袍上晒太阳。戴维和那个姑娘绕过了小海湾的那些岩石,向海的远处游去。那个姑娘游在前面,戴维很快便追上她,并且伸出一只手,把她的一只脚抓住,然后紧紧地把她搂在怀里,亲吻她,两个人都在海里踩着水。在水里，她的皮肤摸起来滑溜溜的，感觉有点怪。他们一直都把身子紧紧地贴在一起，并且一边亲吻一边踩着水，他们的身子显得一样高。她突然钻进了水里，他的身子顿时不由自主地向后仰去，她却从水里冒出来，哈哈大笑。她的头湿漉漉的，像海豹皮那样油亮光滑。她甩了一下脑袋，又把温暖的双唇贴在他的嘴唇上，两人亲吻起来，接着一齐潜入水下。后来，他们肩并肩地仰面在水面上漂浮着，相互抚摸着，然后又激烈而欢快地亲吻起来，并一齐潜入水下。

"现在我一点都不担忧了，"当他们两人又钻出水面的时候，她说，"你也不用担忧。"

"我不担忧。"说完，两人向岸边游去。

"你还是到海里游游吧，魔鬼，"他上了岸，对凯瑟琳说，"在这里晒得太久，你的头就太热了。"

"那好吧，我们到水里游游。"她说，"现在就让这位女继承人在这里晒黑她的皮肤吧。我先给她抹上防晒油。"

"可别抹太多，"那个姑娘说，"在我头上也浇一桶水，好吗？"

"你的头发都已经湿透了。"凯瑟琳说道。

"我只想感受一下一桶水浇在头上的感觉。"姑娘说。

"游到海里去，戴维，在海里舀一桶更好的清凉的水来。"凯瑟琳说。等戴维舀了一桶清凉的海水倒在玛丽塔的头上以后，玛丽塔把脸埋在自己的臂弯里，一个人躺着，戴维和凯瑟琳丢下她向海里游去。他们就像两只海洋生物舒缓地漂浮在海上。凯瑟琳说："如果当初我不那么轻薄，现在不是很好吗？"

"你不轻薄。"

"今天下午没有，"她说，"无论怎么说我们游得都不够远，我们再游一段怎么样？"

"已经够远了，魔鬼。"

"那好吧，我们游回去吧。不过这儿的海水更深，真的好美。"

"你想不想再潜一次水，然后再游回去？"

"就潜一次，"她说，"在这个深深的地方。"

"我们一直往下潜，潜到不能再往下为止。"

第十六章

　　天刚蒙蒙亮，从屋里只能看清松树的树干。他醒了，小心翼翼地下了床。他找来短裤穿上，然后顺着旅馆的那条长廊走进了他的书房，石板地上的露水把他的脚底搞得湿漉漉的。他打开书房门的时候，阵阵微风迎面而来，很好地预示了今天的天气情况。

　　他坐下的时候，太阳还没有升起来。他认为自己找回了一点在创作这篇小说的过程中所失去的时间。可是当他看着那清晰的字迹并用心把完成的部分重读一次的时候，他被这些文字带到了另一片国土上。很明显，他已经失去了原本拥有的充裕时间，并且再次面临如以前那样的难题。因此当太阳刚从海面上升起来的时候，他却感到太阳早就升起来了。他早已跋涉在那些很快就会干涸的灰色苦水湖[1]中，他的靴子已

---

[1] 苦水湖的湖水含有大量的硫酸钠。

经覆上了一层白碱。他的脑袋和脖子,以及脊背上都分明感觉到阳光的炙热。他的衬衫湿透了,汗水正从脊背上流下来,顺着大腿一直往下流。他直起身子,舒了一口气,然后慢慢地呼吸起来。他的衬衫从肩上垂下来,他甚至能感觉到汗水正在阳光的照耀下逐渐地蒸发,在皮肤上留下了一摊摊含有白色盐分的印迹。他还能看到自己站在哪里,他知道现在除了继续前进以外什么都不可以做。

十点多的时候,他们蹚水过了那些湖泊,并把它们远远地甩在后面。他们走到了那条河流和一大片无花果树的前面,决定在那里扎营。无花果树树干的表皮呈黄绿色,树枝很粗大。狒狒常常来这里,吃野生的无花果,所以果树林的地上有狒狒的粪便,还有掉下来的破裂的无花果,混杂成一股难闻的气味。

不过"十点半"是他在书房里看自己的手表得到的。他正坐在书房的桌子前,海上的微风吹了进来。小说里却已是黄昏了,他背靠着一棵灰黄色的无花果树坐着,手里端着一杯兑水的威士忌。脚夫们已经扫掉了地上的无花果,正在屠宰那只麋羚。那是一只在他们到达这条河流前,经过第一片低洼草地的时候,被他枪杀的。他一直盯着脚夫们干活。

我要留下这些兽肉给他们,他想,那么不管以后发生什么事情,他们都会记起今晚在这片营地上度过的欢乐生活。这时,他收起了铅笔和笔记本,把它们锁进箱子,走出书房,顺着干燥而温暖的石板地一直走到了旅馆的露台上。

那个姑娘正坐在露台上的一张桌子旁边看书。她穿着一件条纹渔民衫,一条网球短裙,还有一双平底凉鞋。看到他来了,那个姑娘抬起头来看着他。戴维心想她的脸又要红了,可是没有,她显然控制住了,只是说:"早上好,戴维,你的工作怎么样?"

"很顺利,美人儿。"他说。

那个姑娘站了起来,吻他,并且祝他早上好,还说:"这样我就放心了。凯瑟琳到戛纳去了。她让我告诉你我会陪你去游泳。"

"难道她没有让你跟她一起进城?"

"她没有那么说,她要我留下来。她说你很早就起床去工作了,也许写完以后会感到孤单。我给你要份早餐吧?你不应该总是不吃早餐啊。"

那个姑娘走进了厨房,端着一盘火腿蛋和两碟芥末酱走了出来,那两碟芥末酱分别由英国和索伏拉生产。

"今天是不是不好写?"她问他。

"不,不是。"他说,"其实写作经常会遇到困难,不过也很容易应对。进行得还算顺利。"

"希望我能帮帮你的忙。"

"谁也帮不了我。"他说。

"但是在其他方面我倒能帮帮忙,对吗?"

他心想哪里有什么其他方面,不过没有说出口,说出来的是这句话:"是啊,你能啊,而且你也那么做了。"

他拿着一小片面包把盘子里剩下的那点儿煎蛋和芥末酱全都抹掉,然后喝了些茶。"昨晚你睡得好吗?"他问那个姑娘。

"十分好,"那个姑娘说,"希望这并不代表我不忠诚。"

"是的,这说明你很聪明。"

"我们能不能不这么客气了?"那个姑娘问,"到目前为止,一切都非常简单而且美好。"

"是的,我们停止这样的谈话吧。我们也别再说'我不能,戴维'这样的废话了。"他说。

"好吧,"她说着,站了起来,"如果你想去游泳的话,就到我房间叫我。"

他也站了起来,"请别走开,"他说,"我不会再做让你讨厌的人了。"

"你可别为了我而这么做。"她说,"唉,戴维,怎么了?我们怎么把事情搞成了这个样子?可怜的戴维。姑娘们都怎么对你的呀?"这时她正抚摸着他的头,微笑着看着他。"如果你想游泳的话,我现在就去拿游泳的东西。"

"好的,"他说,"我这就去拿凉鞋。"

戴维把两件浴袍和两条大毛巾铺在沙滩上一块突出的红色岩石的阴影中,他们两人便躺到那片沙滩上,那个姑娘对他说:"你下水吧,我马上就来。"

他缓慢、轻柔地从她身边站了起来,离开她走进海水里,一直走到水温很低的地方,然后才一头扎进深水里。等他从水里冒出来的时候,又迎着海风向海的远处游去,一会儿又游了回来,游到那个姑娘等他的地方。那个姑娘已站在水里,腰都被海水没了,一头乌黑的头发又光滑又潮湿,美丽的浅棕色皮肤的身子上挂着水珠。他紧紧地抱住那个姑娘,任凭海浪不停地拍打他们的身体。

他们两人相拥相吻,她说:"让海水冲走我们所有的一切吧。"

"我们还得回去啊。"

"我们紧紧抱在一起再潜到水里一次吧。"

他们回到旅馆的时候,凯瑟琳还没有回来。戴维和玛丽塔一块洗了淋浴,又换了衣服,然后坐在大房间的吧台前面,他们的面前放着两杯马蒂尼酒。他们分别打量起吧台后面的大镜子里对方的影子。戴维一边看着她一边伸出一个手指捋了一下她的鼻子,那个姑娘立刻脸红了。

"我要多做这样的事情,"她说道,"做一些只有我们俩在一起时才会做的事,这样我才不会妒忌谁。"

"我可不想抛下太多的锚,"他说,"你很可能会把锚链都缠在一起的。"

"不,我要想办法保护你。"

"真是一个很实际的女继承人。"他说道。

"希望我能改变这个名字,你不想吗?"

"一个人的名字可是没法改变的。"他说。

"不,我们认真地把我的名字改变一下吧。"她说,"你不介意吧?"

"不介意……Haya Haya。[1]"

"请你再说一遍。"

"Haya。"

"这名字好听吗?"

"很好听。这个名字只有我们能用,其他任何人

---

[1] 斯瓦希里语言,害羞、谦恭的意思。

都不能用。"

"Haya 是什么意思?"

"是指一个容易脸红的人,一个羞怯的人。"

他又紧紧地搂住了那个姑娘,而那个姑娘也乖巧地靠在他的身上,脑袋枕在他的肩头上。

"再吻我一次吧。"她说。

这时,凯瑟琳走进了这个大房间,她的头发凌乱无比,情绪十分激动,浑身洋溢着一股有所成就之后的快乐。

"你真的带他去游泳了?"她问,"你们俩看上去都挺漂亮的,尽管刚刚洗了淋浴之后头发还是湿的。让我来好好地看看你们。"

"让我来好好地看看你吧,"那个姑娘说,"你的头发是怎么搞的?"

"这种颜色是灰白色,"凯瑟琳说道,"你喜欢吗?我正在试用这种染发剂。"

"很漂亮。"那个姑娘说。

灰白色的头发映衬着凯瑟琳黝黑的脸色,看起来显得有些特别而且令人兴奋。她端起玛丽塔的那杯酒,一边抿一边盯着大镜子里的自己看,她说:"你们游泳游得开心吗?"

"我们俩都非常开心。"那个姑娘说,"不过并没有多长的时间,不像昨天那么长。"

"这可真是美味的酒,戴维。"凯瑟琳说,"你加了什么东西,让你调出来的马蒂酒总是比别人的好?"

"金酒。"戴维回答。

"请你给我也调一杯,好吗?"

"现在没必要了,魔鬼。我们很快就要吃午餐了。"

"不,我现在就要,"她说,"吃过饭以后我要去睡觉。你不用遭受把头发一次又一次漂白这种折磨,真是累死人了。"

"现在你的头发究竟是什么颜色呀?"戴维问。

"就是白颜色吧,"她说,"你会喜欢上它的。我可想一直保持这样的颜色,我想看看这种颜色究竟能维持多久。"

"什么样的白色?"戴维问。

"白得就跟肥皂沫的颜色差不多吧。"她说,"你还记得吗?"

那天晚上,凯瑟琳便改变了模样,跟中午回来时的模样完全不同了。那是在他们俩游完泳开车回来时,看到凯瑟琳正坐在吧台前面。那个姑娘径直回自己的房间去了,戴维走进这个大房间就大声地说:"你到底对自己做过什么了,魔鬼?"

"我用洗发剂洗掉这劳什子了,全洗掉了,"她说,"它把枕头上弄的到处都是灰色的污迹。"

现在的她看上去十分抢眼。她的头发已经很淡,近乎于银色,也可以说根本没有什么颜色,这使得她脸上的颜色第一次显得那么深。

"你真是美得要人命呀,"他说,"不过我仍旧希望没有谁动过你的头发。"

"可是现在已经无法挽救了,太晚了。我给你讲一些别的事情怎么样?"

"洗耳恭听。"

"明天我不想喝酒了,我要学西班牙语,我还要好好看书,我不再像以前那样只想着自己了。"

"天啊,"戴维说,"今天这一天你可过得很不平凡。好,让我喝一杯,然后回房间换衣服去。"

"我就在这里等你。"凯瑟琳说,"把你那件深蓝色衬衫穿上吧,好吗?就是我给你买的那件衬衫,跟我的一模一样。"戴维回到房间,慢悠悠地冲了淋浴,再换上衣服。他回到大房间的时候,看到两个姑娘都在那个吧台前面坐着,想到如果能把她们俩画下来就好了。

"我已经告诉女继承人我就要开启我的新生活了,"凯瑟琳说道,"就是我刚才说到的那些,我还跟她说我是多么希望你也爱上她,而且如果她需要你的话,你也可以娶她。"

"如果我们在非洲,我登记的是伊斯兰教徒的身份的话,那么我们就可以这么做。当地法律允许你娶三个老婆,我想如果我们是夫妻的话,那么情况就会好得多,"凯瑟琳说,"那样就没有人能够指责我们什么。你是真的想要嫁给他吗,女继承人?"

"应该是吧。"那个姑娘说。

"我真是太高兴了,"凯瑟琳又说,"我原本非常担心的事这下就变得再容易不过了。"

"你真的想?"戴维又问那个黑皮肤的姑娘。

"是的,"那个姑娘说,"你问我吧。"

戴维盯着那个姑娘,姑娘的神情十分严肃,也十分激动。他想起了那个姑娘在阳光下闭着眼的样子,那一头乌黑的头发映衬着白色的浴袍和黄色的沙滩,那个情景是他们俩第一次做爱时的所有情景。"我会问你的,"他说,"但是绝不会在任何一个该死的酒吧里。"

"这里可不是你说的该死的酒吧,"凯瑟琳说道,"这里是我们的专用酒吧,我们还专门买了一面大镜子安在这里。希望今晚我们就可以让你们俩结婚。"

"别说蠢话了。"戴维说。

"这不是蠢话，"凯瑟琳说，"我所说的全都是真心话，我知道的。"

"想喝一杯酒吗？"戴维问。

"不想，"凯瑟琳说，"我想先跟你说清楚，你看着我就会明白了。"那个姑娘这时正低垂着头，目光盯着脚下的地面，戴维正看着凯瑟琳。

"我今天下午考虑了这件事，而且已经考虑好了，"她说，"我确实这么做了。我不是已经跟你说过了吗，玛丽塔？"

"是的，她跟我说过了。"那个姑娘说。

戴维看得出凯瑟琳是非常仔细的，他明白了这两个姑娘之间早已取得了某种谅解，而这正是他不知道的。

"我依旧是你的妻子，"凯瑟琳又说，"这是不会变的，但是我还要玛丽塔来帮我，让她也做你的妻子，以后她就可以继承我的财产。"

"为什么她要继承你的财产？"

"每个人都要立遗嘱的嘛，"她说，"而且这件事比遗嘱更重要。"

"你呢？你认为怎么样？"戴维问那个姑娘。

"如果你认为很好的话，我就这么做。"

"那好吧，"他说，"我想喝一杯，你们介意吗？"

"好，请喝吧。"凯瑟琳说，"你要知道，我不想看到有一天我精神恍惚了、不能作出正确决定而毁了你。而且，我也不想受到任何阻拦，我已经决定这么做了。她爱你，而你同样也有点儿爱她。这我能看出来。你绝对不会再找到一个像她那样的姑娘了，并且我也不同意你找该死的坏女人，否则你只会感到孤单。"

"好了，快乐一点吧，"戴维说，"你的身体很好，跟山羊一样健康。"

"好吧，那我们就这么做吧，"凯瑟琳说，"我们会安排好的。"

第十七章

屋里射进一束明亮的阳光，新的一天开始了。你还是赶紧继续你的写作吧，那样最好，他在心里对自己说。现在，你根本无法摆脱这种局面，只有一个人能够做到，可是她的思想如今陷入了困境，她不知道怎样才能清醒过来，甚至也不知道等她清醒的时候，她自己是否还能回到原来的生活。而你的心情好不好可不重要，还是赶紧继续写作为好。对于这件事你倒是表现得通情达理，可是在另一件事上，你却有点自私了。谁也帮不了你，这件事从一开始就被设定好了。

等他的思绪终于又回到正在写的那个故事中的时候，太阳已经升得老高了。这时候，他忘掉了那两个姑娘，正在想象他的父亲会在那天傍晚想些什么。那时他正背靠着那棵无花果树的黄绿色树干坐着，手里端着一个搪瓷杯，杯子里是兑水的威士忌。对于邪念，他的父亲一向很会应付，也很严谨，从不给它任何可乘之机,绝不让它有自鸣得意的时刻。这样它就不能在父亲的面前耍威风了,并且没有任何尊严了。他把邪念当做一个老朋友,戴维心想,但是邪念在给他带来麻烦的时候,他从来都不知道自己已经战胜了它。他的父亲不是一个容易被击垮的人,而且与众不同,只有死神才能把他置于死地。他终于知道了父亲当时的想法,不过知道了却不一定要写出来。他的小说里,只写了父亲的行为和感受,当他的笔在纸上写下这一切时,他俨然已经变成了他的父亲,他的父亲对摩洛[1]说过的那些话他曾经都说过。他在无花果树下的土地上睡着了,睡得很香。醒来的时候,他听到豹子的声音,是一种咳嗽似的喀喀声。他仔细地听,在营地中却听不到豹子的声音,他知道豹子还在外面,于是又睡着了。这是一只正在寻找猎物的豹子,在这片土地上,猎物十分丰富,所以不用担忧安全的问题。清晨,天还没亮,他已经坐在一片灰烬旁边,端着那只搪瓷都掉了的杯子,杯子里装着茶。他问摩洛昨晚那只豹子是否在找猎物,摩洛回答"正是",然后又说:"我们要去的那个地方有很多的猎物。告诉大伙儿立刻起身,我们要走了。"

---

[1]摩洛也是一个土族人,是他的父亲当年雇用的。

第二天，他们在那高地上行走，那是一块位于悬崖上方的高地，有很多树，就像一个天然的森林公园似的。这时他停下了笔，对于这片土地、这一天，以及他们已经走过的路程都感到十分满意。他跟他父亲一样，有一种能忘掉眼前烦恼的能力，而且他们都不害怕即将发生在身边的任何事。他还没有写在这片新的高地上的最后一天一夜的经历，刚才只是重新度过了那时的一天一夜。

现在他丢下了那片土地，不过父亲的影子仍然留在他的心里。他把房间的门锁上，走回那个大房间的吧台前面。

他跟那个大孩子说，自己不想吃早饭，让他拿一杯兑矿泉水的威士忌，还有一份晨报。这时已经是下午了，他原本计划开着那辆伊索塔旧车到戛纳去找人修好它，可是现在所有的汽车行都已经打烊，来不及了。所以他一直站在吧台前面，因为这个时候要找他父亲的话，只有到这个地方来。他刚刚从那片高地上下来就惦记起他了。外面的天空跟他刚刚撇下的小说里的那个天空很像，又高又蓝，一朵朵白色的积云飘浮在空中，他想他会十分欢迎父亲来这个酒吧做客。接着他瞥了一眼大镜子，可镜子里只有他一个人。他的父亲所经历的一生比他认识的任何人都痛苦、更富有灾难性，但他仍然能给你一个出色的忠告。他会把自己所犯过的所有错误和即将犯的那些人们闻所未闻的错误汇合成一团，然后从这团苦涩的杂烩里提炼出他的忠告，郑重地、准确地告诉别人，极富权威性。那种情景就像是一个人知道了他的判决书上所有的格外严厉的条款，却依然毫不畏惧，还把这张判决书当做一张可以横渡大西洋的船票，而那些条款不过是船票上印着的小字。

他依然能够清晰地听到父亲给他的忠告，使得他更加遗憾父亲没能继续活着。他不禁笑了起来——父亲的忠告一定会更有用。可惜的是，他，戴维，停下了笔，因为他感到疲惫了，而一旦疲惫了，他就没有办法恰如其分地表达出父亲的特性。其实，谁也做不到这一点，有时候就连他父亲本人也没法做到。现在他终于明白了，比任何时候都更清楚地知道，为什么他一直不去写这篇小说。他也知道，既然已经停止了今天的写作，就不该再去想它了，那样只会降低他的写作能力。

你千万不能在动笔以前就为此发愁，在停笔的时候更不能这样，他对自己说。你真是幸运，拥有写作的能力，现在就尽管发挥你的能力，忙一阵子吧。如果你没有办法尊重自己那种处理生活的方式，那么你就尊重自己的天赋吧，至少你还有优秀的写作天赋。不过这篇小说实在是一篇糟糕的东西。上帝啊，正是如此。

　　他端起杯子，又抿了一口兑了矿泉水的威士忌，向门外望去，夏末的阳光依旧灿烂。他渐渐地平静下来，他一向都能做到这一点，而他手上的这杯能把巨人醉倒的酒让天气看起来更好了。他想，那两位姑娘到底在哪里呢。她们怎么这么久都不到这里来了，希望这次不会再发生什么坏事。他可不像悲剧的主人公，他有那样的父亲，自己又是一位作家。喝完这杯兑矿泉水的威士忌以后，他会觉得自己更不像了。在他的记忆中，每天早晨醒来的时候，他总是很快乐的，如果白天没有负担的话，他会更快乐的。现在他已经接受了这一天，而且决定接受其余的所有日子，独自承担后果。他早就不为个人的事难受了，他失去了这种能力，或者说，他认识到不该如此。因此真正伤害他的只有别人的遭遇，对于这一点他深信不疑。这样的做法的确不好，因为他并不知道自己的能力会怎样改变，也不知道别人的能力会怎样改变，不过可以这样想，倒的确让人感到宽慰。他又惦记起那两个姑娘，盼望着她们的身影马上出现。时间已经晚了，在午餐前去游泳已经来不及了，不过他很想看到她们，他一直在想着她们俩。于是，他走进了他和凯瑟琳的那个房间，洗了淋浴，又把胡子刮掉。正刮胡子的时候，听到了那辆汽车开回旅馆的声音，他的心里突然感到空荡荡的。一会儿，他又听到了她们说话的声音，听到了她们的笑声。他立刻找了条干净短裤和一件衬衫穿上，三步并作两步地走出去和她们聊了起来。

他们一边聊一边走进大房间，坐到了吧台前，每人喝了一杯酒，然后开始吃午餐。午餐有好几样东西，但是量却不大。他们喝着塔韦尔酒，吃着干酪和水果。这时，凯瑟琳问："我可以告诉他吗？"

"随你的便，"那个姑娘说完后，端起酒杯，把剩下的酒喝光了。

"我不知道该从何说起，"凯瑟琳说，"我们拖得太久了。"

"难道你真的不记得了？"那个姑娘问。

"是的，我忘了，可是感觉挺美妙。我们把一切都计划好了，实在太美妙了。"

戴维又给自己斟了一杯塔韦尔酒。

"你想说得具体点吗？"他问。

"那么这样说吧，这就是具体的内容。"凯瑟琳说道，"昨天你先陪着我一起午睡，然后你才走进了玛丽塔的房间，可是今天你不用这么做，你可以直接去玛丽塔的房间。但是现在我把事情全都弄砸了，其实我希望我们大家一起午睡。"

"不，不要这样。"戴维赶紧说。

"我看也不要这样，"凯瑟琳说，"好了，请原谅我说错话了，可我不得不把心里想的全都说出来。"

那个姑娘有点脸红，走了出去。

戴维便对凯瑟琳说："让那个姑娘见鬼去吧。"

"不，戴维，别这样。她愿意做那些我要求她做的事情，她待会儿会告诉你的。"

"收拾她。"

"嘿，你已经这么做了，"她说，"可现在我们要谈的不是这个。你去找她吧，找她谈谈，戴维。如果你真想收拾她的话，那就为了我好好儿地收拾她吧。"

"你可别说粗话。"

"是你先这么说的。我不过学你的样，又把这个词还给你罢了，就像打网球似的。"

"好了，"戴维说，"你认为那个姑娘会跟我说什么？"

"她会跟你说我教她说的那些话，"凯瑟琳说，"现在我已经忘记怎么说了。别再那么严肃了，否则我不会让你去的。不过你认真起来的时候，还真是挺有魅力的人。你最好赶紧去，她现在还没有忘记那番话呀。"

"你也见鬼去吧。"

"你说得好。现在你的反应正常了。我喜欢你满不在乎的样子，跟我吻别吧，就算作下午好的表示。现在你就去吧，要不然她真会把那些话忘掉的。难道你现在还不明白我是一个多么通情达理、多么心地善良的姑娘？"

"你并不是通情达理的姑娘，心地也不善良。"

"可你喜欢我。"

"当然。"

"想不想知道一个秘密？"

"新的秘密？"

"以前的。"

"你说吧。"

"要把你带坏很容易，而且还很有趣呢。"

"你肯定这么想。"

"这只是个有趣的秘密罢了，我们哪里做什么带坏你的事啦，我们只不过一起欢乐一下罢了。你快去吧，让她跟你讲讲我教她的那些话，再不去，她就忘了。快去呀，乖一点，戴维。"

"好吧。"说完戴维便出了大房间的门，走到旅馆另一头的那个房间里。戴维躺在那个姑娘的床上说："到底是怎么回事啊？"

"就是昨晚她说的那样呗，"那个姑娘说，"我相信她说的是真心话，你都不知道她是多么诚恳。"

"你告诉过她我们已经做爱了？"

"没有。"

"那么她知道了。"

"这有关系吗？"

"看起来没什么关系。"

"喝杯酒吧，戴维，放松一下。我并非无动于衷，"她说，"希望你能明白这一点。"

"我也并非无动于衷。"他说。

于是他们两人的嘴唇又贴在了一起，他感觉到她的身子紧紧地贴在自己的身子上，她的乳房顶在自己的胸膛上，她张开了嘴，摆动着她的头，不停地喘着气，他只觉得自己的皮带扣贴在了肚子上，他的两手在忙乎着……

过了很久，他们三人都躺到了沙滩上，戴维望着蓝色的天空和空中飘动的朵朵白云，什么都没想。思考，没什么好处，他刚在沙滩上躺下的时候就考虑过，如果他什么都不想，那么所有不好的事情也许都会消失。这时，两个姑娘都在说话，可他一句也没有听进去。

他躺着，静静地望着九月份的晴朗天空，等到两个姑娘都不说了，他便问那个姑娘："你想什么呢？"

"我没想什么。"她说。

"你问我吧。"凯瑟琳说道。

"我能猜到你在想什么。"

"不，你肯定猜不到。刚才我正在想普拉多博物馆。"

"你去过那里吗？"戴维问那个姑娘。

"还没有。"那个姑娘说。

"我们去吧，"凯瑟琳说，"你说什么时候去，戴维？"

"什么时候都可以，"戴维说，"但是我想把这篇小说写完以后再安排这件事。"

"你会十分刻苦地把这篇小说写完，是吗？"

"是的，我正在刻苦地工作，十分刻苦。"

"我并没有催你，要你赶快完成呀。"

"我也不会这么做的，"他说，"如果你们在这里感到乏味的话，可以继续赶路呀，我待会儿就去找你们。"

"我不想先走。"玛丽塔说道。

"别犯傻了，"凯瑟琳向玛丽塔说，"他只是故意这么说罢了。"

"不,你们走吧。"

"我们俩不能离开你,没有你也就没什么乐趣了,"凯瑟琳说,"你应该知道,我们俩独自去西班牙根本没有什么乐趣。"

"可是他正在写作呀,凯瑟琳。"玛丽塔对凯瑟琳说。

"他在西班牙也一样可以写嘛,"凯瑟琳说,"大多数的西班牙作家应该都是在西班牙本土写作的吧。如果我是一个作家,在西班牙就可以更好地写作。"

"我当然可以在西班牙继续写,"戴维说,"你们俩打算什么时候动身?"

"真该死,凯瑟琳,"玛丽塔说道,"他的这篇小说可刚写到一半呀。"

"可是他已经写了六个多星期了,"凯瑟琳说,"现在我们为什么不能去马德里呢?"

"可以去呀。"戴维说。

"你可不能这么做。"那个姑娘对凯瑟琳说,"你千万不能这么做,难道你没有一点良心吗?"

"你可真会演戏,现在居然跟我讲起良心来了。"凯瑟琳嘲讽道。

"有时候,我还是很有良知的。"

"那就太好了,听你这么说我很高兴。那好吧,有的人想做一件能给大家带来好处的事情时,你能不能礼貌一些,别打岔?"

"我想去游泳了。"戴维说完,站了起来。

那个姑娘也站了起来,跟着戴维向海边走去。他们一起走到那个小小的海湾,并走进海里踩水,她说:"她真是疯了。"

"所以你也别去非难她。"

"那你打算怎么做呢?"

"写完那篇小说以后,接着再写另外一篇。"

"那我们俩能干什么呢?"

"你们俩能干什么就干什么呗。"

第十八章

　　接下来，他用了四天的时间写完了那篇小说。在写作过程中流露出来的紧迫感全被他写进小说了。他的性格中有谦虚的一面，这让他担心这小说也许没有他想象的那么好，但是他性格中那冷静、坚强的一面告诉他其实会更好。

　　"今天写得怎么样？"那个姑娘问他。

　　"写完了。"

　　"可以看看吗？"

　　"如果你喜欢的话。"

　　"你真的不在意吗？"

　　"就在那个皮箱里面的两个笔记本里。"他拿出钥匙递给那个姑娘，然后自己走到大房间的吧台前面坐下来，喝了一杯兑了矿泉水的威士忌，看起了晨报。不一会儿，那个姑娘也出现在大房间里，坐在了一张离他稍远一点的圆凳上面，看起了他那篇小说。

她看完一遍，又看第二遍。他又给自己调了一杯兑苏打水的威士忌，然后看着她读那篇小说。等她看完第二遍的时候，他说："你喜欢这个故事吗？"

"这可不是一篇你能说喜欢还是不喜欢的小说。"她说，"小说里写的是你的父亲，对吗？"

"当然了。"

"从那时候起你就不再爱他了？"

"不，我一直都爱着他。只不过从那时起，我开始理解他了。"

"这个故事其实挺可怕的，不过写得十分出色。"

"我很高兴，你喜欢这个故事。"他说。

"我把它放回皮箱去吧。"她说，"我喜欢在那个房间被锁上的时候再开门进来。"

"看来我们有同感。"戴维说道。

接下来，他们俩到海里游了一会儿。回来时在花园里遇见了凯瑟琳。

"原来你们已经回来了。"她说。

"是啊，"戴维说，"我们刚才游得很开心，真希望你也去了。"

"行了吧，我可没去，"她说，"也许这样你会更感兴趣。"

"你去哪里了？"戴维问。

"去戛纳,去那里办了点私事。"她说,"你们俩回来晚了,耽误了吃午餐。"

"请原谅,"戴维说,"吃午餐以前你想喝点什么吗?"

"对不起,我要失陪了,凯瑟琳。"玛丽塔说道,"我马上就回来。"

"还是喝完酒后再吃午餐?"凯瑟琳问戴维。

"这样好,"他说,"只要你多做运动,这么做就不会有事。"

"我早晨进去的时候,看到吧台上有一只空的威士忌酒杯。"

"不错,"戴维说,"我的确在早上喝了两杯威士忌。"

"的确,"她学着他的腔调,"今天你的英国味儿可真足。"

"真的吗?"他说,"我倒不觉得有什么英国味儿,我觉得更像半个塔希提人[1]。"

"你这种说话的方式可真让我恼火,"她说,"你说的那些词儿。"

---

[1]塔希提岛是位于太平洋中南部社会群岛中的一个岛,法属波利尼西亚的海外领地的首府帕皮提就在那个岛上。

"知道了，"他说道，"你不想在吃的东西到来以前来一口吗？"

"你不用做小丑啦。"

"最好的小丑根本无须说话。"他说。

"没人责备你是个最好的小丑呀，"她说道，"好吧，我想来一杯，如果不太麻烦你的话，请你调一杯。"

他一共调了三杯马蒂尼酒，并且一杯一杯地计量成分，然后一起倒进一个大口壶内，那个壶里有一大块冰，他不断搅和起来。

"还有一杯是给谁的？"

"玛丽塔。"

"你的那个情妇？"

"你说我的什么？"

"你的情妇。"

"你果然说出口了。"戴维对她说，"我从没听到别人说过这个词儿[1]，而且我也从没指望过能在此生听到一回，你可真厉害。"

"只是一个普普通通的词儿嘛。"

"从字面上来看，这个词儿正如你说的这样，"

---

[1] 在这里凯瑟琳用了一个源出古法语的词paramour（情妇），而不是现在人们常用的mistress。

戴维说，"不过在我们谈话中明目张胆地使用这个词儿就另当别论了。魔鬼，做个乖姑娘吧。你难道就不能说'你那个又黑又俏的情妇'吗？"

凯瑟琳端起一杯酒，眼睛却望着别处。

"我一向都以为这样的玩笑很有趣呢。"她说。

"你想做个通情达理的姑娘吗？"戴维问道，"我们俩都通情达理一些，好吗？"

"不，"她说，"你那位随便你愿意叫什么就叫什么的人来了，还像往常那样甜蜜可爱、那样天真无邪。说实话，我真有点庆幸在你之前，我就跟她搞上了。哦，亲爱的玛丽塔，请你告诉我，戴维今天在喝酒以前工作过吗？"

"戴维，你工作过吗？"玛丽塔问他。

"我已经完成了那篇小说。"戴维说。

"那么玛丽塔肯定已经看过了？"

"是的，我看过了。"

"你知道的，我从来没有看过戴维写的小说，在这方面，我从不介入。我只是想方设法在经济方面支持他，使他可以毫无顾虑地去做他力所能及的工作，并且把工作做得最出色。"

戴维呷了口酒，看着玛丽塔。她还是那个又黑又俏的妙不可言的姑娘，她那一头象牙色的头发好像一道伤疤一样横在她的前额上。变了的是那双眼睛,还有那两片嘴唇,而这时它正说着以前不会说的话。

"我认为那篇小说写得非常好,"玛丽塔接着说,"我觉得很奇特,pastorale[1]这个词在英语中是怎么说的?后来又变得很恐怖,我说不清楚到底是怎么回事。总之我认为它magnifique[2]。"

"够了,"凯瑟琳说道,"我们都会说法语,这你知道。你完全可以把这样的感情冲动用法语全都表达出来啊。"

"这篇小说把我深深地打动了,它感动了我。"玛丽塔说。

"因为这篇小说是戴维写的,还是因为小说的确写得非常好?"

"因为这两个原因。"那个姑娘说。

"那么,好吧,"凯瑟琳说,"你们还有什么理由阻止我看这篇小说,这可是一本非同凡响的小说啊,我还为它出过钱呢。"

"你都做了些什么?"戴维问。

"也许我说得并不准确,不过你跟我结婚的时候,

---

[1] 这里是法语中的形容词,意为"有牧歌风"。
[2] 这里是法语中的形容词,意为"真了不起"。

确实有一千五百块钱的投入,而且你那本写那些疯狂飞行员的书也卖得很好,不是吗?虽然你从来都没有告诉过我,到底挣了多少钱。但是我确实为此出了一笔钱,一笔可观的钱,并且你必须承认,在我们结婚以后,你的生活的确比结婚以前过得更舒适。"

那个姑娘一声不吭地坐着,戴维则把目光移向那个正在露台上布置餐桌的大孩子服务员。他看了看手表,时间比平时吃午餐的时间大约早了二十分钟。"如果可以的话,我想到房间里去梳洗一下。"他说。

"你别再假装这种该死的客气了,"凯瑟琳愤愤地说,"我为什么不能看这篇小说?"

"现在是用铅笔写的草稿,我还没有把它用打字机打印出来呢,就这样看你不会喜欢的。"

"可是玛丽塔就是这样看的。"

"那么午餐以后再看吧。"

"不,现在我就要看,戴维。"

"我真的不想让你在午餐以前看。"

"这是一篇让人恶心的小说吗?"

"这篇小说写的是很早以前的事,发生在1914年的大战以前,在非洲发生的事情。那里正值马及-马及战争[1]时期,也就是1905年的坦噶尼喀土人起义。"

"我都不知道,你还会写历史小说。"

"希望你别看,"戴维说,"这是一个发生在非洲的故事,那时我只有八岁。"

"我一定要看。"

戴维走到吧台的另一端,拿起一只革制的小杯摇晃了几下,再倒出里面的骰子。那个姑娘就坐在凯瑟琳旁边的圆凳上。她一直凝视着正在阅读的凯瑟琳,而他则一直凝视着那个姑娘。

"小说的开头倒是写得特别好,"凯瑟琳说,"虽然你的字很难看,但那片乡野真是一片出色的乡野。那段旅程大概就在玛丽塔说的'有牧歌风'的段落里吧。"

她把第一本笔记放下了,那个姑娘却把它捡起来,搁在自己的大腿上,眼睛仍然凝视着凯瑟琳。

凯瑟琳开始阅读第二本笔记,不过她开始沉默了。只看了一半,她就刷地一下把笔记本撕成两半,扔到了地板上。

"真可怕,"她说,"真残忍。原来你的父亲是

---

[1] 1886年的时候,东非的坦噶尼喀曾经被划分为德国的势力范围,从1905到1907年,在坦噶尼喀南部居住的恩戈尼族人发起了大规模的战争,就是"马及-马及"起义。

这样一个人。"

"不,"戴维反驳道,"这只是其中的一个方面,你还没看完呢。"

"我没法把它看完。"

"我就说你不要看嘛。"

"不,是你们俩合谋算计我,要我看的。"

"把钥匙给我,好吗,戴维,我把它锁起来?"那个姑娘问道。那个笔记本已经被她从地板上捡了起来,虽然被撕成两半,不过只是撕开了,还没有完全撕掉。戴维掏出钥匙给了她。

"居然把小说写在这种笔记本上,这是孩子用的笔记本,更可怕了。"凯瑟琳又说。

"你就是一个怪物,那是一次非常奇特的起义。"戴维解释道。

"你是个非常奇特的人,竟然能写出这种东西来。"她说。

"我早说过,你不要看嘛。"

她突然哭了起来。"我恨你。"她哽咽着说。

这时,他们俩起身离开,躺到了卧室里的那张床上。

"她总会走的,那样你就可以关起我来,或者把我送到精神病院去。"凯瑟琳说。

"不,不会的,不会有这样的事发生。"

"可是你曾经建议我们去瑞士[1]。"

"如果你情绪不好,心神不定,我们可以找个医生看看,就像我们去找牙医看牙那样。"

"不是的,他们会把我关起来。我很明白,凡是那些我们认为没有什么问题的事,他们都觉得荒唐古怪。我知道那里是什么地方。"

"我们开车到那里去吧,这会是一段轻松愉快的旅程。我们要经过埃克斯和圣瑞美,然后顺着罗纳河一路向北,从里昂开到日内瓦去。我们要在那里找一个医生,让他给我们好的建议,这次旅行将会变得更有意思。"

"我不去。"

"一个医术高明的医生可以……"

"我不去,你听见了吗?不去,不去,我不去。你是想让我大嚷大叫吗?"

"好了,好了,别想这件事了,快睡觉吧。"

"如果我可以不去的话。"

"我们并不是非去不可。"

"那我现在就睡。明天早上你还写作吗?"

---

[1] 瑞士有很多好的疗养院,也有非常出色的精神科医生。

"当然，还是继续写吧。"

"你会努力工作的，"她说，"这我知道，你会的。晚安吧，戴维，你也好好地睡一觉吧。"

他已经很久都没法入睡了。好不容易睡着了，在梦里到了非洲。那都是好梦，直到做完最后一个梦，他才从梦中醒来。他赶紧下了床坐到桌子前，开始工作。这时，太阳还在海面以下，天空一片漆黑，可他顾不得这些，因为他已经沉醉在一篇新的小说之中。过了很久，红彤彤的太阳都跃出地平线了，他也懒得抬头看一下。

等待月亮升起来，并拍了拍他的狗要它安静下来。他感觉到狗毛竖起来了，人和狗都在那里看着听着，后来月亮升上天空，皎洁的月光投下了他们的影子。这时他正用一只胳臂抱着狗的脖子，却感觉到它全身都在颤抖。万籁俱寂的夜里，他一点都没有听到象走动的声音，直到那只狗扭过头来，一个劲儿地往戴维的怀里钻，恨不得挤到他的身体里去的时候，他才看到一头大象。很快，象的影子覆盖在他们身上，它慢慢地从他们的旁边走过，依然没发出一点声音。他只是从山上吹来的阵阵轻风中闻到了它的气味。这是一股很浓的气味，而且不正常，有些发酸。当这头象经过他们身边时，戴维看到那头象左脸处的象牙竟然那么长,差一点就碰到地面了。他们屏气凝神地等着,但并没有其他的象走过来,戴维和狗就在皎洁的月光下拔腿飞奔。那只狗紧紧地跟在他后面。当戴维停下脚步时,那只狗的口鼻便紧贴在他膝部的后面。戴维心想,必须再看看这头公象。过了一会儿,他和狗真的又在森林边上遇见了它。它正缓慢地向山冈走去。夜里的微风不断地吹来,戴维径直走到离它很近的地方,看见它的身影挡住了月亮,又闻到了那股酸的、很浓的气味,可是他仍旧没有看到大象右边的象牙。他不能带着狗走得更近了,就顺着风又带着狗拐了回来,然后在一棵树下按住了它,希望它明白自己的意思。那只狗还真不动了,可是当戴维又向那巨大的身影靠近的时候,又感觉到那个湿漉漉的口鼻紧紧地贴在了他膝部后面的凹处。

戴维便带着狗跟着那头象走。一会儿,那头象在林中的一块空地上停了下来,将庞大的身躯隐藏到阴影中,并开始不停地扇动它那两只大耳朵。戴维把手伸到背后,轻轻地捏住那只狗的嘴,然后屏住呼吸悄悄地向右走,他感到微风轻轻地拂到他脸上,于是顺着风侧身移动,始终不让风处于他和那个硕大的躯体之间。他终于看清了这头象的头和它那两只慢慢扇动着的大耳朵。象右边那支象牙几乎和他的大腿一样粗,向下弯曲，也几乎碰到了地面。

  见到这些，他和狗都开始向后退，风吹到了他的脖子上。他们顺着原路退出森林，走上一片开阔的狩猎地带。狗这时走在他的前面，他们一直走到追踪大象的时候留下两支狩猎长矛的小路边才停下脚步。他拿起两支长矛，扛在肩上，把矛上面的皮带和那个皮革制的套子也猛地甩到肩膀上，手里还紧握着一支随身携带的最好的矛，又领着那只狗沿着小路向农场走去。月亮高高地挂在深蓝色的天幕上，他有些不解，农场上怎么没有传来鼓声呢。如果他的父亲在那里却没有鼓声传来的话，这就有点蹊跷了。

  去找那个姑娘吧，他想。

第十九章

　　他带着那个姑娘躺到了坚实的沙滩上,那是三个小海湾中最小的那个海湾的沙滩。他们俩单独在一起的时候经常会到这里来。

　　"她一定不会去瑞士的。"那个姑娘说。

　　"她也不应该到马德里去。西班牙可不是一个能让精神崩溃的人振作起来的地方。"

　　"我有一种感觉,好像我们俩很早就已经结婚了,可是我们却什么都没得到,反而招来不少麻烦。"她伸出手把他额上的头发向后捋,然后吻他,"现在你想游泳吗?"

　　"想。我们从那块高高的岩石上跳水吧。就是那块最高的岩石。"

　　"你跳,"那个姑娘说,"我向海的远处游,你一会儿再从我的头顶上往下跳。"

　　"好啊,不过待会儿我跳的时候,你可不能动。"

"看看你究竟能跳得离我多近,走吧。"

他爬到高高的岩石上站稳了,把褐色的身子弯下来,背对着美丽的蓝色的天空。他向着她跳下来,在她肩后面的水面上形成了一个水潭,并溅起了水花。他在水下转了个身,从她的面前钻了出来。他晃晃脑袋说:"怎么样?"

他们一起游到岬角,然后又游回来,在沙滩上相互擦了擦身子后,穿上了衣服。

"刚才你真的喜欢我那么跳吗?跳得离你那么近?"

"对的,我喜欢。"

他笑了,上前亲那个姑娘,感到她的脸有点凉,还带着一股海水的气息。

"我们回去吧。"她说。

"好吧。"

他们俩回到了那个吧台前面。过了一会儿,凯瑟琳也走了进来。她看上去有些疲惫,但却很安详,而且彬彬有礼。

吃早餐的时候,她说:"我到尼斯去了,后来沿着悬崖的公路[1]一直开,在维勒佛兰契北边的地方停了下来,观看一艘战列巡洋舰进入港口的场面,就回来晚了。"

"还不算太晚。"玛丽塔说。

"那景色真是太美妙了,"凯瑟琳说,"所有的色彩都那么明亮,就连各种灰色也都是明亮的。那里的橄榄树闪闪发光。"

"因为正午的太阳正照着它们。"戴维说。

"不。我可不这么想,"她说,"天空并非那么晴朗,但是当我观看那艘军舰的时候,天色却美极了。那艘军舰的名字听起来挺吓人的,可军舰看上去并不大。"

"请你先来点牛排吧,"戴维说道,"你可什么都没有吃啊。"

"请原谅,"她说,"那好啊,我只喜欢腓里牛排。"

"如果你不想吃牛肉的话,可以换些别的东西给你吗?"

"不用了,我想吃色拉。我们来一瓶毕雷-儒埃香槟酒好吗?"

"当然可以。"

---

[1] 这里指尼斯到东面靠近意大利国境线的城市芒通之间的那段傍着山崖而修建的公路,公路修建在高达一千六百英尺的山崖上,俯瞰着地中海,景色颇为优美。

"这一直都是一种出色的酒，"她说，"每次喝这种酒，我们都能喝满意。"

吃过饭，回到他们的房间以后，凯瑟琳对戴维说："请你别担忧，戴维，求你了。只不过最近发展得有些快了。"

"到底怎么回事？"他问她，抚摸着她的前额。

"我也说不清楚。今天早上我突然觉得老了，感觉天气不正常。后来所有的色彩都开始变得虚幻起来。我有些担忧了，我想让你得到最好的照顾。"

"你把每个人都照顾得很好嘛。"

"我的确想这么做，可是我快累死了，而且也没有多少时间了，我很清楚，如果钱花光了，那会多么凄惨，简直无地自容。那时，你就只能去借钱，而我至今都没有安排好，甚至连一份文件都没有签过，我一向都那么大大咧咧。后来我又担心起你的狗。"

"我的狗？"

"是的，就是你写的那篇小说中，在非洲跟你在一起的狗。我曾经到书房去，想看看你还缺少些什么东西，正好看到了那篇小说。那时候，你正跟玛丽塔在另一个房间里说话。我没有偷听你们谈话，把钥匙留在你换下来的短裤里，就出来了。"

"那篇小说只写了一半。"他对她说。

"也很出色，"她说，"不过那样的情景让我感到惶恐。那头象可真是奇怪，你的父亲也很奇怪。我一点都不喜欢他们，可我喜欢那狗，比任何人都强烈，除了你，戴维。所以我一直很担心它。"

"那是一只很厉害的狗。你根本不用担心它。"

"我看看今天它有什么遭遇，好吗？"

"当然可以，如果你想看的话，不过现在它已经到那农场了，你完全不用担心了。"

"如果它没事的话，我也就不想看了，等你下一次写到它的时候，我再看吧。基波，它的名字很可爱。"

"那也是一座山的名字，这座山的另一个名字叫马温齐。"

"哦，你和基波。我是那么爱你们啊，你们俩太像了。"

"看起来你的感觉好些了，魔鬼。"

"也许是吧，"凯瑟琳说，"希望我的感觉真的好些了，可是这样的情景持续不了多长时间。今天早上我开车的时候，本来非常开心，后来又突然感到老了，老得让我不再顾忌什么了。"

"你没有老。"

"不，我老了。我母亲的旧衣服都没有我老，而且我活的时间会比你的狗还短，虽然你的狗只是在一篇小说里。"

第二十章

戴维又回到了小说中，写了一段时间便放下了笔，因为他又感到了空虚，而且挥之不去。他知道这是因为他没有在应该停笔的地方停下来，而是强迫自己继续写了很长一段时间。他原本以为这样做不会出问题，那可是整篇小说中最难写的一段。因此当他们再次找到那条小路时，他觉得累坏了。一直以来，他就显得比那两个大人有精力、强健，并嫌他们走得慢，受不了父亲每隔一个小时就要休息一次。他一直走在前面，比朱马[1]以及他的父亲快很多，不过他感到疲劳时，也会慢下来。中午的休息时间，照例只有五分钟。再上路时，他发现朱马的步伐加快了一点。也许实际上并非如此，只是看起来快了点。这时他们看到了比较新鲜的象的粪便，尽管摸上去依旧凉凉的。走到最后

---

[1]朱马是他父亲雇用的一位土人向导。

那堆粪便的旁边时，朱马递给他一支步枪，让他带上。可是只过了一个小时，朱马便看了看他，把那支步枪要了回去。刚才他们一直在一道山坡上行进，这时他们发现有一条小路向山坡下面延伸过去，直到森林的一个豁口。他还看到了那前面高低不平的道路。

"艰难的征途开始了，戴凡[1]。"他的父亲对他说。

这时戴维才知道，当初他们走上小路的时候，就该把他送回农场。显然朱马早就知道了，而父亲这时候才知道，但为时已晚。这显然是他犯下的另一个错，现在没办法，只能冒险前进。戴维低着头看那只象脚踩出的脚印，又大又圆，他还看到蕨丛被象脚踩得伏在地上，那里还有一枝断裂的草花，花从断裂的地方开始干枯。朱马拾起这枝草花，仰头看了看太阳，又把这枝草花递给父亲。他的父亲把这枝草花夹在手指间转动着。戴维发现上面是一些枯萎的、已经下垂的白色花朵，不过花朵并没被阳光晒干，而且一个花瓣也没有掉。

"看来是头母象，"他的父亲说，"我们接着赶路吧。"

傍晚时分，他们依旧行进在这高低不平的地带。

---

[1] 戴维的爱称。

他们择道而行。他早就感到疲倦了,当他望着那两人的时候,他明白疲倦才是真正的敌人。于是他加快了步伐,想要跟上他们,想要摆脱这种困倦、摆脱这种让他思维迟钝的睡意。前面的两个人按时换位置,由前面的人择道,跟在后面的另一个人每隔一段时间就回头张望一下,看看他有没有跟上来。他们终于停了下来,在黑乎乎的树林里扎下了营地,不过这个营地没有水源。他可管不了这么多,一坐下就睡着了,直到朱马给他脱下软帮鞋,摸摸他的脚上有没有起泡的时候,他才醒过来。他看到父亲正坐在他旁边,而他的上衣早就盖在了自己身上。父亲拿给他一片冷的熟肉,还有两块饼干,又递给他一个装着冷茶的水瓶。

"那头象总会停下来的,它总得吃东西,戴凡,"他的父亲说道,"你的脚并没有受伤,跟朱马的一样好。你慢慢儿地吃点东西吧,再喝些茶,然后就睡觉吧。我们行进得很顺利,什么问题都没有。"

"请原谅,我真是太累了。"

"昨天晚上你跟基波一起狩猎,赶了一夜的路嘛。你为什么不该感到累呢?如果想吃的话,再来点儿肉吧。"

"不,我不饿。"

"好的。我们还要赶三天路,明天就能找到水源,会有很多小溪从山上流下来。"

"那头象要去哪里?"

"朱马还没搞明白。"

"情况很坏吗?"

"不算太坏,戴凡。"

"我又想睡觉了,"戴维这么说,"我不用盖你的上衣。"

"我跟朱马都很好,"父亲说,"你是知道的,我总是睡得非常香甜。"

戴维居然顾不得跟他父亲说晚安就睡着了。后来他曾经醒过一次,皎洁的月光洒在他的脸上,他想起了那头象在森林中停留下来,扇动着两只大耳朵,沉重的象牙使得它只能垂下头来。这时戴维突然想到,每当他想起那头象的时候都感到空荡荡的,是因为他正好醒来,觉得肚子饿了。可事实上并非如此,这是在接下来的三天中他才逐渐弄明白的。

他曾经想在小说里让那头大象起死回生,和那天晚上他和基波在月色中看到的它出现时的模样相同。戴维想,也许我能做到。可是当他收好那天写的东西,把它们锁进箱子,再走出书房,关上门时,他却在心里对自己说,不,你没法做到。那头象已经老了,即使你父亲不这么做,也会有其他的人谋害它的。你没法拯救它，只有勇敢地写出事情的真相。因此你每天都必须写得更好，比你所期望达到的更好，你要通过你如今怀着的这份深深的哀愁来理解你当初的哀愁是如何产生的。而且你必须始终牢记所有你相信的事情，唯有这样，你才会在作品中写出这些事情，你才会不辜负一切，写作就是你唯一能做出成就的工作。

他走到那个大房间的吧台后面，把那瓶黑格牌威士忌拿出来，又拿出半瓶冰镇矿泉水，给自己调了一杯酒，端着那杯酒到大厨房里找女主人。他跟女主人说他要去戛纳，不回来吃午餐了。女主人责怪他不该空腹喝威士忌，于是他就问女主人有没有什么冷食可以让他填填肚子。她拿出了一些冷的鸡肉，切了几片，把它们放在一只碟子里，又做了一客菊苣沙拉。他又回到大房间的吧台调了一杯酒，然后端着酒在厨房的桌子边坐下来就着威士忌吃鸡肉和色拉。

"现在可不能不吃东西就喝这样的酒，先生。"女主人对他说。

"这酒对我有好处，"他回答道，"大战期间，在军营的食堂里，我们就把这种酒当葡萄酒喝。"

"那可真是挺怪，你们居然都没有变成酒鬼。"

"变成法国人那样。"他说。于是两人谈论起法国的工人阶级，对于那些人的酒瘾，他们的看法相同。

她还逗他,说那两个姑娘都抛弃他了。他笑了笑,说他对她们两个人都感到厌倦了,又问她是否愿意取代她们?她说,不,要打动一个法国南方女子的话,他还得再显出一点男子汉的气概来。他说现在就要去戛纳了,他可以在那里大吃一顿,再赶回来,他会像头狮子,叫法国的南方妇女都变得谨慎起来。他说完,两个人开始亲热地接吻,那场景好像让人感到是一个受到优待的主顾和一个胆大妄为的妇女在接吻。随后戴维回到他的房间去冲淋浴、剃胡子,然后换衣服。

淋浴让他的情绪好了起来,而想到跟女主人的交谈,他的情绪更好了。如果让她知道这一切到底是怎么回事的话,不知道她会怎么说,他心想。自从大战结束以后,一切都变了,旅馆的男主人和这位女主人都感受到了时尚的潮流,她们也希望能够跟上这潮流。而我们三个来到这里的主顾全都是degens très bien[1]。我们只知道消费,从不闹事,那就意味着没有任何问题。俄国人已经走了,英国人也衰落了,德国人则完蛋了,如今在这里出现了这样一种违背常理的做法,却正好成为拯救这整个海岸线的大好事。我们为这里带来了大量游客,我们是当之无愧的开拓者,

---

[1] 法语,大好人的意思。

不过这样的做法仍然被认为是荒唐的。他看着镜子里面自己那张刮掉一半胡子的脸。不过你得这样想，他对自己说，你没有必要为了做一个地地道道的开拓者而不刮掉另外那边的胡子啊。他用挑剔的目光审视着镜子里的自己，这才看清自己头发的颜色差不多就是银白色，感到很别扭。

这时，他看到那辆布加蒂车从长坡上开过来，然后拐上砂砾道，停了下来。

很快，凯瑟琳走进了房间。她的头上裹着一块头巾，脸上戴着墨镜。她摘下墨镜，上前亲吻戴维。他则紧紧地抱住了她，说："你好吗？"

"不是太好，"她说道，"天气真是太热了。"她微笑着看着他，前额贴在他的肩上。"很高兴我现在回家了。"

他走到吧台那里，调了一杯汤姆·柯林斯酒，端过来给凯瑟琳。她刚冲过淋浴，接过来，抿了一口冰凉的酒，然后把这一大酒杯贴在她那光滑黝黑的肚皮上，再拿起酒杯轻轻地触碰每只乳房的乳头，那乳头立刻变得坚挺起来，她笑了笑，又端起酒杯抿了几口，接着把这杯冰冷的酒贴在她的肚皮上。"真是一件妙不可言的事情。"她说。

他情不自禁地吻起了她。她说："啊，这是多么美妙啊。我可快忘记这事了。我真的不知道有什么理由可以让我放弃。你说呢？"

"找不到理由。"

"好吧，我会坚持下去的，"她说，"我还没有打算这么早就把你让给别人。那可真是个坏主意。"

"你去把衣服穿上吧，我们一块出去。"戴维说。

"不，我现在要跟你一起玩。就和以前我们度过的那段美好的时光一样。"

"怎么玩呢？"

"你知道的，你会感到开心的。"

"怎么样的开心？"

"这样的。"

"小心点。"他说。

"求你了。"

"那好吧，如果你现在就需要的话。"

"我们再来一次，就像在王家水道港那里，咱们破天荒地做那第一次一样？"

"如果你需要的话。"

"谢谢，十分感谢你给我这次机会，因为我……"

"嘘，把嘴闭上。"

"这次和王家水道港那次比起来，显得更美妙。因为这次我们是在白天做的，而且彼此会更相爱，因为在这之前我曾经离开过你。哦,请吧,让我们慢慢地,慢慢地来,慢慢来……"

"好的,慢点,慢慢来。"

"你是……"

"是的。"

"你真的是这样?"

"是的,如果你需要的话。"

"啊,太好了,我是多么需要呀,而现在你的确是这样的,我做到了。好的,请慢慢来,好的,让我保持下去。"

"是的,你做到了。"

"是的,我做到了,我真的做到了。是啊,我做到了,我真的做到了。现在请你跟我一起来吧,我们一起达到高潮。哦,求你了,现在,好吗……"

他们俩都躺在被单上面,凯瑟琳抬起自己棕色的大腿缠在他的大腿上,她的脚趾在他的脚背上轻轻摩擦,她用双肘支起自己的身子,把嘴唇从他的嘴唇上移开,兴奋地说:"现在你又得到我了,你快乐吗?"

"你啊,你,"他说,"你真的又回来了。"

"你没有想到我还会再回来吧。昨天我们什么都没了,好像所有的好时光都逝去了,可是现在我回来了,我又在这里了,你高兴吗?"

"高兴。"

"你记不记得当初我只打算把皮肤晒得黑一点,可是现在我却成了世界上最黑的白种姑娘了。"

"不光如此,还是世界上头发颜色最浅的一个姑娘,浅得简直成了象牙的颜色。其实我一直这么认为,你的皮肤像象牙一样光滑。"

"我真是太兴奋了,我想像以前那样每天都跟你玩。不过我想过了,我的就是我的,我不会把你让给她,我不愿意再那么做了,不会再把自己搞得什么都没有了,再也不会发生这样的事了。"

"这一点我并不是很清楚,"戴维说,"不过你的情绪确实又好起来了,是吗?"

"是,真是这样,"凯瑟琳说道,"我现在不灰心,也不变态,而且不再是一副可怜的样子。"

"你现在真是又美丽又可爱,我的姑娘。"

"现在的生活真是太美好了,一切都变了。我们俩轮流做吧。"凯瑟琳对戴维说。"今天和明天你属于我,接下来的两天你属于玛丽塔。天啊,我太饿了。这个星期以来,我还是第一次有饿的感觉。"

下午,戴维和凯瑟琳出去游泳,后来他们又开车到戛纳去买巴黎运过来的报纸,去咖啡馆喝咖啡、看报、聊天,回来时已经是傍晚时分。戴维换过衣服后,找到了玛丽塔。玛丽塔正坐在大房间的吧台前面看书，他认出她看的那本正是他还没有完成的作品。"你们游泳游得爽快吗？"她问道。

"十分好，我们向大海深处游了很长一段距离。"

"你也从那个高高的岩石上跳水了吗？"

"没有。"

"很高兴你没有那么做，"她说，"凯瑟琳还好吧？"

"她的兴趣可高了。"

"那就好，她是一个与众不同的姑娘。"

"你呢？好吗？没什么事吧？"

"特别好，我正在读这本书呢。"

"有什么感觉？"

"这要等到后天才能跟你说。我读书的速度特别慢，我想后天应该能读完。"

"怎么回事？是为了你们的那个协议[1]？"

"我想是这样吧。不过我不会担心这本书，同样也不会担心我对你的感情。永远都不会改变。"

"那最好了。"戴维说，"不过今天早上的时候我十分想念你。"

"后天再说吧，"她说，"你可别担忧。"

---

[1] 这里指的是凯瑟琳提出的每隔两天就换一个人来陪他的计划。

第二十一章

在那篇小说里，第二天的情况简直太坏了。清晨，他就明白对于一个孩子来说，不只是睡眠这一方面让他看起来跟一个大人有所不同。在启程后的三个小时内，他的精神是最饱满的，他向朱马要求背那支303口径的步枪，可是朱马坚决地摇了摇头。他甚至没有一点笑意，他可一直都是戴维最好的朋友，他教戴维如何狩猎。昨天他还给我背了呢，戴维心想，况且我今天比昨天的精神要好得多，事实也是这样。可是刚到了十点，他就明白了这一天的情况将会更糟，甚至比昨天还要糟。他以为自己已经有能力跟父亲一起追寻猎物的踪迹，就跟他以为自己能够打败他一样，那是极其愚蠢的想法。他以前并不明白自己的失败不仅仅因为对手是他们，他们是大人。更主要的是，他们都是职业猎人，他突然意识到为什么朱马竟然舍不得对他无所谓地微笑一下。他们都很明白那头象曾经做过什么，但他们只是指点象的踪迹，彼此并不交流。每当他们的追踪变得困难的时候，他的父亲总是让朱马做决定。他们停在一道水流前面，把水壶装满水，父亲说："只要够一天喝的就可以了，戴凡。"也不知过了多久，他们终于告别了那崎岖不平的地带，开始朝森林走去。在这里，他们看到大象的足迹朝右转了，跟以前的那头大象的足迹混合在了一起。他看到父亲在跟朱马商量着什么，等他走到他们身边的时候，朱马回过头看他们来时的路线，然后向一座岩石构成的小山眺望，那是屹立在远方的干旱地区中的一座小山。他好像是在观察远方地平线上的三座翠绿的山峰，以此测定大象的方位。

"朱马已经知道那头象去哪里了。"父亲向他解释说，"以前他以为了解了大象的去向，可是没想到那头象后来居然走到这里来了。"他也回头看着他们花了一整天时间好不容易穿过的那片地区。"接下来的道路不错，不过我们还得爬坡。"

直到天黑，他们一直都在爬坡，最后扎营的地方还是一块干燥的空地。在快要天黑的时候，有一小群距䴗[1]要跨过那条小路，戴维拿出那副皮弹弓打伤了两只鸟。这群小鸟在这头大象的足迹上走着，似乎在洗沙浴。它们一个个胖乎乎的，排得整整齐齐。戴维的皮弹弓射出的第一颗卵石把一只鸟的背脊打断了，它倒在地上开始抽搐，翅膀不断地拍击，拍得嘭嘭地响。它的一个伙伴赶紧奔到它身旁，用嘴啄它。戴维又拿起一颗卵石放到弹弓的皮块上，左手捏着包裹着卵石的皮块向后一拉，再猛地张开左手，这颗卵石就射向了这只鸟的肋骨。然后他飞奔过去捉那两只受伤的鸟，其他的鸟儿吓得呼地一下全飞走了。戴维捡起这两只还带着体温、胖乎乎、有着光滑羽毛的小鸟，用猎刀的刀柄猛砸它们的头。朱马转过头来看完这一切后，哈哈地笑了起来。

他们开始扎营，做夜宿的准备工作。父亲说："我从来没有在海拔这么高的地方看到过这种鸟出现。你却打中了其中的一对，干得很好。"

朱马拿出一根细铁钎，串上两只鸟儿，在一堆煤上烤，那堆煤冒着火苗，但很小很小。他跟父亲躺在一起看朱马烤那两只鸟儿，他父亲揭开扁酒瓶的瓶盖，

---

[1] 距䴗是雉鹑属的，模样像鹧鸪，因为这种鸟的每条腿上都有两只或者更多的距，所以得了这个名字。

倒了一杯兑水的威士忌，喝光了。鸟儿烤好了，朱马把每只鸟的胸脯肉连同心脏分给了他们俩，他自己只吃头颈、背部和两条腿。

"我们的晚餐不错吧，"戴凡的父亲对戴凡说，"我们这一餐够丰盛了。"

"我们离这头象有多远？"戴维问。

"实际上我们离它很近，"父亲对他说，"不过等月亮升起来以后，这头象可能还会继续赶路。今晚它比往常晚了一个小时，比你第一次发现它的时候晚了两个小时。"

"朱马为什么会认为他了解这头象的行踪呢？"

"他曾经把这头象打伤了，而且就在离这里不远的地方，他杀死了它的配偶。"

"那是什么时候的事？"

"就在五年前，"他说，"不过这样说也许并不准确。那时你还是个小孩。"

"那头象从此以后就独来独往了吗？"

"他是这样说的，并且从此他就没再见过它，只是偶尔听别人谈起过。"

"他有没有说这头象有多大？"

"接近两百磅[1]吧。这可是一头我见过的最大的象。他说在这片地区,只有一头象比它大,而且也在这附近出没。"

"我看我现在就睡觉为好,"戴维说,"希望明天我的身体能更健壮。"

"今天你就表现得很出色,"父亲说,"儿子,我为你感到骄傲,朱马也会为你而骄傲的。"

夜空中,月亮升起来时,他也醒了,想到自己除了通过打死那两只鸟而显露的熟练手法以外,就难以找出令他们刮目相看的本领了。他第一次在夜里发现这头大象的时候,就跟踪过它,并且看清了——它是两个嘴角各垂着一支粗牙的庞大动物,然后还回去找父亲和朱马这两个大人,他们才得以追寻象的踪迹。戴维知道这也的确使他们高看自己了。不过艰难的追踪一旦开始,他们就用不上他了,他甚至可能成为他们成功捕猎过程中的阻碍,就好比那只小狗基波成为他在夜间逼近这头象时的负担,他还认为他们俩肯定在为没能把他及时送回去而恼火。这头大象的每支象牙看起来都有两百磅重。这头象的獠牙那么长,比一

---

[1] 这里指每支象牙的重量。猎人猎象都是为了获得象牙,所以他们说的象的大小通常都是指象牙的重量。

般大象的獠牙长很多，因此它没有逃过被人追猎的命运，他们三个就要把它打死了。戴维认为他们一定会打死它的。因为这头象，戴维又强忍着哀痛熬了一天。虽然中午赶路时他很疲劳，却依然坚持了下来，这也许会使他们高看自己。不过他至今也没给这次狩猎行动带来什么好处，如果没有他在，也许他们的行动会顺利得多。就在那一天，他的脑海里又闪现出好多次这样的念头，但愿他没有把这头象的踪迹告诉给任何一个人，就在下午的时候，他还想过但愿它没有被任何一个人发现。当他醒来时，皎洁的月光让他明白了那些都不是残酷的事实。整个早晨，他一直都在写作，并且尽力清晰地回忆那时的感受，以及那一天的真实情况。最让他感到困难的是把他当初的感受真实地表达出来，不受到后来这些感受的影响。在他感到劳累以前，那个地区的地貌，所有的细节都像这个清晨一样清晰而鲜明地从脑海中流淌出来，没有一点变化，因此他能够写得相当出色。可是对于那头象的感情的表达他一直感到困难，他很清楚现在最好的办法就是先暂时搁下这一段，以后再写，这样他可以有更多的时间回想当时的感受，而不受后来的感受影响。他也很清楚这份感情正在他的脑海中酝酿，并且渐渐清晰，可是今天他太累了，无法准确地想起来。

这个问题一直困扰着他,他好像仍然生活在这篇小说里。于是他锁上皮箱,走出书房,踏上那条通往露台的石板路。他看见了玛丽塔。露台上的一棵松树下面有一把椅子,玛丽塔就坐在那里对着大海读书。他没有穿鞋,走起路来没有声音,所以并没惊动她。他停在那里看着她,感觉见到她是一件快乐的事。但是很快他就想起他们之间荒唐的日程安排协议。于是,他又走进旅馆,走进他和凯瑟琳住的那个房间。她不在房间里,这时非洲还活灵活现地回绕在他的脑海里,使他觉得自己身处的现实环境非常空虚。他再一次走到外面的露台上,找玛丽塔谈话。

"早上好啊,"他说,"看到凯瑟琳了吗?"

"她出去了,"那个姑娘回答,"她让我告诉你她很快就会回来的。"

他突然感觉到这才是真实的世界。

"你不知道她去哪里了吗?"

"不知道,"那个姑娘说,"她骑着自行车出去的。"

"我的天啊,"戴维说,"从我们买了那辆布格[1]车以后,她可再也没有骑过自行车了。"

"她也正是这么说的,所以她又要骑自行车了。"

---

[1] 布格是布加蒂的简称。

你早上过得好吗?"

"我不知道,明天才会知道。"

"你想吃早饭吗?"

"我也不明白,也许太晚了吧。"

"希望你会吃。"

"我要到房间去梳洗一下。"他对那个姑娘说。

他洗了淋浴,然后刮胡子,这时候,凯瑟琳走进了房间。她穿着那件从王家水道港买的旧衬衫,还有那条亚麻布做的宽松长裤,可是膝部以下的裤腿都被剪掉了,看起来她很热,身上的衬衫都湿透了。

"太好了,"她说,"可惜我忘记了骑自行车爬坡给一个人的大腿根带来的严重影响。"

"你骑到了很远的地方吗,魔鬼?"

"我骑了六公里,"她说,"这不算什么,不过我倒忘记了蓝色海岸[1]的情景。"

"现在骑车出去可是很热的,除非你清早起来就出发,"戴维说,"不过我还是很高兴的,看到你又骑自行车了。"

这时她正在浴室淋浴。她出来以后说:"看,我

---

[1] 这里指戛纳到芒通的那一段地中海海岸,在法国境内,那里有很多避暑胜地,还有摩纳哥公园。

们现在多黑呀，一切都跟我们的计划完全相符。"

"你更黑一些。"

他们两人都站到了浴室门上挂着的那面大镜子前，紧挨在了一起。

"嗯，你也很黑呀。看，我们挨在一起的样子。"

"啊，你喜欢看我们在一起的样子，"她说道，"这种感觉多好呀，我也喜欢。来，摸摸这里。你看，多好呀。"

她站地笔直，挺着胸脯，他伸手摸她的乳房。

"我要穿上一件紧身的衬衫，那样你就明白我现在的想法了。"她说，"你觉得奇怪吗？我们的头发湿了以后，看起来没什么颜色了？像海藻一样浅。"

她随手拿起一把梳子，往后直直地梳起头发，看上去就像刚刚从海水里钻出来那样。

"现在我又要这样梳了，"她说，"就像在春天的王家水道港和这里的样子。"

"我还是想让你把头发披在前额上。"

"我可不喜欢，我讨厌这样。不过如果你喜欢的话，我也可以那么做。我们到城里的咖啡馆去吃早餐，好吗？"

"你还没有吃早餐吗？"

"我想等你一起吃呀。"

"那好吧,"他说,"我们这就去吧,我也饿了。"

他们的早饭十分丰盛,有牛奶咖啡、奶油鸡蛋卷、草莓酱,还有火腿蛋。吃完早饭,凯瑟琳问他:"你愿意陪我到那里去吗?今天我想去那里洗头发,再剪一下。"

"我还是在这里等你吧。"

"求你了,好吧?以前你也去过的,那不算什么呀。"

"不,魔鬼。我已经去过一次了,可是只能去一次,就像去纹身一样。你别拉着我去了。"

"做这件事除了让我高兴以外,对任何人都没有什么影响。我期盼我们俩一模一样。"

"不可能那样。"

"不,我们可以的,如果你愿意这么做的话。"

"我的确不想这么做。"

"如果我告诉你这是我最想做的事也不行吗?"

"为什么你不能做些合乎情理的事情?"

"我想做呀。不过我还是想让我们一模一样,现在你已经跟我差不多了,不用费多大的工夫就可以了,因为海水已经做过这件事了。"

"那就让海水接着做吧。"

"可今天我就要做到一模一样嘛。"

"只有这样你才高兴,是不是?"

"我现在十分快乐,因为你愿意跟我去做这件事,而且我会一直都这么快乐。你喜欢我的模样,你心里很清楚。你喜欢我这样,你以后就这么想吧。"

"这是件很乏味的事。"

"不,一点都不乏味。因为这是你做的,而你是为了让我高兴才这么做的,这样是很有意义的。"

"如果我不做的话,你会很伤心吧?"

"我不知道,不过我想我一定会的。"

"那好吧,"他说,"你真的认为这件事对你很重要?"

"是啊,"她说道,"啊,谢谢你。我们这次花不了多长的时间。我已经跟他说了,我们会到他那里去,他也会特意等我们的。"

"你一直都这么相信我会跟你去做这件事吗?"

"我知道你一定会的,如果你知道我是多么想做这件事的话。"

"可我的确一点都不想去啊,你真不应该请求我。"

"你不会在乎这些的。没什么困难的,做过以后你会觉得很有趣,而且你根本不必担心玛丽塔。"

"她怎么了?"

"她跟我说过,如果你不想这么做的话,那她就会问你是否愿意为了她这么做。"

"不要编。"

"没有啊，今天早晨她说的，希望你能看到你自己。"凯瑟琳对戴维说。

"不过我反而高兴我看不到自己。"

"你照照镜子吧。"

"不，我不能。"

"那么你就看看我吧，现在你就是这个模样。我做成这件事了，你现在无法改变了，你就是这个模样。"

"我们真的不应该做这件事，"戴维说，"我不能跟你一模一样。"

"好了，我们已经做了，"凯瑟琳说，"你也这么做了。所以什么都不要说了，还是让自己喜欢上它最好。"

"我们确实不应该这么做，魔鬼。"

"是的，我们这么做了，你非常清楚，可你就是不敢面对现实，不过现在我们注定只能这样了。我早就是这个模样了，现在你也是这个模样了。看着我，你喜欢我吗。"

戴维看着她那双美丽的眼睛，那是他所喜爱的眼睛，然后又看看她那黝黑的脸蛋，以及参差不齐、短得叫人难以相信的象牙色头发。她多快乐呀，使他觉察到了自己犯下的错误——居然让她做了一件愚蠢至极的事。

第二十二章

那天早上,他曾经以为无法继续写这篇小说了,而且在以后的好长一段时间里一直都没有办法。但他知道他必须继续写,所以又拿起了笔。他们在一条很久以前的象道上继续追寻那头象的踪迹。这条穿过森林的道路已经被踩烂了,看起来似乎有很悠久的历史,也许从山上流下的熔岩冷却、这里开始长起又高又密的树木以来,象群就从这条路上走了。朱马现在似乎胸有成竹,他们的速度很快。父亲和朱马可能都以为大功即将告成,在象道上走得十分轻松。在穿过那条布满从树叶中透过的斑驳光影的道路时,朱马拿下那支303口径的枪,给他背上。后来,他们看到了小路左方的密林中有一群象走了出来。这群象在这条象道上留下了一堆堆还冒着热气的新鲜粪便,也留下了一个个浅平的圆脚印,而他们却因此找不到那头象的踪迹了。朱马气愤地夺回了那把303口径的步枪。到了下午，他们终于逼近了那个象群。他们绕着象群走，透过树丛注视着这些灰色的庞然大物，还有它们扇动的大耳朵以及那些卷起又展开并不停搜索着什么的长鼻子。他们的耳边传来了树枝折断的声音、树木被推倒的声音，还有象肚子里咕噜咕噜的声音和粪便掉在地上发出的啪嗒啪嗒的声音。

不过他们最终还是找到了那头老公象的脚印，那脚印已经转到了一条比较窄的象道上。朱马瞅了瞅戴维的父亲，咧开嘴笑了，露出一口洁白整齐的牙齿，父亲也向他点了点头。他们之间好像在交流着一个不可告人的秘密，真像那天晚上他在农场上看到他们时的那种情景。

过了一会儿，他们就发现了这个一直没有说出口的秘密。在树林的右边，有一条那头老公象踩出的小路，一直通到那里——那儿有一个足足有戴维胸膛那么宽的颅骨，天长日久的日晒雨淋使骨头发白了。颅骨的额上有个深深的凹痕，两只空空的白色眼窝之间还有几道明显的鼓起的梁，像喇叭一样展开，通向另外两个空洞，这是两支象牙被砍掉后留下来的。朱马低头望了望那个颅骨，然后向一个地方指了指，那是他们正在追踪的那头大象站立过的地方。朱马还指出那头象用长鼻子把那个颅骨稍稍挪动了一点儿，并且指出了它的两支象牙在那个颅骨旁边的地上所遗留的痕迹。他看看戴维，指了指颅骨上那个很大的凹处中的那个洞，还指出了左侧耳骨的四周的骨头上的四个挨得很近的洞，然后向戴维和他父亲笑了笑，又从他的口袋里掏出一颗303口径的实心子弹，把那颗子弹塞入额骨上的一个洞里。

"朱马就是在这里打伤那头大公象的。它冲向朱马，朱马开枪击倒了它，又向它的耳朵开了两枪，它便丢了性命。"戴维的父亲对他说，"前面的这头象是它的配偶。准确地说应该是它的伙伴，因为这头象也是头大公象。"

这时朱马指了指那些散落在地上的骨头，向他们说明那头大公象是如何在这些骨头之间走动的。两个大人发现了这些骨头，看起来都很兴奋。

"你认为它和它的伙伴在一起待了多久？"戴维问父亲。

"这我可不知道，"他父亲说，"你问朱马吧。"

"你问他吧。"

于是他的父亲开始和朱马交谈，朱马看了看戴维，笑了起来。

"他说大概是你年龄的四五倍吧，"谈完以后，戴维的父亲对他说，"他并不肯定，而且也不关心这个。"

我可很关心这个，戴维心想。我在月光中看到了它，形单影只，茕茕孑立。我有基波做伴儿，基波也有我做伴儿。这头公象没有伤害过任何一个人，现在我们靠它的踪迹来到了这个地方，这个它死去的伙伴的地方，它是来看它的。而且我们还会杀死它，不可否认，这是我的错，是我把它出卖了。

这时候，朱马已经看清楚了这条道路的方向，向他的父亲招手示意，他们立刻又开始赶路了。

父亲完全不需要依靠捕猎大象来维持生活，戴维心想。如果那天我没有看到它的话，它就不会被朱马发现。他曾经有过杀死这头象的机会，可那次只是杀死了它的伙伴，打伤了它。那天夜里基波和我发现了它，但是我绝对不应该把这个发现告诉他们，我应该为这头象保守秘密，并且始终在心里记住它，让大人们在农场上去陪他们的女人吧，让他们去喝得烂醉吧。那时候朱马就会喝得酩酊大醉，我们都没法把他弄醒。从此以后，我要保守一切秘密，任何消息都不告诉他们。如果他们杀了那头象，朱马一定会拿着他应该得到的那份象牙换酒喝，也可能会再买一个该死的老婆。为什么你没有在能够帮助这头象的时候帮它一下？那一天，你只要不去就能救它一命。不，即使这么做也不能阻止他们的行动，朱马仍然会坚持这项行动的。

你绝对不应该把发现它的消息告诉他们。的确不应该告诉他们任何消息。以后你要牢牢地记住,永远不要把任何消息告诉任何人,永远都不要再那么做了。

他的父亲正在前面等他,他走到父亲面前,父亲十分温和地对他说:"它肯定在这里休息过了,它已经不像过去那样赶路了。看来我们很快就能赶上它了。"

"让猎象行动见鬼去吧。"戴维脱口而出,语气十分平静。

"你说什么?"他的父亲问道。

"让猎象行动见鬼去吧。"戴维又说了一遍,很平和。

"你要小心,别胡思乱想。"他的父亲直直地盯着他说。

一定是的,戴维心想,他的父亲很聪明。现在他肯定都明白了,而且从此以后他肯定永远都不会信任我了。不过这样也不错,我根本不需要他的信任,因为我也决定从此不再告诉他任何消息了,也永远不告诉他任何事情了,我保证永远永远都不会再这么做了。

那天早晨,他写到这里就停下了。他觉得他并没有写好这件事。他还没有清晰地表达出他在树林里发现那个颅骨的时候流露出的悲凉,他也没有写出甲虫在颅骨底下的泥土中挖出的那一道道凹槽。当那头象移动这个颅骨以后,那些凹槽全都露了出来,就像没人居住的荒废的房子里的空空的走廊,又像是纵横交错的地下墓道。他还没有描写出那些已经发白的好长好长的骨头,也没有写出那头绕着猎杀现场走的大象的足迹。他在那里沿着它的足迹观察,他了解了这头象的行动,也看到了这头象当时所看到的情景。他还没有描写那条象道有多么宽阔,已经成为一条完美的道路并穿过那片茂密的树林,也没有描写树林里相互摩擦的树枝、被损伤的光滑的树干,还有树林里其他的彼此交叉的小路,看起来像巴黎地铁线的线路图似的。他没有描写树林中斑驳的光影,彼此交错相接的树枝,也没有说明某些只能根据当时的情况才能说清楚的事情,而现在他只是在回忆。时间的距离并没有多大的影响,因为所有的距离都会改变,而你回忆起的正是当时的情景。他对朱马和他的父亲以及那头象的态度也有了变化,这种变化在他头脑里滋生,使他对他们的态度变得难以捉摸,弄得他身心俱疲。疲劳往往使人开始理解一些东西。他知道,理解开始了,他在写作中意识到这点。但是这样一种惊人的理解并没有完全形成,随心所欲地用任何夸张的语言来表达是错误的,他只需牢牢记住是真实的情况促成了这样的理解。明天,他会弄清楚所有的情况,然后继续写下去。

他把这篇未完成的手稿放进了皮箱,锁上了,接着走出书房。他沿着旅馆前面的那条路走到露台上玛丽塔正在看书的地方。

"想吃早餐了吗?"她问。

"我想来杯酒。"

"那么我们去吧台那里喝吧,"她说,"那儿更凉快。"

于是,他们走了进去,坐在吧台前面的圆凳上,戴维拿起一瓶黑格牌酒,那酒瓶带着凹痕。他往酒杯里倒了些,又把冰镇矿泉水加进去,一直加满。

"凯瑟琳怎么样了?"

"她走的时候十分快乐,看上去热情洋溢。"

"那你呢?"

"我很快乐很害羞,也很平静。"

"害羞得不要我吻你了,对吗?"

于是,他们紧紧地抱在一起,现在他感觉自己又成为一个完整的人了。他不知道自己到底会分裂到什么样的程度,会孤立多久。因为只要一开始写作,他那个内心深藏的自我就跳出来写出那些文字,但是那种分裂却不会撕烂什么,甚至不会留下一点能看见的伤痕。他非常明白这一点，而且知道这正好可以显示出他内心的强大力量，因为除此以外，他的其他部分都很有可能被扯碎。

他们一直坐在吧台前面，那个做服务员的大孩子在外面整理餐桌，海上吹来的微风带来了秋天的第一丝凉意。中午，他们坐到松树下的那张桌子旁边用餐，又感觉到这种凉意。

"这股凉风可是从库尔德斯坦[1]那里吹过来的，"戴维说，"马上就会有风暴了。"

"可今天是不会来的，"玛丽塔说，"今天我们一点都不用担忧。"

"自从我们在戛纳的那家咖啡馆认识以来，我们还没有受到任何打击。"

"这么久的事你还能想起来吗？"

"想起来好像比那场大战还要遥远。"

"最近三天里我体验了一场大战，"玛丽塔说，"直到今天早上才得以脱身。"

"我从来都不想小说中的内容。"戴维说。

"现在我读完那本书了，"玛丽塔对他说，"可

---

[1] 库尔德斯坦是一片广大高原和山地，库尔德族人就居住在那里。这一地区主要包括土耳其的东部、伊拉克的北部，以及伊朗西北部的大片地区。

是我并不理解你的内心,你根本没有在书里说明白你究竟信仰什么。"

他倒了一杯酒给她,然后又往自己的酒杯里倒满了酒。

"我也是后来才明白的,"他说,"因此在写这本书的时候并没有努力地表现自己多么明白。就在大战发生的时候,我告诉自己暂且不去想它,而只是观察战术行动,并且思考和感受。所以这本书写得不如第一本好,因为那时候的我还不够聪明。"

"这也是一本十分出色的书,比如写飞行的那部分,读起来是那么生动;对其他那些人的感情和对那些飞机本身的感情被表现得淋漓尽致。"

"我比较善于描写人、技术以及战术。"戴维说道,"我不想吹牛。玛丽塔,你知道吗?如果一个人被真实地卷了进去,那么他就没法再有自知之明了。而且在当时那种情况下,你根本不能考虑自己,因为这样做是可耻的。"

"可是后来你明白了。"

"当然了,有的时候是吧。"

"能瞧瞧你的那篇游记吗?"

戴维又向两个酒杯里倒了些酒。

"她跟你说什么了?"

"她说所有的都告诉我了。她很会讲故事，你知道的。"

"我建议你不要去看，"戴维说，"你看了只会增添无谓的烦恼。在我写那篇游记的时候并不知道你会在生活中出现，而我又没有办法阻止她告诉你这些事，可是我也不用让你看到那篇游记。"

"你觉得我不应该看。"

"希望你并不是真的想看，不过我也不想命令你别看。"

"那么我只能告诉你真相了。"玛丽塔说。

"她允许你看了？"

"是的，她说我应该看看那本游记。"

"愿上帝惩罚她吧。"

"她这么做可不是存心把事情搞砸，她只在特别烦恼的时候，才那么做。"

"这么说，你已经都看完了？"

"是的，真是一段美妙的旅程，比你的前一本书好多了。而现在你所写的这些短篇又比那篇游记要好很多，我的意思是，比哪一本都好。"

"你认为马德里的那部分写得如何？"他看着她，她也仰起头看他，然后舔舔嘴唇，却并不移开自己的目光，而是小心翼翼地说，"你说的这些我全都明白，因为我和你完全一样。"

他们两人一起躺到床上，玛丽塔问："你在跟我做爱的时候没有想到她吧？"

"当然不会，蠢货。"

"你不希望我也像她那么做吧？她做的那些我都知道，而且我也会。"

"闭嘴，好好地感受吧。"

"我可以比她做得更好。"

"不要说话。"

"你不要以为你必须……"

"闭嘴。"

"不过你也不用……"

"谁也不用，不过我们是……"

他们仍然躺着，紧紧地搂在一起。过了好久，终于松开了，玛丽塔说："我必须出去一会儿，很快就会回来。为了我，你好好地睡吧。"

她亲了他，走出了房间。等她回来的时候，他已经睡着了。本来他想等她回来，可是不知道为什么，等着等着就睡着了。她轻轻地躺在他身边，然后亲他。他一直没有醒来，她还像刚才那样躺在他身边，想就那样睡一觉。可是睡不着，一点困意都没有，于是，她又轻柔地吻他，接着开始温柔地抚弄他，她还把自己的乳房贴在他的身上。他依旧熟睡着，在睡梦中动了一下，她又把头放在他胸膛下面，继续轻柔地、试探性地抚弄他，同时不断做些亲昵的小动作，她发现了一些小秘密。

那天下午很凉爽，戴维睡了一个下午。等他醒来的时候，玛丽塔已经不在房间里了，耳边传来两个姑娘在露台上讲话的声音。他穿好衣服，打开了通往书房的那扇门上的插销，然后从书房走出来，来到屋外的石板路上。可是露台那里只有那个做服务员的大孩子，正在收拾茶具，他又走进大房间才看到两个姑娘。

第二十三章

那两个姑娘这时都坐在吧台前面,看上去容光焕发,十分可爱。她们的旁边放着一桶冰,冰块里放着一瓶毕雷-儒埃香槟酒。

"见到你,感觉见到了前夫,"凯瑟琳说道,"这样让我有了更丰富的经历,也成熟了。"她从来没有像现在这么欢乐、这么可爱。"可我也不得不说这一切都正合你意。"她假惺惺地说,然后用那探寻的目光盯着戴维。

"你看他没事吧?"玛丽塔问道。当她看着戴维的时候,脸又红了。

"你啊,真该感到脸红。"凯瑟琳说,"看,看她,戴维。"

"看上去很好啊,"戴维说,"你也不错。"

"她看上去就像一个十多岁的姑娘,"凯瑟琳说,"她说她告诉你她看过那篇游记了。"

"我想你应该先得到我的允诺。"戴维说。

"我知道应该先问问你,"凯瑟琳说,"不过是我先看的,感觉写得太好了,就想让这位女继承人也看看。"

"我应该拒绝。"

"可问题是,"凯瑟琳又说,"如果任何事他都说不的话,那么玛丽塔,你就直接那么做好了。不必把他的话当真。"

"我不相信游记中写的那些事情,"玛丽塔说完,冲戴维笑了笑。

"那是因为游记中还没有写到现在的事情,等他写到现在的情况,你就知道了。"

"我不会再写这篇游记了。"戴维说。

"那可不行,"凯瑟琳表示反对,"那可是你送我的礼物,这是我们早说好的。"

"你一定要继续写,戴维,"玛丽塔也说,"你会继续写的,对吗?"

"她想被你写进游记里去啊,戴维。"凯瑟琳说道,"而且,故事里多了一个黑皮肤的姑娘,会比原来的更精彩。"

戴维给自己倒了一杯香槟。他发现玛丽塔正看着他,好像在向他提出警告。于是,他对凯瑟琳说:"我把那些短篇小说写完以后，就接着写游记。今天你做什么了？"

"我今天过得很好。我制订了一些计划，也作出了一些决定。"

"天啊。"戴维说。

"这些计划都很具体，"凯瑟琳说，"你不要埋怨。你整天都在干你应该干的工作，所以我十分高兴。不过我也可以制订一些计划啊。"

"你制订了哪些计划？"戴维问道，他的声音变得极不自然，像机器人一样单调。

"我们首先要安排这部作品的出版工作。我必须用打字机把这部作品已经写好的部分照着稿子打好，同时要筹备一下有关这部作品的插图工作。我要去拜访一些画家，为插图工作做准备。"

"听起来，你今天很忙啊。"戴维说，"难道你不知道吗？不管谁的作品，都要等到作者写完手稿并修改润色一遍以后，才能用打字机打出来，才能开始画插图的工作。"

"不用这样，我只要把那份草稿给画家看看就可以了。"

"哦，是这样呀。那么如果我还不想把这部作品打出来呢？"

"难道你不想将这部作品出版吗？我可很想出版，所以要做点事啊。"

"那今天你想起了哪些画家呢？"

"不同的章节需要不同的画家。比如玛丽·洛朗森[1]、帕散[2]，或者德兰[3]、杜飞[4]、毕加索，这些人都可以。"

"看在上帝的面上，别请德兰。"

"那就请洛朗森画一幅插图吧，就画我们在去尼斯的路上第一次停留在卢普河边的时候，玛丽塔和我都坐在汽车里的情景，你难道想象不出那情景有多美妙吗？"

"可是我并没有写这个情景啊。"

"那你就写呗。这样的事情肯定比某些事情更值得写。比如写中非洲的一群土人在栅栏村落或者随便找一个地方写，他们的身上长满了疥疮，苍蝇在他们身边嗡嗡地飞来飞去。而你总是喝得烂醉，步履蹒跚，不停地走来走去，浑身散发着一股啤酒的酸臭味儿。他们甚

---

[1] 玛丽·洛朗森（1883—1956），法国画家，最擅长画风姿绰约的仕女。
[2] 帕散（1885—1930），美国画家，出生于保加利亚，后来迁居巴黎，最终入美国籍，他最擅长画的是大型宗教题材作品，后来才转向妇女画。
[3] 德兰（1880—1954），法国野兽派画家，擅长装饰画。
[4] 杜飞（1887—1953），法国画家，他的作品色彩鲜明，极富装饰效果。

至搞不清那些小讨厌鬼中谁才是他们自己的种。"

"以前那些美好的时光都已经流逝了。"戴维轻轻地说。

"你说什么,戴维?"玛丽塔问他。

"很感谢你陪我吃午餐。"戴维回答她。

"为什么你不感谢她为你做的其他事情呢?"凯瑟琳说,"她一定做了一件令人难以忘怀的大事,你才会像死人一样一直睡了一个下午,你也应该为此而感谢她嘛。"

"感谢你陪我游泳。"戴维又向玛丽塔说。

"啊,你们什么时候去游泳的?"凯瑟琳问道,"知道你们一起去游泳了,我真快乐。"

"我们一直游到很远的地方,"玛丽塔说,"然后我们还吃了顿丰盛的午餐。你中午吃的什么,凯瑟琳?"

"应该是吧,"凯瑟琳说道,"我不记得了。"

"你都去了哪些地方?"玛丽塔温柔地问道。

"圣拉斐尔[1],"凯瑟琳回答,"我记得我到过那里,但是不记得是不是在那里吃过中餐。我独自一人吃东西的时候总是那么心不在焉,但我相信我确实是在那里吃的中餐。至少我曾经有这个计划。"

---

[1] 圣拉斐尔就在他们待的纳波尔西地区内,濒临地中海。

"你开车回来的时候感到快乐吗?"玛丽塔问,"今天下午的天气多凉爽多可爱啊。"

"我不知道,"凯瑟琳说,"我一点都没有注意。我一直在想怎样才能把那部作品出版成书,并且开始准备,我们必须开始工作了。我不知道为什么这件事情刚刚有点儿头绪,戴维就变得如此让人难堪。这件事已经被往后拖了吗,被中断了吗?我突然为我们大家感到羞愧无比。"

"可怜的凯瑟琳啊,"玛丽塔说,"不过你不是已经计划好了吗?那么你会觉得心情好一点的。"

"是的,"凯瑟琳说,"我刚进来的时候,真是兴奋极了。我相信你们知道我已经完成了一些工作以后,也会感到特别高兴的。可是后来戴维的反应让我觉得自己像个白痴,或像个麻风病患者那样,让人非常讨厌。我怎么能整天空想,却期盼能通情达理呢?"

"我明白的,魔鬼,"戴维说,"我就是不想让你搞乱我的写作计划罢了。"

"可是想把它弄乱的正是你自己呀,"凯瑟琳说,"难道你还不明白?你一直都在反反复复地写那些短篇小说,可是你却把这篇对我们大家都有着特别意义的游记搁下不写,这才是你应该做的呀。这篇游记很好写,而且就快要写到那最精彩最刺激的部分了。我们应该告诉你,你不断地写那些短篇小说不过是为了逃避你自己的责任。"

玛丽塔又看了看他,他知道她想说什么,于是说:"我必须去洗漱了。你跟玛丽塔谈这件事吧,我很快就回来。"

"我们俩还要谈别的事情,"凯瑟琳说道,"请原谅我对你和玛丽塔那么莽撞。说实话,我是很愿意看到你们俩的。"

戴维的头脑里回想着刚才说过的那些话,走进了浴室。他冲了淋浴,穿上一件干净的渔民衫和一条宽松的长裤。这时夜幕降临了,天气更凉快了,玛丽塔坐到大房间的吧台前面,读起了《时尚》杂志。

"她去收拾你们的房间了。"看到戴维出来,玛丽塔对他说。

"她怎么样了?"

"我怎么知道,戴维?现在她可成为一个大出版商了。她已经放弃了性生活,她说她不再对这个感兴趣了。她还说,以前实在太幼稚了,她不知道她曾经为什么会着迷于性生活。如果有一天她又要那么做的话,她可能会跟另外一个女人发生那种关系。一提到找另外一个女人这件事,她的话就多了起来。"

"天啊,真没想到事情会发展成这样。"

"别想那些了，"玛丽塔说道，"不过不管怎么样，也不管事情怎么发展，我都是爱你的，而且你明天依旧可以继续写作。"

凯瑟琳这时也走了进来，她说："你们俩在一起时，看起来真是绝配，我非常快乐。我一直有一种感觉，好像你们这一对是我创造出来的。今天他乖吗，玛丽塔？"

"我们一起吃了顿丰富的午餐，"玛丽塔说，"请你对他公平些，凯瑟琳。"

"哦，我知道，他的确是一个如意的情郎，"凯瑟琳说，"他一向都是。就像他调制的马蒂尼酒一样，也可以从他游泳和滑雪时的姿势看出来，还可能像飞行员。我虽然从来没有看到过他开飞机，不过别人都说他很厉害。但我看他不过就是一个杂技演员吧，也很让人厌烦。我可不想过多地打听这一点。"

"凯瑟琳，谢谢你让我们一起过了一天，这一天过得太好了。"玛丽塔说。

"不仅如此，你们还可以一起过完你们的下半辈子，"凯瑟琳说，"如果你们都不感到乏味的话。我已经不需要你们中的任何一个了。"

戴维一直注视着大镜子里面的她，看见她神态平和，模样俏丽，行为正常。他同时也注意到玛丽塔特别悲伤地盯着她。

"可是我很喜欢看着你,也喜欢听你说话,如果你愿意说的话。"

"你好啊。"戴维说。

"你这句话说得真好,"凯瑟琳说,"我很好。"

"你又有了什么新计划吗?"戴维问,可是他自己却感觉似乎在跟一条船打招呼。

"除了已经告诉你的那些以外,没有别的了,"凯瑟琳继续说,"这些已经够我忙的了。"

"那为什么要另外找一个女人呢?"

他感觉到玛丽塔在凳子下面踢了他一脚,他赶忙抬起右脚,也踢了玛丽塔一脚。

"那可不是什么鬼话,"凯瑟琳说道,"我很想这么做,这样我就会明白我到底什么地方做错了,很可能我自己也不知道我做错了什么。"

"我们每个人都会犯错误,这是难免的。"戴维说。这时,他感到玛丽塔又踢了他一脚。

"我真的很想搞清楚,"凯瑟琳说,"我现在已经非常了解这件事了,也能够说明白整件事了。你不用再为你这个黑皮肤的姑娘担心了,她根本不适合我。不过她很适合你,而且你也喜欢这种类型的女人,真是太好了,不过并不适合我。我一点都不喜欢一个带着孩子气的女人。"

"也许我真的带着孩子气。"玛丽塔说。

"比起事实来,这种称呼已经很客气了。"

"不过凯瑟琳,你不能否认,和你比起来,我更像个女人。"

"尽管说吧,让戴维明白你到底属于哪种类型,他会喜欢的。"

"他很清楚我是哪种类型的女人。"

"那太好了,"凯瑟琳说,"你们俩终于都说出了心里话,我的确很愿意跟你们交流啊。"

"你根本就不是个女人。"玛丽塔反驳道。

"我知道,"凯瑟琳说道,"我一直在尽力向戴维解释,说了很多次,说得够多了。不是吗,戴维?"

戴维只是看着她,没有说话。

"我不是已经这样做了吗?"

"是的,我知道。"他说。

"而且我曾经想做一个好姑娘,我在马德里的时候,为了这件事把自己搞得筋疲力尽,身心交瘁。"凯瑟琳说,"现在我什么都没有了。你现在既是女孩又是男孩了,真是这样。你根本不用变来变去,而且你也没有被搞得迷迷糊糊,可我不一样,我现在什么都不是。当初我只是希望戴维跟你在一起时能感到快乐,而其他的一切都是我编造出来的。"

玛丽塔说:"我知道的,我已经跟戴维说过了。"

"我知道你对他说过的话,不过你无须对我忠诚,也无须对任何事忠诚。别那么做,反正谁也不会那么做的,而你或许从来没想过这么做。不过我还是要告诉你,别这么做,我期盼你能感到快乐,同时也让他感到快乐。你能做到的,可是我不行,我很明白这一点。"

"你是世界上最好的姑娘。"玛丽塔对她说。

"不,我不是,我还没开始做就已经垮了。"

"不,你没有,我才愚蠢呢,"玛丽塔说,"当初我真是愚蠢至极,恶劣至极。"

"不,你并不愚蠢。你的话全都是真心话,不要再说了,好吗?我们做朋友吧,可以吗?"

"请问我们还可以做朋友吗?"玛丽塔问。

"我想跟你做朋友,"凯瑟琳说,"我不想做一个令人悲伤的混蛋。请你慢慢地把那本书写好吧,戴维,你明白我只是希望你能尽量写得好一点。这不正是我们起初的计划吗?现在没事了,我已经熬过去了。"

"你只是有一些疲惫而已,"戴维说,"我想你还没有吃午饭吧。"

"可能吧,"凯瑟琳说道,"可能已经吃过了吧。现在,我们忘掉所有的事吧,只想着做朋友,好吗?"

原来她们俩是朋友,不管她们是什么样的朋友,她们的关系都不会太差，戴维心想，而且他尽力控制自己不再去想其他的事情，只在这个虚幻的现实氛围里交谈，并且倾听。他听到了她们之间的谈话，他知道她们都很了解对方的想法，也许对于对方告诉过他的事也是很了解的。从这些事情来看，她们的确是朋友，她们有分歧，但那是任何一对朋友都有的，而她们同时也相互理解，也完全不信任对方，但都信任他，并且喜欢跟他做伴。当然，他也喜欢跟她们做伴，不过在今晚这样的情景之下，他有些厌倦了。

明天他肯定会继续写那个只属于他自己的领域，凯瑟琳担心他会写，而玛丽塔却表示愿意让他写。就在那篇小说中，他曾经在那个地方感到快乐，并且十分清楚这样美好的心情不可能持续太久，可是他离开了那个他喜欢的地方，来到了这复杂的、疯狂的世界，这个世界对他来说显得太实际了。所以他讨厌这个世界，看不惯玛丽塔跟她的敌人进行合作。虽然凯瑟琳并不是他的敌人，但凯瑟琳确实在和他进行着一场注定没有结果、根本没法完成的探索，也就是凯瑟琳在对爱的追求中，居然以他的身份出现，因此这个身份就成了她自己的敌人。她一直都想有个敌人，因此她不得不在身边安置一个自己制造出来的敌人。因为她熟知我们的防线有哪些优点，有哪些缺点，甚至有什么样的漏洞，所以她正是那个距离她最近、也最容易受到她打击的人。她十分熟练地从我的侧翼进行包抄，迂回前进，可最后却发现那正是她自己的侧翼，前两天发生的那场战争更是混乱，漫天飞扬的尘土其实来自我们自己的尸体。

吃完晚餐后，凯瑟琳跟玛丽塔一起玩十五子游戏[1]。她们在玩游戏的时候一直很仔细，并且还赌钱。当凯瑟琳到房间里去拿游戏盘的时候，玛丽塔趁机对戴维说："今天晚上你千万不要到我房间里来，求你。"

"好吧。"

"你明白我的意思吗？"

"我们不要用这个词。"戴维说。因为他很快就要开始写作了，他变得严肃了。

"你生气了吗？"

"是的。"戴维说。

"生我的气？"

"不是的。"

"可你不能生任何一个病人的气。"

"你还年轻，经历太少，"戴维说，"一直以来，让我生气的恰恰是那种人。你什么时候也得了那种病

---

[1] 十五子游戏是一种用掷出的骰子点数来决定行棋格数的游戏。

你就会明白了。"

"希望你不要生气。"

"希望跟你们中的任何一个都从没见过。"

"请不要这么说,戴维。"

"你知道我说的不是这个,不过是因为我要准备写作罢了。"

他走进了他和凯瑟琳的房间,缓缓地躺下,把平常他睡的那边的床头台灯打开,躺着看书。那是一本威·亨·赫德森写的书,叫做《丘陵地的自然风貌》[1]。只看书名并不能激发起任何的阅读兴趣,因此他选择了这本书。他很会把握时机,知道现在正是博览群书的时候,所以把自己认为最好的书留到以后来读。不过这本书除了书名不能引人入胜以外,其他的都很好,语言生动,内容丰富有趣。这让他很兴奋,似乎已经从自己的世界走了出去,陪同赫德森和他兄弟在月色中一起骑马驰骋,四周是一片乱蓬蓬的白色蓟草冠毛,齐胸高,他们都隐藏在草里。可是姑娘们摇动骰子的嗒嗒声,以及她们悄悄的说话声也渐渐变得真切。因此没过一会儿,他决定出去调一杯兑矿泉水的威士忌,

---

[1] 赫德森不但是一个作家,还是一个杰出的博物学家。他在1900年出版了这部作品,描写英格兰南部那一大片供放牧用的丘陵的地貌和地理成因。

然后他可以边喝酒边看书。他来到大房间，看到她们正在很认真地玩游戏，看上去那么真实，那么正常，一点都不像他被某种东西硬拖着去看的一场令人难以置信的话剧，她们也不像是话剧中的人物。

他又回到房间里看书，一边慢吞吞地喝他那杯兑矿泉水的威士忌。后来他脱了衣服，关了灯，可他在就要睡着的时候，听到了凯瑟琳轻轻地走进卧室的声音。她在浴室里待了很久，才走出来躺到床上，一动不动，呼吸平稳，希望能快点睡着。

"你还没睡着吗，戴维？"她问道。

"我想是吧。"

"睡吧，"她说，"你能到这里来，我很高兴。"

"我一直都是这样的啊。"

"你没必要非得这样做。"

"不，我会这么做的。"

"十分高兴你会这么做。晚安。"

"晚安。"

"你愿意吻我，然后跟我说晚安吗？"

"当然了。"他说。

于是，他吻了她。他感觉这才是他的凯瑟琳，以前那个凯瑟琳，好像又回到了他的身边，跟他待在一起了。

"抱歉，我又让你极度失望了。"她说。

"别说了。"

"你恨我吗?"

"不恨。"

"那么我们可以按照我原定的计划重新开始那件事吗?"

"我可不这么想。"

"那你为什么会到这里来?"

"我应该待在这里。"

"没有其他理由了吗?"

"我想你也许会感到孤单。"

"确实如此。"

"每个人都会感到孤单。"戴维又说。

"如果睡在一起还感到孤单的话,才是最可怕的呢。"

"没有什么方法可以解决这个问题,"戴维说,"你那些所谓的计划和方案全都是无稽之谈。"

"可是你并没有给我执行这些计划的机会啊,你怎么能这么确定呀?"

"全是些荒唐的事。我十分讨厌这些荒唐的事,被它搞垮的不只你一个人。"

"我知道,但是你就不能让我们再试一次吗,让我做一个真正的乖姑娘,好吗?我可以做到的,我曾经差一点就做到了。"

"我厌恶，厌恶这所有的一切，魔鬼。所有的，浑身上下、从里到外都厌恶。"

"你真的不愿意为了她和我再试一次吗？"

"永远都不会成功的，我厌恶死了。"

"她说你们一起度过了十分美好的一天，还说那天你很开心，只是有一点灰心。你就不愿意为了我们俩再试一次吗？我真的很想那么做呀。"

"你什么都很想做，可是每当你得到以后，一切也就那么过去了，既没有得到你的珍惜，也没有引起你的反思，你一点都不在乎。"

"那次我只是过于自信而已，后来就变得歇斯底里，不好相处了。求你了，我们再试一次吧，好吗？"

"睡吧，魔鬼，什么都别说了。"

"请吻我吧，"凯瑟琳说，"我就要睡了，因为我知道你也会很快睡着的。只要是我要你做的事，你总会做的，因为这也是你确实想做的事。"

"你只知道做你自己想做的事，魔鬼。"

"你说错了，戴维。总之我既是你又是她，所以当初我决定那么做。我是你们每个人，你知道的，对不对？"

"睡觉吧，魔鬼。"

"我这就睡了。不过请你再亲亲我吧，这样我们就不会感到寂寞了，好吗？"

第二十四章

　　第二天早上，他又回到了那山坡的背面。地面上的脚印显示出那头象走得不像以前那么快了，而是四处走动，漫无目的，偶尔在一个地方停下找点东西吃。戴维已经看出来，他们离它越来越近了。他拼命地回忆着当时的感觉。而直到那时，他对这头象还并没有产生特别的好感，这是他必须记住的一点。那时的他只怀着一份挥之不去的忧伤，这是他在身体疲惫后产生的情绪，因为疲惫让他深刻地体会到年老的悲哀。虽然那时他还很小，但同时也懂得了很老的时候会有什么事情发生。基波不在他身边，他有些寂寞，又联想到那头象。朱马杀死了它的伙伴，让它独自生存，这不得不让他开始强烈地反感朱马，而把那头象看成了同病相怜的兄弟。第一次在月光下看到那头象的时候，他和基波一起跟踪它，并且在林中的一块空地上靠近它，他们才看清了那头象的两支长长的象牙。现在他终于明白了，这件事对他来说是多么的重要，但他却不知道以后这样的好事情再也不会发生了。现在他十分明白他们会毫不犹豫地杀死这头象，而他却爱莫能助。那天夜里，他匆忙地赶回农场通知他们，已经把这头象出卖了。那时候，他曾经这么想，如果我们拿到象牙的话，别人就会杀死我的，并且也不会放过基波。现在他知道事情并不会这样发展。这头象很可能会找到它出生的地方，他们也会跟踪到那里，就在那里把它杀死。他们一定认为这样做就是最完美的结果，而整个猎杀过程也就显得完美无缺了。他们倒盼望着在当初杀死它伙伴的那个地方杀死它。这一定会成为他们之间的笑谈，会让他们这些大人兴奋无比。这帮该死的凶手，这帮杀害他伙伴的凶手！

　　这时他们已经走到那片茂密树林的边缘了，戴维断定，那头象就在前面很近的地方。他闻到了它的气味，他们都听见了树枝被它扯下来折断时噼噼啪啪的响声。父亲拽了他一下，示意他在林子外面等，然后从口袋里掏出一只小包，打开小包，抓了一大把灰向空中抛去。那些灰从空中洒落下来的时候微微地向他们这边飘了一点，父亲于是向朱马点点头，弓着腰跟着朱马钻进了那片密林。戴维只能看到他们的脊背和屁股——随即就一点影子都不见了，一丁点儿走动的声音都听不到了。

　　戴维在那里站着,纹丝不动,认真地分辨那头象吃东西的声音。他依旧能闻到象的气味,那气味很浓,和那天夜里他于月色中潜伏在距离它很近的地方观察它那两支出色的象牙时闻到的那种味儿一样。他一直站在那里,一会儿周围悄无声息了,象的气味也消失了。紧接着就从林中传来了一声悲惨的尖叫声,还有撞击声,然后是303口径的步枪的射击声。他父亲那支450口径的枪接连响了两声,枪声深沉,空气也被震荡得嗡嗡作响。那种撞击的声音越来越远,渐渐地消失了,于是他也很快地钻进了密林。他看见朱马靠在一棵树上,面色苍白,前额上淌着鲜血,顺着脸颊往下流;父亲则脸色煞白,眼睛里冒着怒火。

　　"它直接朝朱马冲过来,把他撞倒了,"父亲告诉他,"朱马也击中了它的脑袋。"

　　"那你击中了它哪个地方?"

　　"我击中了能要它命的地方。它的肺部和肚子被打中了。它曾经在那片寻找食物的密林中横冲直撞,希望继续前进,摆脱目前的厄运。它曾经跨过了一片稀疏的林地,而我也一路奔跑着追寻道路上的血迹。后来这头象钻进了密林,我也跟在后面。他看见那头象就在前面不远处站着,灰色的庞大身躯靠在一棵树的树干上。在这个距离,我还只能看见象的臀部。后来他向那头象跑去,我就跟着跑过去,一直跑到庞大得就像一条船的那头象的侧面,我看到一股鲜血顺着它的胁腹流到地上的一大摊血泊中。我毫不犹豫地举起步枪,瞄准,开枪。那头象转过头来看着我,两支大象牙也显得那么笨重,缓慢地随着转过来。我接着开了第二枪,它摇晃起来,就像一棵快要倒下的大树一样,随后哗啦啦地倒向了我。但它还没有死,除了刚才的伤口,它的肩部也被击裂了,它倒在地上,纹丝不动。它的一只眼睛还在活生生地望着我。它的睫毛很长,睫毛下的那只眼睛让我感到它是我见过的最鲜活的生命。"父亲说道,"跟着这些该死的血迹走。"

血可真多啊。有一股鲜红色的血喷在了树干、树叶和藤蔓上,喷溅的地方有戴维的头那么高。还有一股暗红色的血,喷溅在低处,血泊里面还有胃肠里的脏东西。

"我们很快就会发现它倒在地上了,应该无法动弹了。真希望会是这样。"父亲又补充了一句。

一会儿,他们果然发现它无法动弹了,它的表情痛苦而绝望,绝望得再也走不动了。

"打它的耳腔。"父亲吼道,"快动手呀。"

"你来打。"戴维记得自己这么说。

这时,朱马一瘸一拐地走了出来。他脸上鲜血淋漓,前额的皮肤掉了下来,耷拉在左眼上,鼻子的皮肤也掉下来了,露出了鼻骨,有一只耳朵被扯破了。他一言不发,拿过戴维手里的步枪,几乎把枪杆完全插进了那头象的耳腔,接连开了两枪。第一枪打出时,象的那只眼睛睁得大大的,但很快就变得呆滞了,一股鲜血涌出耳朵,皱巴巴的灰色皮肤上立刻淌下两道鲜亮的血。这血的颜色跟刚才的可不同,戴维心想我应该牢牢记住这一点,而他也的确记住了,但他却发现,这样的记忆根本没有什么用处。这时候象的尊严、高贵,还有所有的美一下子消失得无影无踪,眼前只是一大堆皱巴巴的流着鲜血的肉。

"好了,我们终于打死它了。谢谢你,戴凡。"他记得父亲曾经这么对他说。"现在我们最好马上生一堆火,让我把朱马的伤治好。来吧,过来吧,你这个鲜血淋漓的汉普蒂·邓普蒂[1]。我们已经得到那些象牙了,它跑不掉了。"

朱马咧开嘴笑了,走到父亲的身边,他的手里攥着没有一根毛的象尾巴。他跟父亲讲了句脏笑话,父

---

[1] 英国无名氏的童谣作品中的人物,形象是一个蛋形的矮胖子,有一次,他坐在墙头上,跌了下来,摔得粉碎,从此再也不能复原。

亲随即就操着一口斯瓦希里语问了一大堆问题：还有多远才能到达有水的地方？什么时候你才能找人搬走这里的象牙？你还好吗，你这个没用的老混蛋？你的骨头断了吗？

所有的这些问题都得到了答复以后，父亲就说："你现在就陪我回去，回到我们放背包的地方，就是我们刚进树林追它的那个地方。朱马可以在这附近找些木头，生一堆火。我把医药包放在背包里了，我们必须在天黑以前到那里取回背包，再赶到这里来。朱马完全可以放心，你的伤口不会感染的，这样的伤痕跟爪子抓伤的不同。好了，我们走吧。"

父亲早已经觉察到他对这头象产生了感情，所以在那天晚上，以及接下来的几天里，虽然父亲并不想影响他对事物的任何看法，但还是想让戴维重新回到以前的样子，回到那个还没有意识到猎象的残酷、还不知道痛恨猎象行动的时候。戴维在这篇小说里并没有提到父亲希望他变成以前那个不懂猎象的小孩，从没提到过父亲的这个意图，只是讲述了当时发生的那些事，写下了屠杀的情况、自己的感受，以及砍下象牙的整个过程，还有给朱马做的那个粗糙的外科手术的经过。做手术的时候并没有打麻药，而且他们不停地说俏皮话，希望能忘记痛苦，或者减轻痛苦。戴维把赋予他的责任以及他并没有接受的父亲的信任都写到了这篇小说里，却没有指出这些事有哪些重要的意义。他竭力生动形象地描写出这头象在生命的最后阶段被困在树下的情景，它全身鲜血淋漓，虽然以前它也流过很多次血，但最后都止住了。可是这一回，鲜血一直涌上它的喉咙，它无法喘气了。它那颗巨大的心脏压出来的血液几乎使它咽了气，而这时，它注视着那人走到它面前结束它的生命。戴维想到这头象在闻到朱马的气味以后，马上冲向他的情景，不禁感到很得意。如果不是父亲在旁边向它开枪的话，它一定会把朱马杀死的。即使受了伤，它仍然会用长鼻子卷起朱马，把它甩进树丛。尽管它的伤非常严重，还是一个劲地向前冲，它以为这一枪无非是让它再伤一次罢了，直到鲜血涌上来，让它无法喘气才不得不停止冲击。那晚，戴维默默地坐在火堆边，他看着朱马，朱马的脸上有已经缝合的伤口，他的肋骨也有几根被撞断了，因此他尽量放轻呼吸，避免触动肋骨的伤口。戴维心想不知道那头象有没有认出他，就是他试图杀死它。他希望那头象认出来了，如今那头象就是他心目中的英雄，正如一直以来父亲就是他心目中的英雄一样。他又想，我绝对不相信它那么老又那么累，竟能干出这些事来，它原本会杀死朱马的。但是它看着我的时候并没有那种好像要杀死我的样子。它看起来只是忧伤,就像我看着它的感觉一样。它在生命的最后一天看望了它曾经的伙伴。

他终于写完了这篇小说,他知道这是一个年轻男孩的故事。他把这篇小说又读了一遍,发现了一些必须增添内容的地方,否则就会感到不连贯。添补细节以后读起来就会有身临其境的感觉,于是他在所有需要增添细节的地方都做了记号。

他又想起那头象,想起它的眼睛,当那眼睛失去生气以后,它也失去了所有的尊严。等他跟父亲拿着背包赶回来以后,这头象的身躯开始膨胀起来,虽然这个夜晚十分凉爽。再也看不见那头象了,眼前只有这具灰扑扑、皱巴巴的正在膨胀的尸体;当然还有两支硕大的象牙,颜色棕黄,血迹斑驳,正是为了这两支象牙他们才把它杀死的。他用拇指的指甲刮下一些象牙上的血迹,那血迹已经干了,像一片干了的火漆,他把这片干血迹放到了衬衫口袋里。他除了从那头象的身上取得这点儿东西以外,就只有孤独的感觉了。

屠宰了那头象以后,他的父亲就在火堆旁尝试着跟他交谈。

"它是杀人凶手,你是知道的,戴凡,"他曾经这么说,"朱马告诉我它杀了很多人,数也数不清。"

"那些人全都是想杀死它的，不是吗？"

"那当然了，"他的父亲这么说，"它长着这样的一对象牙嘛。"

"那么怎么能说它是凶手呢？"

"你随便想吧，"他父亲说，"遗憾的是你的思维完全被它弄乱了。"

"真希望它杀了朱马。"戴维记得自己那么说。

"你这样想实在有点过分了吧，"他的父亲说，"朱马可是你的朋友啊，你知道的。"

"现在不是了。"

"我想你也没必要这么跟他说。"

"他知道的。"戴维说道。

"我看你一定误会他了。好了，不说这个了。"他父亲说。

后来，虽然发生了那么多事，但他们还是安全地回到了住处，把那两支象牙靠在了房子的墙上。他们住的是一幢用枝条跟泥筑成的房子。两支又长又粗的象牙的尖端挨在一起，就连双手摸到它的人也不敢相信这是真的。象牙弯成了弧形，可是没人能够得到那个圆弧的顶端，就连他的父亲也够不到。朱马和他的父亲以及他因此成了英雄，小狗基波也成了英雄。甚至连那些帮忙抬象牙的人也都被奉为英雄，一些已经略有醉意的英雄,而且他们将会酩酊大醉。每每此时,他的父亲便会问他:"你愿意妥协吗?戴维。"

"好啊。"他说道。因为他已经决定从现在开始再也不把秘密告诉任何人了,他早已下定了决心。

"我实在太高兴了,"他的父亲说道,"这样一来,事情就简单多了。"

于是他们都在那棵大无花果树的树荫处坐下,坐在老人坐的凳子上,旁边小屋的墙上靠着那两支象牙。他们拿着一个用葫芦制成的杯子,里面盛着土酿啤酒,这酒是一个小姑娘和她的小弟弟端来的。现在他不再是那个让人反感的小讨厌鬼了,而是英雄们的助手。他坐在尘土中,那只被看做是英雄的狗也坐在他的身旁。小狗抓了一只养了好几年的童子鸡,成为了英雄们喜爱的宠物。英雄们全都围坐在一起痛快地喝啤酒,大鼓咚咚地响了起来,人们开始庆祝这次成功的狩猎行动,跳起了欢快的舞蹈。

他走出他的那间书房,感到愉快、自豪,同时也感到无比的空虚和失落。他看到了玛丽塔,她正在露台上等他。他从来没有想到,早秋的清晨是如此明亮美丽。这确实是个完美的早晨,既宁静又凉爽。海面平整如镜。极目远望,对岸的白色沙滩后面还映衬着一道深色山脉。

"我真的很爱你！"看到那个姑娘站了起来，他笑着对她说，接着伸出双臂把她搂住，吻她。她对他说，"你写完那篇小说了。"

"当然了，"他说，"为什么不完成呢？"

"我十分爱你，而且为你自豪。"她说。于是两人牵着手走出去眺望大海。

"你好吗，姑娘？"

"很好，非常好，我非常高兴，"玛丽塔说，"刚才你说的是真心话吗，还是因为这个美丽的早晨才说的？"

"那是因为早晨的关系。"戴维回答完，又亲了她一下。

"我想看看那篇小说，可以吗？"

"还是别看啦，会辜负这美好的天气。"

"难道我不能拥有跟你一样的感受吗？我不想只是为你的高兴而高兴，那样我感觉我像你的狗。"

他拿出钥匙给她，她拿出写着稿子的笔记本来到吧台前面，在那里坐着阅读，戴维也在她身边坐下，跟她一起看。他知道这么做很莽撞，而且很蠢。他从来没有跟别人一起读过自己的小说，而且他一直都反对这么做。眼下他一只手臂搂着姑娘，眼睛盯着印有横线的笔记本页面上写的东西，他突然想到这一点。

但是他依旧想要陪她一起看，想要把自己从未跟人分享过而且一直认为不能分享也不该分享的东西跟这个姑娘一起分享。

玛丽塔看完小说，伸出双臂缠住了戴维，使劲吻他，那么用劲，把他的嘴都弄得出血了。他目不转睛地看着她，心不在焉地舔着自己的鲜血，尝着那甜惺的味道，感觉很好。

"对不起，戴维。"玛丽塔说，"请原谅，我实在太高兴了，我感觉自己比你还要得意呢。"

"写得还不错吧。"他得意地说，"你能闻到农场的气息，还有小屋里那种干净、清洁的气味，还能感觉到那些老人们坐的光溜溜的椅子？那间小屋可是十分干净的，虽然是泥地，也被扫得一尘不染。"

"当然感觉到了，在你的另一篇小说里也写到过。我甚至还能想象出那条英雄般的小狗——基波在你的身旁侧着脑袋的样子。当时你可真是一位非常可爱的英雄。那片干了的血迹有没有在你口袋里留下什么痕迹？"

"就在我出汗的时候，它被汗水溶化了。"

"我们一起进城去，也为此庆祝一番吧。"玛丽塔说，"今天我们可以玩得很尽兴。"

戴维走到吧台那里，倒了一杯黑格牌威士忌，然后在酒杯里加上冰镇矿泉水,又端着这杯酒来到房间里。他喝了半杯酒,冲了个冷水淋浴,换上一件衬衫,穿上宽松长裤,套上帆布便鞋,做好了进城的准备。他对自己刚完成的这篇小说很满意,想到玛丽塔,他的心情更好了。而且这种感觉并没有随着敏锐的观察力而减弱,他的头脑清醒了,也并没有给他带来一丝悲哀的感觉。

凯瑟琳正在做她想做的事,而且她会坚持下去。他向窗外望去,心里涌起过去那种无忧无虑的愉快。今天应该是一个适合飞行的日子。他真希望附近就有一个飞机场,那么他可以租一架飞机,然后带着玛丽塔飞到天上去,让她知道在这样一个好日子里做什么样的事才最尽兴。她也许很喜欢那么做,不过这里并没有什么飞机场,因此不想了。然而也有很好玩儿的事情可做,比如滑雪。再过两个月,就可以滑雪了。天啊,一切都进展得那么顺利,一切都那么美好,今天他写完那篇小说了。玛丽塔一直静静地陪着他,没有妒忌什么,没有埋怨他因为写作花了太多的时间而没有时间陪她,他也不用想方设法让她明白什么才是你所追求的,而且你已经为此付出过什么样的努力。因为她非常明白,而不是假装明白。我确实很爱她,威士忌,你记下这句话,毕雷矿泉水,哦,你这老朋友老毕雷,也请你为我作证吧,毕雷,我一向都用自己那该死的方式忠诚于你。你很快就会感到我非常好。以往总觉得这很无聊,但今天却觉得很愉快,那么尽管这样感受吧。

"走吧,姑娘。"他来到玛丽塔的房间门口,向她说,"什么把你拖住了,你那两条美丽的腿儿?"

"是的,我已经准备好了,戴维。"她说着,走了出来。上半身穿着一件紧身线衫,下半身穿着一条宽松长裤。她的脸上透着光泽,显得很有生气。她把额前的深色头发向后一捋,然后望着他。

"你心情特别好的时候,一切都会变得妙不可言。"

"这可真是个美好的日子,"他说,"而且我们碰上好运了。"

"你是这么想的吗?"她说,两人一起走到汽车旁边。"你真的认为我们运气好起来了吗?"

"是的,"他说,"就在今天早上,我们转运了,也可能是在昨天夜里吧。"

第4部

第二十五章

他们开车回到旅馆的时候,看到凯瑟琳的车也停在旅馆的车道上,就在那条旅馆的必经之路——砂砾路的右侧。戴维只得把伊索塔车停在凯瑟琳的车后面,然后跟玛丽塔一起下了车,沿着那条车道走向旅馆。他们从这辆蓝色的空车——又小又矮的蓝色汽车旁边经过,踏上了用石板铺成的小路,他始终一声不吭。

两个人又一起从戴维的房间——那个锁着门、开着窗的房间前走过,最后玛丽塔停在自己房间的门口,说:"再见。"

"你今天下午做什么?"他问。

"我还不知道,"她说,"我会一直待在这个风景区的。"

他继续走,走到旅馆的露台上,然后从大门走进那个大房间。凯瑟琳正坐在吧台前面,她的面前放着一份巴黎版的《先驱报》,吧台上面还放着一只酒杯和半瓶葡萄酒。听到他走进来的声音，她仰起头看他。

"你怎么回来了？"她问他。

"我们在城里吃完午餐后，就开车回来了。"戴维回答。

"你的那个婊子怎么样？"

"我还没有养过婊子呢。"

"我说的是你为她写短篇小说的那个。"

"哦，那些小说呀。"

"是的，那些小说，就是那些写你的那个虚伪的醉鬼老子和你那枯燥乏味的青春期的一文不值的小说。"

"其实也不算虚伪。"

"难道他没有欺骗他的妻子和他所有的朋友吗？"

"不，事实上，他只是欺骗了他自己。"

"最近你所写的特写，或者是短文，又或者是那些不知所谓的轶事里，你可是把他写得龌龊无比啊。"

"你说的是那些短篇小说。"

"只有你称它们为短篇小说。"凯瑟琳说。

"是的。"戴维说。他感到这家旅馆是那么干净舒适，这个大房间是那么讨人喜欢，天气是那么好，阳光灿烂，蓝色的天空明亮清澈，他端着一杯可爱的冰镇葡萄酒，慢慢地抿着，可是自己那颗已经凉透的心却再也不会因为这酒而振奋。

"需要我把那个女继承人叫来吗?"凯瑟琳说道,"否则她会以为我们弄错了日子,今天可是她的日子。"

"不用了,别去叫她。"

"我就想去叫她。她今天把你照顾得挺好吧,我可没有。老实说,戴维,至今为止,我都不是个坏女人,只不过有些行动和语言像坏女人的而已。"

戴维给自己倒了一杯香槟,一边等着凯瑟琳回来,一边看那份她留在吧台上的报纸,巴黎版《纽约先驱报》。他不喜欢一个人喝这种葡萄酒的感觉,味道不一样,于是到厨房找了一个软木塞,塞上了酒瓶子,然后把酒放进冰柜。可是他感觉到瓶子已经变得很轻了,于是举起瓶子,对着窗户里射进来的阳光看,剩下的很少了。他又拔开瓶塞,把酒全部倒在杯子里,一饮而尽,才把瓶子放在铺着地砖的地面上。可是他发觉,即使迅速地把这杯酒喝光,也已经没有什么作用了。

感谢上帝,他的工作、他的小说已经有了突破性的进展。正是他在第一本书中描写的那些人物,以及那些真实的、生动的、准确的细节描写让这本书很受读者喜爱。其实只需要写出他的回忆,略去一些事实的描写,作品就会成形。然后,他就像调小照相机的光圈那样,增加曝光度,让焦点集中,让所有的光线都集中在这里,把这一点照得明亮耀眼,直到热得冒烟。他很清楚自己这一段时间以来要做到的正是这一点,而且已经做到了。

凯瑟琳存心打击他的时候说的那些关于短篇小说的话,又让他回想起他的父亲,还有他竭尽全力所做的一切。从现在开始,他在心里对自己说,你必须振作起来,必须成长起来,必须正视那些问题,完全没有必要因为别人不理解不欣赏你的作品而感到烦躁,或者感到受伤。显然凯瑟琳越来越不理解你了,可是你的工作却进行得十分顺利,只要你坚持写下去,没有什么事情可以影响到你。现在你应该忘记自己,去想办法帮助她。明天你还得再润色一遍那篇小说,让它成为一部成熟的、完美无缺的作品。

可是现在,戴维可不愿过多地想这篇小说。当然,比起其他的事情来,他更关心写作的问题,不过他也十分明白在写作的时候绝不能过于担忧,也不能因为好奇过多地赏玩,就像一个摄影师不能为了看清楚底片显影的过程而把暗室的门打开那样。顺其自然吧,他对自己说。该死,你可真是个傻瓜,可是起码你现在明白这一点了。

他又想到了那两个姑娘,不知道是否应该去找她们，问问她们有什么计划，是否想去游泳？毕竟这是属于玛丽塔和他的一天，也许玛丽塔正在等他呢。也许他今天还能做些什么让目前的情况变好。也许她们正在策划什么事情，应该去问问她们到底想做什么。好吧，现在就去吧，他在心里对自己说，别站在这里想入非非了，去找她们吧。

他来到玛丽塔的房间，敲了敲门。

他听到她们正在谈话，可是他一敲门，她们的谈话就停了。

"谁呀？"屋里传来玛丽塔的声音。

他又听到凯瑟琳笑着说："管他是谁，进来吧。"

然后他又听见玛丽塔对凯瑟琳说了句什么，于是凯瑟琳说："你进来吧，戴维。"

他打开了门，看见她们俩一起躺在大床上，并肩躺着，都把被单拉到下巴的地方。

"请进吧，戴维，"凯瑟琳又说，"我们都在等你呢。"

戴维一直看着她们，目不转睛，他看到一个严肃的黑皮肤姑娘，还看到一个漂亮的哈哈大笑的姑娘。玛丽塔也一直看着他，好像想说什么，凯瑟琳却一直哈哈大笑。

"戴维，你也上来好吗？"

"我是想来问问你们想不想去游泳，或者有什么别的打算。"戴维说。

"我可不想去，"凯瑟琳说道，"女继承人刚才在床上睡着了，所以我上床陪她睡。不过她很讲规矩，看到我上床，马上要我走，一点也没有背叛你的意思，一直都没有。不过你愿不愿意到床上来呢，那么我们俩都可以对你很忠诚？"

"不，不想。"戴维说。

"哦，请吧！来吧，戴维。"凯瑟琳说道，"今天多么美好啊。"

"你想去游泳吗？"戴维向玛丽塔说。

"我很想去。"玛丽塔说，她的头从被单上方露出来。

"你们这两个虔诚的教徒，"凯瑟琳说道，"爽快些，上床来吧，戴维。"

"我想去游泳，"玛丽塔说，"请你出去吧，戴维。"

"你为什么不让他看你呢？"凯瑟琳问，"在海滩上他就看到过了嘛。"

"在那个小海湾，他是可以看我的。"玛丽塔说，"现在，请你出去，戴维。"

戴维走出了房间，并没有回头看，顺手关上了门。他听到玛丽塔在房间里跟凯瑟琳低声说话，而且还听到凯瑟琳哈哈的笑声。他沿着石板路一直走，走到旅馆的门前,向外眺望大海。这时从海面上吹来一阵微风,他看到有三艘法国驱逐舰跟一艘巡洋舰列队行驶在海面上,看样子是在解决某些技术上的问题。在蓝色的海面上,军舰的轮廓很模糊,队列整齐。不过它们在海面上很远的地方,看起来就像是一幅粘在纸上的剪纸,人们可以根据这些剪影识别出军舰的类型。后来有一艘军舰加速向前,队形因此发生了变化,军舰后面涌起一道白色的浪花。戴维正在那里看着,两个姑娘来找他了。

"请别生气,戴维。"凯瑟琳说。

她们俩都穿着去沙滩上游泳的泳衣,凯瑟琳拿着一只包,里面装着毛巾和浴衣,这个包就放在一张铁椅的上面。

"你也去游泳吗?"戴维问她。

"如果你没有生我的气的话。"

戴维什么也没说,还看着那些军舰,军舰已经转变航向了,有一艘驱逐舰突然掉头,从队列里驶了出去,它前面出现了一道美丽的、弧形的白色水花。这艘舰又开始放烟,当它转弯的时候,这股黑烟就会变得越来越宽,像军舰旁边的一大片羽毛似的。

"只是跟你开个玩笑罢了,"凯瑟琳说,"以前我们不是一直喜欢开那种特好玩的粗俗玩笑吗?我们都这么做过。"

"那些军舰在做什么呢,戴维?"玛丽塔问他。

"我想应该是反潜艇演习吧。"他回答说,"也许还有潜艇在水底下跟它们一起演习呢。它们也许是从土伦[1]开过来的。"

"我看到它们在圣玛克辛,也可能在圣拉斐尔[2]出现过。"这时,凯瑟琳说道,"我曾经见过它们。"

"我不知道现在为什么要放烟幕,"戴维说道,"也许还有些别的舰船跟着一起演习,只不过我们没看到。"

"你看,飞机飞过来了。"玛丽塔说,"很漂亮,不是吗?"

那些飞机是水上飞机,远远看去小得可怜,不过队形却很整齐,有三架飞机贴着水面向这里飞过来。

"初夏我们在这儿的时候,它们就在波尔盖罗莱岛[3]作过演习,那场面真是惊心动魄,"凯瑟琳说,"把房间里的窗子都震动得晃个不停。你说他们现在会投放深水炸弹吗,戴维?"

---

[1] 土伦是法国东南部地区,濒临地中海的一个大军港,就位于戴维所住的纳波尔和马赛之间。
[2] 圣拉斐尔是纳渡尔西部地区,濒临地中海的两个小城。
[3] 波尔盖罗莱岛就在土伦东南方。

"这我不知道。但是如果他们跟真的潜艇一起演习的话,我看不会扔深水炸弹的。"

"我想去游泳,你说好吗,戴维?"凯瑟琳问道,"我马上就要出去了,那么你们就可以一直单独相处,一块游泳了。"

"我问过你是不是要去游泳。"戴维说。

"你是问过我,"凯瑟琳说,"你确实问过我了,那我们现在就去游泳吧,大家还可以快快乐乐地做好朋友。如果那些飞机飞得近了,他们就能看见我们在那个小海湾的沙滩上,这样他们会感到很快乐的。"

不久,那些飞机果然在海滩上空飞过,戴维和玛丽塔已经向海里游了很远了,凯瑟琳一个人在海滩上晒日光浴。当三个梯队(由三架飞机组成的梯队)疾速掠过的时候,那些飞机上的大型罗讷式发动机突然吼叫起来,那些飞机一直向圣玛克辛飞去,发动机的声音越来越远,渐渐消失了。

戴维和玛丽塔这时游了回来,他们走到海滩上,坐在凯瑟琳的身边。

"他们甚至看都没有看我一眼,"凯瑟琳说道,"我想他们都是些特别正经的年轻人吧。"

"你希望发生什么事?空中摄影?"戴维问她。

玛丽塔一直沉默不语,从离开旅馆到现在都没有说话，听了戴维这话，她也什么都没说。

"戴维当初真心跟我一起生活的时候，日子可真是美妙极了，"凯瑟琳对她说，"我至今还记得那时候戴维做的每一件事我都很喜欢。你也应该想方设法地喜欢他爱做的那些事儿，女继承人，如果他还有什么喜欢做的事儿的话。"

"你还有什么喜欢做的事情吗，戴维？"玛丽塔问他。

"他会把所有的东西都拿去换成他的那些短篇小说的，"凯瑟琳说，"他一直以来都有许许多多喜欢做的事情。我十分希望你能喜欢上他的那些短篇小说，女继承人。"

"是的，我十分喜欢，"玛丽塔说道。可是她的目光并没有在戴维的身上，而是移向遥远的大海。不过他却一直看着她那张脸，那张脸神情平静，皮肤黝黑；她的头发被海水弄湿了，皮肤也因为带着水而显得光滑可爱；她的身材也很诱人。

"那太好了，"凯瑟琳懒洋洋地说，她又懒洋洋地吸了一口气，做了一次深呼吸。她仰面躺在铺在沙地上的浴衣上面，下午的阳光把沙地晒得暖洋洋的。"因为你马上就会得到这样东西了。而且他通常还会做许许多多的事，并且全都做得特棒。他也曾经有过一段幸福美满的生活，可是现在，他的脑子里只有非洲和他那醉鬼老子，还有从那些报上剪下来的东西。看过他的那些剪报吗？他有没有让你看过那些剪报呢，女继承人？"

"没有看过，凯瑟琳。"玛丽塔回答道。

"他会给你看的，"凯瑟琳说，"在王家水道港的时候，他一直想给我看，可我拒绝了，并且告诉他不要再这么做。那剪报有好几百张，而且几乎每一张剪报上都有他的照片，并且是同一张照片。看着那些剪报比看着那些随身所带的淫秽的明信片还难受。我想他会常常一个人看这些剪报的，因为这些剪报，他背叛了我。真该把那些剪报丢在废纸篓里，他的身旁总会放着一个废纸篓。他说过，对于一个作家来说，那就是最重要的东西。"

"我想我们还是去游泳吧，"凯瑟琳对玛丽塔说，"我有点冷了。"

"我的意思是说一个作家最重要的东西居然是废纸篓。"凯瑟琳说。

"知道吗，我曾经想过应该为他买一个能够配得上他的超级棒的废纸篓，可是他从来不会扔掉任何写过的东西。他总是在小孩子用的那种笔记本上写作，真是荒谬可笑，而且他什么都不会扔掉。他只会在笔记本上划掉某些字句，然后在那一页的边上写。依我看，这事儿其实就是个骗局。他的笔记本上的手稿有错误的字，还有错误的语法。你知道吗，玛丽塔，他其实压根不懂语法？"

"哦，真可怜，戴维。"玛丽塔说道。

"当然了，而且他的法语更糟糕，"凯瑟琳说，"你从来都没有看到他用法语写作吧。他用法语讲话的时候，即兴发挥倒能讲好，相当好，讲起那些谐语来可搞笑了。不过他实际上就是个文盲。"

"这真是糟透了。"戴维说。

"我一直都以为他很了不起，"凯瑟琳说，"可是后来，我才发现他竟然连一张简单的便条都不能写好。不过正因为如此，以后你才有帮他用法语写的机会啊。"

"做你的跟屁虫。"这时，戴维用一口法语高兴地说。

"这就是他最拿手的，"凯瑟琳说，"随口就能说出好笑的谐语和口头禅，不过这些谐语可能早就过时了，他竟然还不知道呢。他能很恰当地运用法语习语，只是他根本不会运用法语写作。事实上他真是个文盲，玛丽塔，你不得不承认这一点。他的字也很难看，写出来的字根本不像上流社会的人写的。他的外语，更是如此。"

"太可怜了，戴维。"玛丽塔说。

"我不敢说我一生中最美好的几年时间都给了他，"凯瑟琳说，"其实我跟他一起生活的时间只有几个月，从三月份才开始，应该是吧。不过我敢说，我已把自己一生中最美好的几个月都给了他。那几个月是我享受到最多乐趣、最幸福快乐的几个月，而且这几个月里我也的确因为他而更快乐。我希望这样美好的生活还没有彻底幻灭，还没有完全结束。不过当你发现这个男人居然是一个文盲的话，竟然独自在一只装满了朋友从那个所谓的独一无二的罗梅克[1]为他捎来的剪报的废纸篓里干一些伤风败俗的事情，这时，你该怎么办。我想无论哪个姑娘都会因此而泄气的，所以坦白跟你说吧，我决定不再容忍了。"

"那么你烧了那些剪报吧，"戴维说，"如果你这样做，你就是最明智的了。现在你想不想去游泳，魔鬼？"

凯瑟琳望着他，眼睛里流露出一丝狡猾的神色。

"你怎么知道我这么做了？"她问。

---

[1] 这里指罗梅克办的那个剪报服务社。

"做了什么？"

"我把那些剪报都烧了。"

"你真的烧了那些剪报，凯瑟琳？"玛丽塔问。

"当然了，烧了。"凯瑟琳淡定地说。

戴维停住脚步看着她，他突然觉得心里特别空虚。就好像开着车在山路上转了一个弯以后，突然发现前面是一道深渊，没路可走了。这时玛丽塔也站住了，凯瑟琳看着他们俩，她的脸色十分宁静，她看起来是那么通情达理。

"我们去游泳吧，"玛丽塔对她说，"我们一直向外游，游到那个海岬，然后再返回来。"

"真的很高兴，你的心情终于愉快了，"凯瑟琳说，"我早就想去游泳了。现在的天气确实已经相当凉快了，我们不会忘了现在已经九月了吧。"

第二十六章

他们在沙滩上把衣服穿好,走到松林里停着那辆旧汽车的地方。戴维手里提着那个装海滩用品的包。他们又一起上了车,在夕阳的余晖中,戴维开着车回到旅馆。在车里,凯瑟琳一直默默无语,任何一个经过他们身边的人都会认为他们很可能是刚从埃斯特雷尔地区某个人迹罕至的海滩回来。他们下车的时候,已经看不见那些军舰了,在松林的另一边,大海依旧蔚蓝而平静。今天的傍晚和那天的清晨一样美好,天空也很明净。

他们径直走到那家旅馆的门口,戴维把那只装海滩用品的包放到了寄存物品的房间。

"把这个包交给我吧,"凯瑟琳说,"应该先把这些东西晾干。"

"请原谅,我想错了。"戴维说完,在那个房间的门口转身走了出去,一直走到旅馆另一头的书房。

他打开房门，又打开那只威登牌的皮箱，发现那叠写有短篇小说手稿的笔记本不见了。皮箱里放着的四个塞得鼓鼓的、装剪报的信封也不见了，只有那个写有那篇游记手稿的笔记本没被动过。他锁上了皮箱，仔仔细细地打开大衣柜的每只抽斗，搜了个遍，并且在房间里到处寻找。他从来没想过那些短篇小说会这样失踪，他也从来没想到她竟然会做出这样的事。虽然在海滩上的时候，他已经听说她做了这样的事，不过他总认为那是不可能的事，并不相信。他一直保持心平气和，总是小心谨慎地处理他们的关系，并能够克制自己，他认为只要训练有素，就可以应对所有的危险，不过他心里并不真的相信这件事就这样发生了。

但是现在，他明白这事确实发生了，不过心里还存着一丝幻想，也许凯瑟琳只是跟他开个玩笑，一个天大的玩笑。所以，尽管他现在感到特别空虚、特别郁闷，他仍然打开那只皮箱重新寻找，翻了一遍又一遍，然后锁上皮箱，又在房间里找了个遍。

现在他真的面临着灾难。不过他还是认为那是不可能发生的，那些手稿被她藏在某个秘密的地方了，可能在寄存杂物的房间，可能在他们俩住的那个房间里，还可能在玛丽塔的房间里。她绝对不可能真的销毁了那些手稿，她不会这样对她的伴侣的。直到现在，他仍然不相信她会这么做，不过当他关上房间的门，然后锁上时，他感到痛苦极了，想吐。

戴维走进那个大房间的时候，看到两个姑娘正坐在吧台前面。玛丽塔抬起头看他，看出戴维神色异常，凯瑟琳也从吧台后面的大镜子里看到他走进了房间。但她并没有回头看他，只是一直盯着镜子里的他。

"你把那些手稿放到哪里去了，魔鬼？"戴维问她。

她的目光移开那面镜子，转过身看着他："我不告诉你，我已经把它们都处理掉了。"

"希望你告诉我，"戴维又说，"那些手稿十分重要，我还有用呢。"

"不，你完全用不着那些东西了。"她说，"那些东西一钱不值，我讨厌死它们了。"

"你不应该讨厌写基波的那篇小说吧，"戴维说，"你曾经爱过基波的，你忘了？"

"它也应该被毁掉。本来我想把写它的那几页撕下来，保留着，可是没找到那几页，就算了，反正你跟我说过它已经死了。"

戴维看见玛丽塔看了看他，然后移开了她的目光，一会儿，她又回过头来，"你在哪里烧了那些手稿呀，凯瑟琳？"

"我也不会告诉你的，"凯瑟琳说，"你跟他是同谋。"

"你把手稿跟那些剪报放在一起烧了?"戴维又问。

"还是不告诉你,"凯瑟琳说道,"你这么对我就像警察在审犯人,也像学校里的老师在教训学生。"

"请你告诉我吧,魔鬼,我只想知道在哪个地方。"

"是我出的钱,"凯瑟琳又说,"是我拿钱出来,你才能写作的。"

"这我知道,"戴维说,"你十分慷慨,出了不少钱。你在什么地方烧了那些东西,魔鬼?"

"我可不想告诉她。"

"好吧,那你就只告诉我吧。"

"你让她走开。"

"反正我也应该走了,"玛丽塔说,"再见吧,凯瑟琳。"

"这就太好了,"凯瑟琳说,"其实这也不能怪你,女继承人。"

戴维坐在凯瑟琳身边的那张高凳上,她一直看着吧台后面的大镜子,直到看见玛丽塔走出了大房间。

"你在什么地方烧了那些东西,魔鬼?"戴维问,"现在你可以告诉我了吧。"

"她永远都不会理解的,"凯瑟琳说,"因此我才一定要她走开。"

"我知道,"戴维说,"你到底在什么地方烧了那些东西,魔鬼?"

"我把它们放在女主人烧垃圾的那个铁桶里烧了,就是那个有很多小孔的铁桶。"凯瑟琳说。

"你把它们全都烧光了?"

"是的,我还在那个桶里浇了一些在车库找到的火油。所以烧起来的时候火势很大,烧了个一干二净。我之所以这么做都是为了你,戴维,同时也是为了我们大家。"

"我相信你说的话,我相信是这样的,"戴维说,"你真的全都烧掉了?"

"是的,全烧光了。我可以带你去看看,如果你愿意的话,不过现在也没必要了。所有的纸张都被烧成灰烬了,我还用一根棒搅和着它们。"

"我只是想到那里去看看。"戴维说。

"你还会回来的,是吗?"凯瑟琳说。

"那当然了。"戴维说。

手稿和剪报都放在那个烧垃圾的桶里烧光了。这个垃圾桶有五十五加仑大小,原来装过汽油,桶的边上有一些洞。而那根用来捣灰的棍子是一个旧扫帚柄,还可以清楚地看出有一头是新熏黑的,而且它以前也发挥过捣灰的作用。那只提桶就在石砌的工棚里面，还盛着火油。那个桶里还有一些碎片，是笔记本的绿色封面被烧焦以后形成的碎片，戴维还在桶里找到一些没有烧尽的剪报，以及两片很小的烧焦的粉红色纸，他知道那种纸是罗梅克剪报服务社用的纸。其中的一张还有字迹，他认出那是发自罗得岛州的普罗维登斯的电头。很明显这些灰烬被彻底地搅和了一遍，但是如果他仔细筛选，或者细心观察，就能找到一些没有烧尽的资料以及只是被烧焦了但还能让他并不困难地辨认字迹的资料。他把那张印着罗得岛州的普罗维登斯字样的粉红纸撕成碎片，丢进这个旧汽油桶里，他想起了他还从没去过罗得岛州的普罗维登斯，于是放下扫帚柄，又在石砌工棚里看到了他那辆自行车，只是轮胎瘪了，需要打气了。于是他走到旅馆的厨房，那里已经没人了，他又一直走到那个会客的大房间，见妻子凯瑟琳在吧台前坐着，就朝她走了过去。

"跟我说不一样吗？"凯瑟琳问道。

"对，"戴维说，然后在吧台前面的一只凳子上坐下来，抬起双肘搁在吧台上面。

"也许只要把那些剪报烧掉就可以了，"凯瑟琳说，"不过我那时确实想彻底地烧掉。"

"你也真地这么做了，一点都没错儿。"戴维说。

"现在你就可以毫无顾虑地继续写那篇游记了,现在不会有人来打扰你,让你烦乱了。明天早上你就可以轻松地继续你的工作了。"

"那好呀。"戴维说。

"很高兴你并不追究这件事,而且如此通情达理。"凯瑟琳说道,"你怎么知道那些短篇小说是那样的没有意义?戴维,因此我只能用自己的行动让你明白这一点。"

"难道连你喜欢的写基波故事的那一篇也没有留下?"

"我跟你说过我找过那篇的。不过如果你还想重新写那篇的话,我可以把它一个字一个字地背给你听。"

"听起来倒挺有意思。"

"确实如此,你会明白的。现在我就背给你听,好吗?如果你愿意的话,我可以把它背出来的。"

"不要,"戴维说,"千万不要现在背,不过你愿意写出来吗?"

"我可写不来的,戴维,这你知道。不过随便什么时候,只要你想写的话,我都可以把它背给你听。其他的那几篇你并不真的在乎,是吗?它们不值一提。"

"你为什么这样做?"

"为了帮助你啊,你完全可以再去一趟非洲,等你的看法更加成熟以后,重新写那些短篇小说,非洲那个地方不会有太大变化。不过我依旧认为写非洲还不如写西班牙呢。你自己也说过西班牙跟非洲差不多一样,而且在西班牙你还有一个优越条件,就是可以使用一种文明语言。"

戴维给自己倒了一杯威士忌,又找到一瓶毕雷矿泉水,拔开瓶塞,往自己的酒杯里倒了一些矿泉水。他想起以前在从平原去死水城的路途中,经过了毕雷牌矿泉水装瓶的那个地方,并且如何……"我想还是别再提写作的事了。"他对凯瑟琳说。

"可我喜欢说,"凯瑟琳说,"一切富有建设性的事,并且有实际意义的事我都喜欢。你在写那些短篇小说以前写的所有作品都很出色。最令人难堪的就是那些短篇小说里那些污秽的东西、那些肮脏的苍蝇,还有那些残忍的、兽性的行为。可是你看起来似乎完全沉醉在那里面了。你所描写的那幕在火山坑中进行的屠杀,情景真吓人,还有你的亲生父亲简直没人性。"

"我们不说这些了好吗?"戴维请求道。

"我就说,"凯瑟琳说,"我只是想让你明白我为什么一定要把它们烧掉。"

"你把它写出来吧,"戴维说道,"如果可以选择的话,我真不想听。"

"可是你知道我根本不会写呀,戴维。"

"你会的,会写出来的。"戴维说。

"不,我不会写。不过我会讲出来的,讲给一个可以把它写出来的人听。"凯瑟琳说,"如果你对我足够友好的话,你会愿意帮我写的。如果你真爱我的话,你也会很乐于写的。"

"我现在只想做一件事,就是杀了你。"戴维愤怒地说,"而我之所以没有动手,是因为你真的疯了。"

"你可不能这么跟我说话啊,戴维。"

"不能吗?"

"是的,你不能这么说我,听见了吗?"

"是的,我听见了。"

"那就该听我的,你千万不能说这种话,你千万不能对我说恐吓我的话。"

"是的,我听见了。"戴维说道。

"你不能说,千万不能说这种话,我无法容忍这样的行为。我决定跟你离婚。"

"那太好了。"

"那我就不离了,我会继续跟你保持现在这种婚姻关系,永远都不跟你离婚。"

"这样也好啊。"

"我不会为你而改变的,我想怎么做就怎么做。"

"你确实这么做了。"

"我要杀了你。"

"我不怕。"戴维说。

"在这样的场合,你居然就连说话也不像个上等人。"

"那在这样的场合上等人会怎么说话呢?"

"上等人会说他们很遗憾。"

"那好吧,"戴维说,"太遗憾了。我很遗憾我居然会认识你,我很遗憾当初竟然跟你结婚……"

"我也是。"

"请你闭嘴吧,你可以把这些话讲给一个能把它写下来的人听。我十分遗憾你的父母竟然能走到一起,并生下了你。我更遗憾的是你顺利出生了,顺利地长大成人。我为了所有我们曾经做过的好事和坏事而感到遗憾——"

"你不会的。"

"是的,"他说,"我会闭口不提的,我并没打算演讲。"

"你只是因为自己而感到遗憾罢了。"

"也许吧,"戴维说,"不过你真该死,你这个魔鬼,你为什么一定要烧掉它们呢？那些短篇小说？"

"我必须把它们全都烧掉，戴维，"她说，"很遗憾，你完全不能理解。"

其实在问她以前，他就已经理解了，所以他刚才的意思只是要她表明态度而不需要她回答。他讨厌这样拿腔拿调地说话，也不信任这种善于辞令的人，而他自己现在也来这一套了，他为此感到很羞愧。他慢慢地喝着兑了矿泉水的威士忌，一边喝一边想，只要是能够理解的事情就一定能够得到原谅，这个结论是不正确的。所以就煞费苦心地约束自己的言行，就像过去跟着那些机修工和枪械制造者一起去检修飞机、或者检修发动机，以及检修他的枪支时那样。那个时候他其实并不需要这样做，因为他不善于做这样的事情，不过那时候这么做也是为了解决一些问题，现在完全可以不去思考了，而且如果换个窝囊的说法，他这么做也是令人欣慰的。而现在他需要这么做了，因为他曾经很认真地对凯瑟琳说会杀了她，这话不是开玩笑的。在说过这番话以后，他的那番演讲让他感到惭愧。可是认真地说出这句话以后，除了更加严格地约束自己以外，什么补救的办法也没有了。这样，如果他失去控制的话，他也可以有恃无恐地去做这件事。他又倒了一杯威士忌，同样兑上矿泉水，看着酒杯里生成一个个小气泡，然后又一个个破裂。愿上帝让她进地狱吧，他想。

"请原谅我的小气，"他说，"我当然非常理解。"

"我可真是太兴奋了，戴维，"她又说，"明天早晨，我要出去。"

"去哪里？"

"我先去昂代，然后到巴黎去找画家为那本书画漫画。"

"真的吗？"

"是的，我想我应该去做这件事了。我们已经浪费了很多时间了，而今天这件事有了很大的进展，所以我必须继续做下去。"

"你怎么去呢？"

"我开那辆布格车去。"

"你不应该独自开车出去。"

"我就要独自开车出去。"

"你不该这么做的，魔鬼。你知道的，我不能让你这么做。"

"那么我乘火车去好吗？有一班去巴荣纳的。我可以到了巴荣纳以后租辆汽车，或者在比亚里茨租一辆汽车。"

"明天早上我们再谈这件事好吗？"

"我现在就要跟你谈。"

"你不该到那里去,魔鬼。"

"我决定了,必须去。"她说,"你没办法阻止我的。"

"我正在想一个保险的办法。"

"不是的,你并没有想什么办法,你只不过想阻止我罢了。"

"如果你再等一段时间的话,我们可以一起去。"

"我不会跟你们一起去的,明天我就启程,开那辆布格车去。如果你不同意我开那辆车的话,我就乘火车去。你总不能阻止别人去乘火车吧!我已经是成年人了,我是你的妻子,而不是你的奴隶,也不是你的私人财产。你不能阻拦我呀。"

"你还会回来吗?"

"按我的计划是要回来的。"

"我知道了。"

"不,你根本不知道,不过现在这也不重要了。这个计划有充足的依据而且得到我们的一致同意了,这些事情可不是那么好做的……"

"丢进那个废纸篓[1]里去吧,"戴维说,他突然想

---

[1] 上句中的"一挥而就"原文是tossed off,在俚语中也可以解释为"打手铳",戴维想起以前凯瑟琳曾经指责他独自对着那个装满剪报的废纸篓干那些伤风败俗的事情,所以现在这样说。

到了自我约束，于是闭上嘴，抿了一口兑了矿泉水的威士忌。

"你是想去找你那位律师吧，他就在巴黎？"他问道。

"如果有事需要跟他商量的话，我一定会找他的。只是你自己没有律师，不过这并不能成为阻止别人去找他们的律师的理由。你也需要律师的意见吗？需要我的律师帮你做什么事吗？"

"不，不用，"戴维说，"让你那些律师见鬼去吧。"

"你有很多钱吗？"

"我倒不担心钱。"

"真的吗，戴维？你的那些短篇小说不是很值钱吗？为了这件事，我可烦恼死了，我知道我应该为此负责。我可要把这些打听清楚呀，然后做自己应该做的事。"

"你还想做什么？"

"我只会做我该做的事。"

"你究竟还打算做什么？"

"我要给那些小说估价，然后我会把双倍的钱存到你的银行账户里。"

"听上去你倒是很慷慨，"戴维说，"对于钱，你一向都那么慷慨。"

"我会对你很公平的,戴维,不过很可能它们实际的价值要比评估出来的价值大很多。"

"谁来评估这些东西呢?"

"应该会有人评估吧,有的人不论什么都能评估的。"

"哪种人?"

"我也不知道,戴维。不过我想那些《大西洋月刊》《新法兰西评论》《哈泼氏杂志》[1]的编辑们应该会评估吧。"

"我必须出去了,"戴维说,"你真的没事吗?"

"我很好,只不过我想我也许做了一件糟糕的事情,我希望能够补救一下。"凯瑟琳说,"所以我要去巴黎,这就是唯一的理由。原来我并不想对你说的。"

"我们不要谈论谁是这场事故的受害者了,"戴维说道,"这么说你明天就会乘火车去巴黎?"

"不,我明天要开那辆布格车去。"

---

[1] 1857年,美国的《大西洋月刊》在波士顿创办,这是一份文学杂志,刊登的都是高质量的小说,还有优秀的评论文章。《哈泼氏杂志》也是一份高档的评论刊物,由当时的名作家担任这家杂志的编辑。《新法兰西评论》于1909年创办,创刊人是法国作家纪德(1869—1951),名作家符鲁斯特、英里亚壳、瓦雷里等担任这家杂志的撰稿人,这份杂志大力推崇当时的诗人波德莱尔,可是在第二次世界大战时期,法国沦陷区成立了维希政府以后已经停刊,前后只办了三十多年的时间。

"那好吧,你就开那辆布格车去吧。你只要小心谨慎,别在山区超车就行了。"

"我要记住你的嘱咐,就当你始终在车里陪着我,跟你讲话,讲故事,或者编造一些我挽救你的故事。一直以来,我都在脑子里编这些故事宽慰自己。这样我会感觉有你陪在身边,整个行程就不会显得那么漫长,那么无聊,我开车也不开那么快了,心情会更好的。"

"好的,"戴维说,"那么祝你好运吧。第一个夜晚你可以在尼姆住,如果你出发的时间不是特别早的话,就不会错过尼姆。你去大将军旅馆吧,那里的人跟我们很熟。"

"我的计划可是一直开到加加松[1]才停下来呀。"

"不,你不能这么做,魔鬼,请你不要这么做。"

"也许我还可以出发得早些,那么我就能赶到加加松。我想从阿尔和蒙彼利埃走,不想从尼姆走,从那里走浪费时间。"

"如果动身晚的话,你就到尼姆住一晚吧。"

"你真是太幼稚了。"她说。

"我陪你去吧,我们一起开车去。"他说,"我应该陪你一起去的。"

---
[1] 加加松是法国南部的一个大城市,在下文中提到的蒙彼利埃的西面。

"不，你别去，求你了。我要一个人做这件事情，这十分重要，是的，我不想让你陪我。"

"那好吧，"他说，"不过于情于理，我都应该去的。"

"不，请你别去，你应该相信我，戴维。我会听你的话，小心开车的，不过我还是会一直不停地开过去。"

"你不可能做到的，魔鬼，现在的季节，天黑得早了。"

"你不用为我担心。你真是好人，同意我去，"凯瑟琳说，"你最终都会答应的。如果我的确做了什么不该做的事，那么请你原谅我。我会一直想你的，一直把你记在心里，现在已经在想你了，以后有机会我们再一起开车吧。"

"你这一天够忙的，"戴维说，"你很累了吧，我开着你那辆布加蒂车到城里去转一转，让人检修一下好吗？"

他走到了玛丽塔的房间，在门口停下脚步，问道："你想坐车出去转转吗？"

"好吧。"她回答。

"那么我们走吧。"他对她说。

第二十七章

戴维打开车门,坐了进去,玛丽塔也上了车,就坐在他的身边。他把车开上一段被沙子覆盖的路面,那是从海滩上刮来的沙子,然后把油门调小以减慢速度,他凝视着左前方那一大片纸莎草地,也凝视着右边辽阔的海滩和蔚蓝的大海,没过多久,那条黑色公路出现在前方。他又把车开上那条大路,疾速奔驰。他看见那座桥,那座刷了白漆的桥向他快速逼近,他简单地目测了一下距离,然后把脚从油门上抬起来,移到刹车上,轻轻踩着。车子一直开得十分平稳,每踩一下刹车就减少一分冲力,不过汽车前进的方向没偏,汽车也没有因为刹车而稍有颠簸。他把车在桥头停了一下,换上低速挡,接着向前开,在越来越挤但是井井有条的车龙中沿着六号公路向戛纳驶去。

"她真的把那些东西全烧光了。"他说。

"哦,戴维。"玛丽塔说。他们没有耽搁,一直开进灯火辉煌的戛纳。就在他们第一次相识的那家咖啡馆门前,那棵树下,戴维停下了车。

"难道你就不想到其他什么地方去吗?"玛丽塔问。

"我无所谓的,"戴维说,"到哪里都没什么差别。"

"如果你还想继续开车兜风的话,不如再出去转转。"玛丽塔提出建议。

"不,我倒宁愿休息一下,"戴维说,"我其实只是想考察一下这车的车况,以便放心地让她开。"

"她要开这辆车出门?"

"她是这么说的。"

他们一起坐在露台上的那张桌子旁边,这里被斑驳的阴影覆盖着。招待给玛丽塔端来一杯她要的贝贝大叔[1],给戴维端来一杯兑矿泉水的威士忌。

"你认为我应该陪她一起去吗?"玛丽塔问。

"你不会担心她出什么事吗?"

"是的,戴维,我担心。我认为她伤害你的那件事已经过去了。"

"也许吧,"戴维说,"该死的,她把所有的手稿全都烧了,只留下了那篇游记,就是那篇写她的东

---

[1] 贝贝大叔是西班牙出产的一种干雪利酒的品牌名称。

西。"

"那可是一篇十分精彩的游记。"玛丽塔说。

"你别再宽慰我了,"戴维说,"我当然写了这篇精彩的游记,我还写了她烧掉的那些精彩的故事。别像某些人把那些劳什子灌输给部队那样给我灌输了。"

"你还可以重新写嘛。"

"不,不可能的,"戴维对她说,"一个精彩的故事,就是要让你没法记住。每次你重读这样的作品时,都会有一个令人无法相信的大惊喜。你甚至都不相信这是你自己写的作品。所有写得精彩的东西,永远都不可能重新写的。每一个精彩的故事,都只能写一次,而且一个人的一生也只能写这么多。"

"只能写这么多?"

"只能写这么多精彩的作品。"

"不过你一定可以想起来的,一定可以。"

"我不能,你也不能,任何人都不能的。这些故事已经没有了,只要我写出来了,而且顺利地写出来了,它们就没有了,全都消失了。"

"她做了一件糟糕的事情。"

"不,不是。"戴维说。

"那么是什么?"

"她过于激进了,操之过急。"戴维说,"今天发生的所有事情都是因为这个,她一直那么急躁。"

"希望你也能宽容我。"

"你就一直陪着我吧,帮助我,看着我,别让我杀掉她。你很明白她会做什么的,是吗?她说她会付给我钱,那么我就没有经济上的损失了。"

"不,不会的。"

"是的,她会这么做的。她会跟她的那些律师商量,然后用异想天开的卢比·戈德堡[1]的方式给那些短篇小说估价,然后按估价的两倍付钱给我。"

"哦,戴维,她不会这么说吧。"

"她是这么说的,而且说得合乎情理,没有什么破绽的,只是某些细节她还没有清楚地考虑过。而且,她认为按估价的两倍付钱给我,会显得她非常慷慨,并使她感到轻松。"

"你不能让她独自一人开车去那么远的地方,戴维。"

"这我知道。"

"那你打算怎么办?"

---

[1] 卢比·戈德堡(Rube Goldberg, 1883—1970),美国的连环漫画家,他的作品创造了一位发明家的形象,就是布茨教授,这是一个善于发明极其复杂东西来做原本十分简单的事的人。

"我没想过,我们在这里坐一会儿再说吧。"戴维说,"别着急,一点也不用着急。我想她可能累了,已经睡觉去了。我也真想跟你一起去睡觉啊,而且希望明天醒来的时候,发现那些东西都还在那里,并没有被烧掉,那么我又可以继续写作了。"

"我们会好好地睡一觉的。有一天,等你醒来的时候,你会发现你可以写得跟今天早上一样精彩。"

"你真是善解人意的好姑娘。"戴维说,"不过自从那天晚上,你来到我们这里,你就一脚踏进一大堆麻烦里,掉到陷阱里去了,对不对?"

"可别想救我出来,"玛丽塔说道,"我很清楚自己当时陷进了什么样的陷阱。"

"当然,"戴维说,"而且我们俩都很清楚,你要再来一杯酒吗?"

"如果你再喝一杯的话。"玛丽塔说,"我当初来到这里的时候,其实并没想到将会发展成一场战斗。"

"我也没想到。"

"对你来说,这场战斗其实不过是跟时间的较量罢了。"

"可不是跟凯瑟琳的时间进行较量。"

"因为她的时间观和我们的不一样,这样的不同让她惊慌失措。刚才你说过今天发生的事情全是因为操之过急造成的。虽然这样说是错的，但却说明你的洞察力很强。而且一直以来，你都战胜了时间，表现得很出色。"过了很久，他才把服务员叫过来，付了酒钱，并且给了不少小费。然后他们走出咖啡馆，发动汽车，开了头灯。当戴维的手正想从离合器的杆上离开的时候，他突然明白了这一切究竟是怎么回事。这种突然被现实毁灭心中所有希望的感觉又涌上心头，十分强烈而且挥之不去，就像他将信将疑地观望那只烧垃圾的桶时，看到那些被扫帚柄搅和乱了的纸灰时的感觉一样。他小心地让汽车头灯的光射向笼罩着这座城市的苍茫暮色，他的车就跟随着这两道光柱开上公路。在车上，他感觉到玛丽塔用肩膀挨着他，而且听到她轻轻地说："我明白，戴维。我也被这件事伤害了。"

"你可别让它伤着你。"

"我倒很庆幸自己也受到了伤害。现在没什么事可做了，不过我们还要做那件事。"

"好的。"

"我们决定要做那件事，你和我。"

第二十八章

　　戴维和玛丽塔回到旅馆,两个人走进大厅,女主人闻声从厨房走进来,她递给戴维一封信。
　　"夫人已经乘火车到比亚里兹去了。"她说,"她留下这封信,叮嘱我交给先生。"
　　"她什么时候离开的?"戴维问。
　　"先生跟夫人刚出去她就走了,"奥罗尔夫人说,"她吩咐那个做服务员的大孩子到车站去买票,还要他订一个包间。"
　　戴维打开信,看起来。
　　"两位想吃些什么?"女主人问道,"来些冷鸡肉和一客色拉吗?第一道菜上煎蛋卷吧,还有羊羔肉,如果先生喜欢的话。他喜欢吃什么,夫人?"
　　于是,玛丽塔和奥罗尔夫人为这个问题交谈起来,戴维则在一旁看信。看完以后,他把它折好,放进了衣服的口袋里,他看着奥罗尔夫人问:"她走的时候看起来跟往常一样吗?"

"恐怕不太一样,先生。"

"别担心,她会回来的。"戴维说。

"是的,我也相信。先生。"

"我们会把她照顾好的。"

"是的,先生。"女主人把煎蛋卷翻了面,却开始轻轻地啜泣。戴维用一只手臂搂住女主人,亲吻了她一下。"你跟夫人说说话吧,"她说,"我马上就来摆餐桌。奥罗尔正和他侄子在纳波尔,他们一边打牌一边谈论政局。"

"还是我来摆餐桌吧,"玛丽塔说,"请你打开那瓶葡萄酒,戴维。来一瓶朗松酒怎么样?"

他取出酒,然后关上冰柜的门。他一手紧紧握住冰凉的酒瓶,一手扭掉瓶口上的封蜡,松了铅丝,最后用拇指和食指小心翼翼地拔瓶塞,他感觉到瓶塞上面的金属帽把他的拇指抵得很痛。但他的手触摸到这个冰凉的酒瓶,圆滚滚的,而且很高,他知道今天晚上他们可以享受一下。于是,他慢慢地拔出瓶塞,把三个酒杯都斟满了。女主人从炉灶前转过身来,端着酒杯往前跨了一步,大家共同端起酒杯。可是戴维并没有想好该为什么干杯,就用法语说出了自己想到的第一句话,他听到自己说:"为我们和我们的自由干杯。"

大家相互碰杯，接着女主人为大家端上煎蛋卷，大家再次碰杯，不过，这一次并没说什么祝酒词。

"快吃些东西吧，戴维，请吧。"玛丽塔对戴维说。

"好吧。"他说着，一边喝酒，一边慢慢地吃了一些煎蛋卷。

"你只要稍微吃一点就很好，"玛丽塔说，"这样对你有好处。"

女主人看了看玛丽塔，摇摇头，对他说："如果你不吃东西，可没有什么好处。"

"你说得对。"戴维说完，小心地吃起了东西。他不停地斟香槟酒，每一杯喝起来都感觉像是新酿的酒，那么醇香，那么甜美。

"她把汽车停在什么地方了？"他问。

"汽车被留在车站了，"女主人说，"那个做服务员的大孩子陪她开车到车站去的。他回来的时候带回了车钥匙，就放在你房间里。"

"那列火车的卧车挤吗？"

"不挤。他送她上了火车，火车上只有几个乘客，她会有地方休息的。"

"那火车真不错。"戴维说。

"你吃些鸡肉吧，"女主人又说，"再喝一点葡萄酒。再开一瓶怎么样？你的这位女眷一定也渴了吧。"

"我可没渴。"玛丽塔说。

"不,你渴了,"女主人说道,"喝完这瓶酒,再带上一瓶吧。我十分了解这种酒的酒性,一瓶好的葡萄酒对他一定有好处。"

"我可不想喝太多的酒,"戴维对女主人说,"因为一个不好的明天就要来到了,我不想自己的身体也感觉不好。"

"你不会这样的。我很了解你,为了我兴奋起来吧、吃东西吧。"

没过几分钟,她说了声失陪,就走开了。她走了有一刻钟。这段时间里,戴维吃光了那只鸡,还吃光了那盘色拉。等女主人回来以后,三个人又一起喝了瓶葡萄酒,接着戴维和玛丽塔就向女主人道晚安,这时,女主人变得十分拘谨。然后,女主人走出大房间,到屋外的露台上欣赏夜景。而他们俩则显得有些着急。戴维的手里本来拎着一个冰桶,桶里面放着一瓶已经开了瓶的葡萄酒。这时,他随手把冰桶放在炉灶上,拥过玛丽塔,紧紧地搂在怀里,吻她。他们俩就这么紧紧地搂着,什么都没说。过了很久,戴维才拿起那个冰桶,他们一起走进玛丽塔的房间。

房间里的床早铺好了。戴维把冰桶放在地板上,对玛丽塔说:"太太。"

"是，"玛丽塔说，"这是理所当然的。"

他们一起躺在床上，看着屋外宁静的夜空，感觉从海上吹来了阵阵微风，玛丽塔说："戴维，我爱你，现在我才感到这事是千真万确的。"

千真万确，戴维心想，没有什么事是千真万确的。

"一直以来，"玛丽塔说，"在我可以陪你睡整个晚上之前，我都有这样的想法，我想你一定不会喜欢那种总是睡不着的妻子。"

"那么你是哪种妻子呢？"

"你马上就会明白的，现在的我可是一个快乐的妻子。"

他想自己一定会很久之后才睡着，其实并非如此。在晨光初现、天蒙蒙亮的时候，他醒了。他看见玛丽塔就躺在他的身边，心里感到十分愉快。后来，他想起了曾经发生过的事情。于是准备下床，但特别小心，怕惊醒她，可是看到她动弹了一下，他又情不自禁地吻了她才从床上下来。玛丽塔微笑着对他说："早上好啊，戴维。"

他轻轻地说："继续睡吧，我的爱人，最亲爱的爱人。"

她笑了笑："好吧。"然后像只小动物一样一骨碌翻了个身，一头浓密的黑发披在身后，蜷起身子静静地躺着,背对着窗外的亮光闭上双眼,她那又长又黑的睫毛亮闪闪的,在清晨阳光的照耀下,像玫瑰一般红棕色的皮肤把睫毛衬托得更美。戴维一直盯着她看,心想她是多么美丽啊,他甚至觉得,她在睡觉的时候也那么有生气,好像神采并没有离开她的肉体。她真是个可爱的姑娘,头发和皮肤的颜色,还有光滑得令人难以置信的肌肤,让她看起来就像一个爪哇人。他看到随着天色越来越亮,她的脸色也越来越亮,越来越深。他终于摇摇头,拿起衣服搭在左臂上,打开房门走了出去,又随手把门关上。他一直走到新一天的明亮的晨光中,他光着的双脚感觉到石板路上满是露水。

他走进自己和凯瑟琳的那间房,洗了淋浴,又刮了胡子,然后找出一件干净衬衫,穿上一条短裤,在这个空荡荡的房间里四处打量,这是第一个凯瑟琳不在身边的清晨,是第一个他独自在这间房里的清晨。他又走出房间,到了厨房,那里没有人。他找了一听库克船长牌的白葡萄酒渍鱼,打开罐头盒,小心地端着,不让罐头的汁水洒出来,另一只手拿着一瓶冰镇的图博格牌[1]啤酒,走到那个大房间。

---

[1] 图博格牌啤酒是丹麦首都哥本哈根生产的一种啤酒。

他准备先打开啤酒瓶，他用右手的拇指和食指第一节处夹住啤酒瓶的瓶盖，弄弯了它，把它对折在一起扔掉，可是他没有找到放垃圾的桶，于是把瓶盖放进了口袋里，把这瓶摸上去冰凉的酒瓶高高地举了起来，他的指缝间随即出现了湿漉漉的水珠。他并没有马上就喝，而是闻闻那罐已经打开的加香料的盐渍鲦鱼，然后才喝了一大口冰啤酒。他把酒瓶放在吧台上，从自己裤子后边的口袋里掏出那封信——那是凯瑟琳写给他的信，展开重读了一遍。

戴维，我突然明白我应该让你知道情况有多么严重。还有什么比撞上一个人更糟的呢，我想应该是撞了个小孩吧，那可是最糟的——汽车撞上的。汽车的挡泥板被撞了一下，也许汽车只不过是轻微地碰到了他，可是一切就那么发生了，人们聚拢过来，团团围住，并且大声尖叫，有一个法国妇女还在人群中大叫莽撞司机，虽然大家都看到了那孩子是突然冲出来的。我撞人了，我明白我撞人了，而且事故发生了，说什么都晚了。这件事情把我吓呆了，我不明白为什么会发生这样的事情，可是确实发生了。

我必须尽量说得简单而清楚。我会回来的，我会为了我们尽力做好计划的事情。你完全不用为此担心。

为了我们这本书我会不断地打电报,写信,做可以做的一切事情,不过要等你写完这本书,我才会做那件唯一重要的事情。我必须把其他那些东西全都烧掉,而最糟糕的是至今我还可以理直气壮地说我没有做错。不过我不用告诉你这个,因为我并不想请求你原谅我,可是我会祝你一直好运,那么我就能放心地去做一切我想做的事情,并且竭尽全力。

女继承人一向对你很好,对我也很好,所以我并不恨她。

我不想按照我自己的心愿结束我的一生,如果这样的话就太不近人情了,太难以置信了。可是我仍然要亲自告诉你,我一向荒唐任性,我行我素,最近更是变得小气固执,蛮不讲理,我们俩都很明白。我爱你,而且永远爱你,同时我还要求你原谅我,不过很明显,这是个多么没用的词啊。

凯瑟琳

读完以后,他又通读了一遍。

以前他从来都没有看过凯瑟琳写的信,他们俩是在巴黎的克里永大饭店的酒吧间认识的,后来相恋,再后来在奥什大街的美国教堂结婚,他们一直都在一起。所以当他第三遍读这封信的时候,读凯瑟琳第一次写的信的时候，他觉得他还能被她感动，而且确实曾经被她感动过。

他把那封信折好后放回裤兜里，又拿出一条胖乎乎的小鱼，把这条泡在充满芳香的白葡萄酒沙司里的小鱼吃了，然后把冰啤酒喝光了。他走到厨房，在那里拿了一片面包，他想用干面包来吸干罐子里的汁水，随手又拿了一瓶啤酒。他曾经想继续写作，但他知道一定会失败。因为这段时间他的情绪太激动了，受到的伤害太大了，一切变化都让人难以置信，而他也因此把爱情完全转移到另一个人身上，无论这件事看起来是多么自然，无论这件事如何简单，都是严重的错误，而且是对感情的粗暴伤害，凯瑟琳写的这封信把这种严重的错误和粗暴的伤害混为一体了。

他打开第二瓶啤酒的时候想：行了，伯恩，再也不要花时间去想事情到底有多糟糕了，其实你是十分清楚的。现在，你有三种选择，第一是好好地想一想那些被烧掉的作品，然后重新写出来；第二是写一篇精彩的新作品；第三是接着写那篇该死的游记。他削尖了铅笔，想到，挑一支最好的用吧，只要自己还有机会，最好赌一下。千万不能在任何一个会讲话的人的身上押注，这是父亲说的，而你则说，除了你自己以外。于是父亲又说，我是不行的，戴凡，不过有时候你也可以在你自己身上押注，你是个铁石心肠的小杂种。本来他想说的是冷酷无情，但是他那张能说会道的嘴好心地换掉了那个词。不过也有可能这才是他的真心话。你可别再喝图博格牌啤酒并自己骗自己了。

　　因此他拿起最好的一支铅笔，对自己说，还是竭尽全力写出一篇精彩的新作品吧。同时你还要记住，玛丽塔也跟你一样，她也受到了严重的伤害，很可能她受的伤害更大。所以还是赌一赌吧，她也跟你一样，很在乎我们失去的那些东西。

第二十九章

他结束写作的时候,已经是下午了。那天他一走进书房,就拿起笔马上写下一个句子,写得不错。可是后来什么也想不到了,一句都写不出来。他把先写的那一句划掉,重写,写了又划掉,他的脑子里一片空白。他很清楚自己的想法,可是就是没法把它写出来。他又写了一句,还是刚才写的那个简单的陈述句,除此以外,纸上就再也写不出什么了。就这样写了改,改了写,两个小时很快过去了,纸上除了划掉的句子,还是一片空白。他只能写出这一句,而这一句不过是最简单、最平常的一句,读起来如同喝白开水,索然无味。他逼着自己努力地写,继续写,直到四个小时以后,他终于知道自己再也写不出来了。这是事实,无论怎样努力、怎样坚持都毫无用处。他不得不承认这个事实,不过并不死心。于是把笔记本合上,把这个划掉了很多字句的笔记本收起来,锁进那只皮箱。

他走出了书房,找那个姑娘去了。

那个姑娘正在露台上看书,阳光照耀着她,她抬起头来看着他,问:"不行吗?"

"比这还糟。"

"一点都写不出来?"

"很惨。"

"来,先喝一杯吧。"玛丽塔对他说。

"好的。"戴维说。

两人又一起来到大房间的吧台,阳光也跟着他们的脚步一起走了进来。这一天依然美好,跟昨天一样,也许比昨天更美。已经是秋季了,因此,现在每一个暖和的日子对于人们来说都是上天的恩待。我们应该好好地度过这一天,戴维心想,我们还要竭尽全力让这一天更加美好。如果可能,就把它珍藏起来吧。他在吧台调好马蒂尼酒,倒了两杯,他们俩都尝了一口,感到这酒冰冷而且没有甜味。

"今天早晨你尝试着去继续写作是对的,"玛丽塔对他说,"不过现在不要想这件事了。"

"好吧。"他说。

他又取了一瓶戈登氏金酒、一瓶诺以利酒,还拿了一个调酒壶。接着他把调酒壶里的冰水全倒掉,只把冰块留下,然后把他手里的那只空酒杯当做量杯,又调了两杯酒。

"今天可真美好呀,"他说,"我们应该怎么度过这一天呢?"

"我们去游泳吧,"玛丽塔建议,"这样我们才不会辜负这美好的一天。"

"好吧,"戴维说,"我们需要通知女主人晚点回来吃午餐吗?"

"她已经为我们准备好一份冷食了。"玛丽塔说,"我早就想过,不管你的工作进行得顺利还是不顺利,你总愿意去海里游泳的。"

"这倒是个好主意,"戴维说,"女主人好吗?"

"她有一只眼睛的颜色有点儿变了,跟原来不一样了。"玛丽塔说。

"不可能。"

玛丽塔哈哈大笑起来。

他们开着车行驶在大路上,穿过那片树林,绕过那个海岬,依然把汽车停在那片松林里的光影斑驳的树荫中。戴维拿起那只装午餐的筐子,以及游泳的用品,顺着松林里的那条小路向那个小小的海湾走去。他们穿行在松林的树荫底下,迎着从海面吹来的阵阵微风,眺望那片深蓝的大海。海边有红色的岩石,有黄色的沙滩,沙滩上有规则的纹路,他们走到海边,看到清澈的海水在沙滩的映衬下呈现出明净的琥珀色。他们在最大的那块岩石后面放下了筐子和背包,然后脱掉衣服,戴维登上那块高高的岩石准备跳水。他光着身子站在红色的岩石上面眺望大海,金色的阳光映衬着他棕色的皮肤。

"想跳水吗?"他大声地叫道。

她向他摇摇头。

"我等你游过去。"

"不用了。"她向着上面大声叫道,然后下水向海的远处走去,一直走到与膝盖齐平的海水中。

"你觉得怎么样?"戴维朝下面喊道。

"海水比以前凉多了,简直可以说很冷。"

"好吧。"他说。她仰起头看着他,同时蹚着水向海的远处游去。

当海水没了她的腹部,接着又没了她乳房的时候,他在岩石上挺直了身子,踮起双脚,看上去仿佛被什么东西吊在空中一样,却并不掉下来,然后他弯下身子,一直弯成镰刀状再向海里跳去,水面上溅起了水花,并且形成了一个旋涡,就像海豚从海里跃出水面以后,又钻进水里的情形一样。她则很快地向那一圈圈水波游去,一会儿他从水里钻出来,趁势紧紧地抱住她,接着又把带着咸味的嘴贴在她嘴上。

"真是太美了,这大海,"他用法语说,"你也是。"

他们游出那个小小的海湾，继续往海的远处游去，一直游到深水区，又游过海岬，然后仰面躺在水上，在海面上漂浮。海水比以前凉了，不过水面上还是很热乎的。玛丽塔除了鼻子以外，头部全都埋在水里，她弯起了脊背在水面上浮着，微风吹来，泛起一阵阵水波，轻轻地拍打着她那褐色的乳房。她闭上了双眼，面向太阳。在她身边的水里，戴维伸出一只手臂托着她的头，俯在她的身上吻她的一只乳房上的乳头，接着又吻另一只乳房。

"它们可都有一股海水的味道。"他说。

"我们索性就在这里睡一觉吧。"

"你能坚持吗？"

"一直像这样弯着背实在很难。"

"我们一直向外游出去，然后再游回来吧。"

"好啊。"

他们一直向外游，游到很远很远的地方，比以前任何一次都游得远。他们在那里能望到下一个海岬，甚至望到那个海岬后面的地方。他们没有停下，继续向外游，直到能够看清楚树林后面那道紫色的山脉，他们才停下来，一起侧躺在水面上向那边的海岸眺望。过了很久，他们才慢慢地往回游。当他们游到看不见那道山脉的地方稍稍休息了一下，再游到看不见那个海岬的地方，又稍稍休息了一下。然后就慢慢轻松地往回游，一直游到那个小小的海湾才停下来，登上了海滩。

"你累了吗？"戴维问她。

"很累。"玛丽塔说，"我从来都没有游过这么远。"

"你的心还累得怦怦地跳吗？"

"哦，没什么，我没事。"

戴维上了海滩，一直走到岩石边，从那个袋子里找出一瓶塔韦尔酒，又找出两条毛巾。

"你就像一只海豹。"戴维说完，坐到她身边的沙地上。

他递给她那瓶塔韦尔酒，她接过来用瓶子喝了两口，又还给他。他也接过来，慢慢地喝，喝了一大口，感觉很凉。他伸直身子，躺在沙滩上，沙滩又平坦又干燥，阳光又温暖又清新。那个放着午餐的筐子就放在他们身边。这时玛丽塔说："如果是凯瑟琳的话，她一定不会感到累。"

"不累才怪呢，她从来都没有游过那么远的距离。"

"真的吗？"

"我们可游了很长一段距离啊，我的姑娘。我以前从来没游到过那个地方，在那里都能看到后边那道紫色的山脉了。"

"好吧，"她说，"现在，我们已经爱莫能助了，一点忙都帮不上了,所以别再想啦。好吗,戴维?"

"好的。"

"你还爱我吗?"

"当然爱了。"

"我可能犯了一个大错,而你宽容了我,依然对我那么客气。"

"你没有犯任何错误,你没有对不起我,我也并非客气。"

玛丽塔从午餐筐子里拿起一个小红萝卜,举到嘴边慢慢地嚼了起来,还喝了些葡萄酒。那些小红萝卜很嫩,也很脆,而且味道很冲。

"你不用担忧写作的事情。"她说,"我相信,很快就会没事的。"

"当然了。"戴维说。

他拿叉切开一只朝鲜蓟芯,把它放在女主人做的芥末酱里转了一下,送到嘴里。

"可以把那瓶塔韦尔酒给我吗?"玛丽塔问他。他递来那瓶葡萄酒,她接过来喝了一大口,然后用力把瓶子底儿往沙子里按了两下,瓶身靠在了那个筐子上。"女主人准备的这顿午餐难道不好吗,戴维?"

"很好,这可真是一顿丰盛、美味的午餐。奥罗尔真打青了她的一只眼睛?"

"并没有真的把她的眼睛打青。"

"她很不客气地讲了这些话。"

"都是因为年龄差距太大,如果她侮辱他的话,那么他有权利打她。她是这么对我说的,而且她还让我给你捎个口信。"

"捎个什么口信?"

"就是表示爱的那种口信嘛。"

"她爱你。"戴维说。

"不会的,你真是傻瓜,她只是支持我而已。"

"再也不会有什么你这边我这边的区别了。"戴维说。

"是的,"玛丽塔说,"当时我们并不是存心要分什么这边那边的,可是事情就那么发生了,十分自然。"

"是的,发生了。"戴维把小缸和调料递给她,让她放切好的朝鲜蓟芯,然后又拿起另一瓶塔韦尔酒。那瓶酒的酒瓶还是很凉,他慢慢地喝,又喝了一大口葡萄酒。"我们就像被烧了一样,"他说,"那个疯女人烧毁了伯恩夫妇。"

"你说的伯恩夫妇是指我们俩吗?"

"当然了,我们俩就是伯恩夫妇,虽然要弄到证书可能需要好长一段时间。不过现在我们正是夫妇啊,你要我把这些都写成小说吗?我想我能把它写出来的。"

"你不用写出来。"

"那么我写在沙地上吧。"戴维说。

他们很快就睡着了,好好地睡了一觉,直到太阳落山,夜幕降临,玛丽塔才醒过来。她看见戴维正躺在床上,就在自己的身边。他的嘴闭着,呼吸缓慢而且均匀,她看了看他的脸,又看着他的眼睛,这是她第二次看到他紧闭的双眼,又看了看他的胸膛,还有他那伸直了放在身体两侧的手臂。她走到浴室门口,盯着镜子里的自己看了很久,然后冲着镜子里的自己微笑。她把衣服穿好以后,走到厨房跟女主人交谈。

她从厨房回来,戴维还在睡,她就坐到他身边。夕阳照着他的头发,他那黝黑的脸在暮色中泛着白。她默默地坐着,一直等到他醒来。

他们一起坐在吧台前面的凳子上,手里都端着一杯兑矿泉水的威士忌。玛丽塔显得很谨慎,每次只喝一小口。她说:"我想你应该每天到城里去,先看报纸,然后喝上一杯,再读报纸。如果有一家俱乐部,或者有上等的咖啡馆就好了,你可以在那里跟你的朋友相会。"

"可是没有啊。"

"哦,我认为你每天不写作的时候也应该有一段时间不跟我在一起,对你来说这样更好。我一直在想你的朋友大多是些姑娘,你跟姑娘们的关系太密切了,我希望能认识你结交的男性朋友。凯瑟琳居然做了这样的事,她真是太缺德了。"

"她不是故意这么做的,其实是我自己的错。"

"就算是这么回事吧,不过你认为我们会结识些朋友吗?好的朋友?"

"我们每个人都已经有一个好朋友了。"

"除了这一个,还有别的朋友吗?"

"也许还有吧。"

"她们会从我身边夺走你吗?她们可比我更美,更懂事。"

"不会的,她们都没有你懂事。"

"她们追求新潮,显得更有趣,更刺激。她们很年轻,又很有精神,那么你就会反感我了。"

"她们不会那么做的,我也不会反感你的。"

"如果她们胆敢这样做的话,我就杀了她们。我不像她那么笨,那么轻易地把你让给别人呢。"

"这倒很好。"

"我要你去结识一些男性朋友,还有打过仗的朋友,我希望你们跟他们一起打枪,或者在俱乐部里打牌。不过我们不用再去结交女性朋友了,是不是?那些新朋友,精神焕发,她们一定会爱上你的,并且真正理解你,是不是?"

"我并不是爱跟娘儿们混在一起的人,你知道的。"

"不过对于你来说,她们一向都充满了新奇的感觉,"玛丽塔说,"每天都会有新结识的姑娘在你身边。所以预先提出警告,怎么也不算过分,尤其是对你。"

"你知道的,我爱你,"戴维说,"而且你现在也是我的伴侣。不过不用做那么多事,你只要陪在我身边就够了。"

"我现在正陪着你呢。"

"我知道,我也喜欢在你身边看着你,知道你同样也在我的身边,还知道我们将会一起睡觉。"

黑暗里,玛丽塔躺在他身边。他感到她的乳房紧紧地贴在自己胸膛上,她的一只手臂放在他脑后,另一只手轻轻地抚摸他的嘴唇,然后又把自己的嘴唇贴在他的嘴唇上。

"现在,我是你的姑娘。"黑暗中,她轻轻地说,"我是你的姑娘,不管发生什么事,我都是你的姑娘,你的好姑娘,爱你的姑娘。"

"是的,你是我的爱人,我最亲爱的爱人。现在,你好好睡吧,好好地睡一觉吧。"

"你先睡吧,"玛丽塔对他说,"我很快就会回来。"

等她回来的时候,他已经睡着了。于是她掀开被单,钻了进去,静静地躺在他身边。他侧过身,呼吸轻柔而又平稳。

第三十章

当清晨的第一缕晨光从窗户射进来的时候，戴维醒了。窗外的天空刚刚蒙蒙亮，那些松树的树干似乎有点异样，他以前醒来时看到的可不是这个样子，松林和大海之间的距离好像变得更远了。他感到右臂僵硬发麻，应该是被身子压的。不久，他完全清醒了，发现自己睡的床很陌生，而玛丽塔就睡在他的身边。他又想起了发生的一切，于是亲切地看着她，把被单盖在她那娇嫩的褐色躯体上面，然后轻轻地吻了她一下，就披上衣服走出了房间。他走进了清晨湿漉漉的空气中，呼吸着清新的气息，心里想着她睡觉的姿态，走进了自己的房间。他在浴室冲了冷水淋浴，又刮了胡子，然后穿上衬衫和短裤，向他的书房走去。经过玛丽塔的房间时，他在门前停下来，小心翼翼地推开门，站在那里，静静地看着她睡着时的模样，然后又轻轻地把房门关上，走进他写作的那个房间。他坐在书桌前面,拿出一本新的笔记本,又拿出铅笔,慢慢地削。一直削了五支,然后就开始写一篇短篇小说:关于他父亲和马及-马及起义那年的一次袭击,故事的开头是从跋涉苦水湖开始的。这是在夜里进行的一次十分可怕的长途跋涉,而且他们计划必须在天亮以前走出苦水湖。可当第一缕阳光照在他们身上的时候,他们只走了一半。太阳升起来了,天气变热了,一股股热浪冲击着他们的身体,让他们无法忍受,天空中出现了一幕幕海市蜃楼般的幻景。快到中午时,海上吹来一股强劲的东风,那股风穿过松林,因此特别清新,带着松林的味道。第一次在无花果树下扎营的经过他已经写完了,他们在那里露宿,因为那里有一股泉水从悬崖上泻下,形成一道小小的瀑布。除此以外,他还写了清早他们从那个营地出发,一直走进那条通往悬崖的通道的情景。

他发现这次他对父亲的理解比上一次写这篇小说的时候更加深刻,而且还知道了如何用那些细节来衡量自己的进展,那些细节可以把他父亲描写得惟妙惟肖、比上一次更有深度。现在他突然觉得自己很幸运,他庆幸自己的父亲并不单纯。

戴维写得很顺利。他不停地写,那些文字从笔尖不断流露出来。原先写过的那些语句清清楚楚、完完整整地回到了他的脑海里，他快速地写，快速地校正，快速地删改，速度快得就像在看校样。所有那些都回来了，没有落下一句，有很多句子跟原先一模一样，只字未改。下午两点钟，他就把原来用了五天时间才写完的小说重新写了出来，还校正了一遍。而且这次的故事比原来的还要精彩。他又继续写了一段时间，发现没有一个句子没有完整无缺地回到他的记忆中，回到那个笔记本上，回到那篇小说里。